MARKUS BENNEMANN

Tod am Steinernen Meer

BLUTIGES BERCHTESGADEN Es ist Frühling in den Alpen, und nach den düsteren Erlebnissen seines letzten Abenteuers sind für Veit Brenner wieder sonnigere Zeiten angebrochen. Der kernige Nationalpark-Ranger, von dem viele im Tal sagen, er dürfte eigentlich gar nicht mehr am Leben sein, hat in einem verwaisten Luchs einen neuen Gefährten gefunden. Die zuständige Tierärztin ist eine alte Bekannte – und auch hier scheint sich ein neues Glück anzubahnen. Doch da ist noch Lenz Grandl, der wilde Exfreund der schönen Mene, mit dem Brenner ein tragisches Ereignis aus der Jugend verbindet. Und da ist das Geheimnis in den Bergen, das den mit ungewöhnlichen Kräften »gesegneten« Naturburschen weiter in seinem Bann hält. Als ein bizarrer Akt der Wilderei das frühlingshafte Bergidyll stört und kurz darauf eine faszinierende Künstlerin auftaucht, scheint sich endlich die Chance zu bieten, etwas mehr Licht ins Dunkel zu bringen. Doch wer ist Freund, wer Feind?

Markus Bennemann, geboren 1971, fühlt sich der Natur stark verbunden – wenn zum Glück auch nicht auf so unheimliche Art wie der Held seiner Krimi-Reihe. Nach dem Studium hat er als Journalist für eine Tageszeitung, Krimischreiber fürs Fernsehen und Autor vieler Sachbücher und Romane gearbeitet, bei denen die Natur immer eine Hauptrolle übernimmt. Seine Bücher wurden in mehrere Sprachen übersetzt. Hauptberuflich arbeitet Markus Bennemann heute als Wissenschaftsredakteur in Wiesbaden. Wie für die zwei vorigen Teile der Reihe hat er auch für »Tod am Steinernen Meer« intensiv vor Ort recherchiert und eng mit einem Kenner der lokalen Geschichte und Bergwelt zusammengearbeitet.

Bisherige Veröffentlichungen im Gmeiner-Verlag:
Wolfsbiss (2014)
Adlerblut (2014)

MARKUS BENNEMANN

Tod am Steinernen Meer

Kriminalroman

GMEINER

Personen und Handlung sind frei erfunden.
Ähnlichkeiten mit lebenden oder toten Personen
sind rein zufällig und nicht beabsichtigt.

MIX
Papier aus verantwortungsvollen Quellen
FSC® C083411

Besuchen Sie uns im Internet:
www.gmeiner-verlag.de

Im Ehnried 5, 88605 Meßkirch
Telefon 07575/2095-0
info@gmeiner-verlag.de

1. Auflage 2020

Lektorat: Claudia Senghaas, Kirchardt
Herstellung: Mirjam Hecht
Umschlaggestaltung: U.O.R.G. Lutz Eberle, Stuttgart
unter Verwendung eines Fotos von: © matop / photocase.de
Druck: CPI books GmbH, Leck
Printed in Germany
ISBN 978-3-8392-2595-0

Fern wär er gern und ist doch nah. Nur zusehen will er
Der Meute wütendem Tun, es aber nicht selbst empfinden.
Ringsum drängen sie und senken die Mäuler ins Fleisch
Und zerreißen ihren Herrn im falschen Kleid des Hirsches.

Ovid, *Metamorphosen*

Larysa Unleasheds Mission ist es, die allgemeine Bevölkerung darüber aufzuklären, warum Menschen jagen und fischen und wie wichtig Naturschutz, kulturelle Erfahrungen und die Regeln und Vorschriften zu allem sind. Jede Show informiert kurz über die gejagten Arten, ihren Lebensraum, ihr Verbreitungsgebiet sowie den Grund, wieso sie gejagt werden; zugleich wird das Interesse von Jugendlichen und Frauen an der freien Natur gefördert.

Von der Website *Larysaunleashed.com*

IM HERZEN DER FINSTERNIS

Als er aufwachte, dauerte es einen Moment, bis ihm aufging, wo er war.

Es war stockdunkel, feucht, und ihn umgab ein uralter Geruch nach Moder und Staub. Irgendwo aus der Dunkelheit drang auch ein leises, vertrautes Tropfen herüber. Doch bis er all diese Wahrnehmungen in seinem dröhnenden Brummschädel zu einem sinnvollen Ganzen zusammensetzen konnte, brauchte er eine Weile.

Brummschädel war er ja gewohnt, aber das hier war noch mal etwas anderes. Auch der Rest seines Körpers fühlte sich an, als hätte er ein paar Stunden in der Schellenberger Kugelmühle verbracht. Als noch bedenklicher für seine Gesundheit war jedoch vermutlich zu werten, dass er mit Armen und Beinen an einen Stuhl gefesselt war.

Einen Knebel hatte man ihm unnötigerweise ebenfalls verpasst, und als er diesen im Mund spürte, verlor er kurz die Nerven und versuchte, die breiten Lederriemen in seinen Mundwinkeln durchzubeißen. Doch selbst seine Kräfte reichten dazu nicht aus.

Es dauerte auch nicht lang, bis er Besuch bekam – und eine noch bessere Übersicht über seine Lage.

Um ihn herum war mit Kreide ein Drudenfuß auf den Boden gemalt, dessen fünf Spitzen nun nach irgendeiner rituellen Vorschrift befüllt wurden. In die Spitze vor seinen Füßen wurden zwei große Gegenstände gelegt, die ihm nur allzu vertraut waren – dazwischen ein Akkuschrauber.

Es wirkte wie die Vorbereitung für die Art von Strafe, wie sie hier in früheren Zeiten gang und gäbe war, diente zugleich aber wohl als grausames Vorspiel für eine noch dunklere Tat.

Eine Beschwörung.
Eine Suche.
Eine Jagd.

TEIL I: EIN NEUER GEFÄHRTE

1

Die Sache verlief ganz anders, als die Zuschauer sich das vorgestellt hatten.

Bestimmt 100 Leute waren auf der großen Lichtung am Westhang des Wimbachtals versammelt. Es war später Morgen, und die Sonne war bereits so weit über den Watzmann aufgestiegen, dass sie das mittlere Tal des Berchtesgadener Nationalparks fast vollständig in klares, warmes Frühlingslicht tauchte.

Auf der Mitte der Lichtung war mit Absperrband ein weitläufiges Rechteck abgesteckt. An der dem Hang zugewandten Seite war es offen, sodass es ein wenig wirkte, als würden dort gleich die erschöpften Läufer irgendeines Bergmarathons in Empfang genommen. Auch die vielen Zuschauer und Fotografen hinter dem Band passten zu diesem Eindruck. Sogar zwei Kamerateams hatten ihre Ausrüstung das lange, von griesartigem Geröll durchzogene Tal hinaufgeschleppt und sich zu beiden Seiten des abgesperrten Bereichs in Stellung gebracht.

Der Jenner-Berglauf fand jedoch immer erst im Oktober ein Tal weiter statt. Und außer dem Reporter des »Berchtesgadener Anzeigers« machte dort auch selten jemand Presseaufnahmen.

Statt Läufern hatten sich eben zwei Mitarbeiter des Nationalparks von der höheren Hangseite aus dem Rechteck genähert. Sie waren mit einem großen, mit Luftlöchern versehenen Kasten beladen, den sie etwas umständlich unter dem rot-weißen Band hindurchmanövrierten und in der Mitte der freien Fläche abstellten.

Danach sahen die zwei in die braunen Uniformen des Nationalparks gekleideten Männer zu dessen Direktorin Gerlinde Stoll hinüber. Die große, kräftige Frau mit den strengen Gesichtszügen und der eleganten Strickjacke hatte eben in einer kurzen Ansprache erklärt, warum das bevorstehende Ereignis etwas ganz Besonderes wäre. Doch jetzt stand sie wie alle anderen am Rande des Geschehens und scherzte auf ihre knappe Art mit den örtlichen Lokalpolitikern. Durch ein kurzes Nicken ihres an die Büste einer bedeutenden Staatsfrau erinnernden Kopfes gab sie zu verstehen, dass es losgehen konnte, und die zwei Männer lösten die Riegel, die an der Vorderseite des Kastens angebracht waren.

Mehrere der Fotografen erlebten so ein Spektakel nicht zum ersten Mal. Etliche von ihnen waren auf Natur- und Umweltthemen spezialisiert und hatten ähnlichen Veranstaltungen auch schon im Pfälzerwald und anderswo beigewohnt. Sie wussten, dass es jetzt darauf ankam, voll da zu sein. Auf Sportmodus, mit dem sich mehrere Bilder pro Sekunde schießen ließen, hatten alle ihre Kameras längst gestellt und hoben sie sich nun ans Auge. Auch die Kameramänner der Fernsehteams waren den raschen

Schwenk, zu dem sie vermutlich gezwungen wären, schon mehrmals zur Probe abgefahren und legten den Finger auf den Zoom, damit sie den Bildausschnitt möglichst schnell aufziehen konnten.

Alle Gespräche verstummten, erwartungsvolle Stille legte sich über die Lichtung. Am blauen Himmel kreiste eine kleine Gruppe Alpendohlen, die vermutlich darauf wartete, dass die Menschenmenge sich verzog und sie die Wiese nach liegen gelassenen Semmeln und anderen Leckereien absuchen konnte.

Die zwei Männer zogen die vordere Wand des Kastens mit einem Ruck hoch und traten ein Stück zurück. Die geballte Aufmerksamkeit der Anwesenden richtete sich auf die dunkle, rechteckige Öffnung sowie auf das, was gleich mit vorsichtig tastenden Schritten oder – und das hielten die meisten für wahrscheinlicher – in heller, wild über die Wiese flüchtender Panik daraus hervorkommen würde.

Doch der Luchs, der aus dem Kasten trat, wirkte so gelassen, als käme er gerade irgendwo tief im Wald aus seinem eigenen Bau.

Das Tier war so groß, dass ein überraschtes Raunen durch die Menge ging; mehrere Zuschauer wichen sogar erschrocken einen Schritt von der Absperrung zurück. Die Nationalparkdirektorin hatte erwähnt, dass sich das Männchen, das jetzt etwas über ein Jahr alt war, während seiner Aufzuchtphase ungewöhnlich gut entwickelt hatte. Doch was sich da unter dem Rand der hölzernen Transportbox hervorduckte, wirkte selbst auf einige der anwesenden Experten im ersten Moment eher wie der Vertreter einer bisher unbekannten Großkatzenart als wie das, was normalerweise bei einem Exemplar der Spezies *Lynx lynx* – des Eurasischen Luchses, der auch Nordluchs genannt wurde – zu erwarten war.

Unter dem schwarz getüpfelten Fell, bei dem es sich bereits um das kürzere Sommerkleid handeln musste, traten deutlich die Muskeln hervor und verliehen dem Tier besonders im Bereich von Schultern und Hinterläufen ein auffallend athletisches Aussehen. Auch die Größe der gewaltigen runden Pranken stach noch mehr ins Auge, als es schon bei gewöhnlichen Exemplaren der Fall war. Selbst der Kopf, der im Vergleich zum Körper normalerweise eher klein wirkte, hatte trotz des unverkennbaren Backenbartes und der Pinselohren eine fast löwenartige Schwere. Das schwarze Senderhalsband, das man der wuchtigen Kreatur um den Hals gelegt hatte wie einem Hauskater, hätte beruhigend wirken können – tat es aber irgendwie nicht.

»Ist das ein Luchs oder ein Säbelzahntiger?«, flüsterte der Abgesandte der Berliner NABU-Zentrale seinem Nebenmann zu. »Ich hatte schon gehört, dass das Vieh groß sein soll. Aber so was hab ich noch nicht gesehen.«

»Schau nur, wie er guckt«, erwiderte der Nebenmann, ebenfalls im behutsamen Flüsterton. »Sollte es nicht eigentlich so sein, dass *er* Angst vor *uns* hat?«

Der Luchs war nicht weit von der Box stehen geblieben und ließ den Blick selbstbewusst und forschend übers Publikum schweifen. Im hellen Morgenlicht funkelten seine schwarz-weiß umrandeten Katzenaugen wie frisch geschliffener Bernstein. So schön sie waren, atmete trotzdem jeder innerlich auf, wenn sie nicht allzu lange auf der eigenen Person verweilten.

»Er hat wohl noch nicht gefrühstückt«, scherzte einer

der Fotografen, worauf ein erleichtertes Lachen durch die Runde ging.

Genau in dem Moment setzte sich der Luchs in Bewegung und begann, die Zuschauer an der tiefer gelegenen Längsseite abzulaufen. Bei jedem geschmeidigen Schritt zeichneten sich die dicken Muskelpakete ab; auch Miene und Blick wirkten auf kurze Distanz noch ehrfurchtgebietender. Die ganze tierhafte Anmut und Kraft des Geschöpfes, das man hier hatte freilassen wollen wie einen Stallhasen, trat hervor und hatte aus nächster Nähe einen weit stärkeren Effekt, als sich die Zuschauer vorm Fernseher später vorstellen konnten. Selbst die leidenschaftlichsten Vertreter der These, dass Menschen von Luchsen und anderen »Rückkehrern« in deutsche Wälder keinerlei Gefahr drohe, machten vorsichtshalber ein, zwei Schritte nach hinten.

»Keine Angst, der tut ihnen nichts«, rief Direktorin Stoll über die Lichtung.

Das hörte sich in den Ohren der meisten Betroffenen jedoch so sehr nach dem an, was auch die Besitzer von bissigen Hunden immer wieder gerne behaupteten, dass es die Unruhe eher noch beförderte.

Endlich drehte das Tier ab und lief quer über die mit blauem Frühlingsenzian und rosa Lichtnelken gesprenkelte Bergwiese auf die andere Seite des abgesperrten Bereichs zu. Es war wirklich, als würde es in den Reihen der Zuschauer nach etwas suchen.

Auch auf der anderen Seite wich das Publikum zurück, als sich die etwas zu stark nach Raubkatze aussehende Wildkatze näherte – und verhielt sich damit genau so, wie man es laut jeder Luchsbroschüre gerade nicht tun sollte. Nur ein Kameramann bewegte sich nicht von der

Stelle. Entweder fühlte er sich hinter dem Stativ, auf das er seinen Profi-Camcorder geschraubt hatte, sicher, oder er wollte seine Aufnahme nicht verderben.

Der Luchs blieb genau vor dem Kameramann stehen. Er reckte den Kopf, legte ihn etwas schief und schien geradewegs in das mit einer quadratischen Sonnenblende ausgerüstete Objektiv zu blicken.

»Respekt, Frau Stoll«, sagte einer der Lokalpolitiker, die neben der Parkdirektorin standen. »Den haben Sie aber gut trainiert.«

Diesmal lachte jedoch niemand, weil alle wie gebannt auf die unglaubliche Szene starrten, die sich vor ihren Augen abspielte.

Der Luchs hatte sich leicht geduckt, sodass sich die eindrucksvollen Partien an Gesäß und Schultern noch stärker vorwölbten. Vom Anlegen der Ohren begleitet, wirkte die Bewegung so gelassen und unaufgeregt wie bisher die ganze eigenartige Parade des faszinierend anmutigen Geschöpfes. Doch musste man kein Luchsexperte sein, um zu wissen, was sie bedeutete.

Die Raubkatze setzte zum Sprung an.

»Das ist der Super-GAU«, murmelte der Berliner NABU-Mann, der sich vorhin schon gefragt hatte, ob es angesichts der Ängste der örtlichen Bergbauern wirklich so klug war, hier ausgerechnet so ein Monstrum auszusetzen. »Und ich bin dabei. So eine Scheiße.«

2

Hirlinger hatte bereits früher ein paarmal mit Parkdirektorin Stoll zu tun gehabt.

Einmal hatte er versucht, sie von den lauteren Absichten eines chinesischen Investors zu überzeugen, der die Verwaltungsgebäude des Nationalparks zum Spottpreis mit Solarpanelen ausstatten wollte. Bei anderer Gelegenheit war es um die Nutzung des Nationalparklogos für die Bergschuhe eines international tätigen Kletterausrüsters gegangen.

In beiden Fällen hatte die Direktorin, die als Nordlicht hier im Grunde noch weitaus weniger heimisch war als er selbst, schnell durchschaut, dass es ihm nicht so sehr um das Wohl des Nationalparks als um den schönen Schnitt ging, den er bei den Projekten gemacht hätte.

Das hatte Hirlinger, der es mit Stolls eitlem und charakterschwachem Vorgänger erheblich leichter gehabt hatte, bereits Respekt abverlangt. Doch die Nummer mit dem Luchs, das musste er zugeben, war gleich in mehrerer Hinsicht ein Geniestreich, den selbst er nicht besser hätte hinbekommen können.

»Da kommt er, dein Kumpel«, sagte er, während das mächtige Tier, das tatsächlich noch etwas gewaltiger geworden zu sein schien, seit Hirlinger es das letzte Mal gesehen hatte, mit leicht fragendem Blick auf sie zugetrottet kam. »Hab ich dir doch gleich gesagt, dass er sich nicht einfach so aus dem Staub macht.«

»War aber eigentlich so abgesprochen«, erwiderte

Brenner, der neben ihm an dem Quad lehnte, mit dem er die Transportbox – und auf dem Sozius netterweise auch Hirlinger – hier herauf befördert hatte.

»Das glaubst du tatsächlich, dass du mit ihm reden kannst, nicht wahr?«, fragte Hirlinger und schüttelte resigniert den Kopf. »Wir denken immer alle, du machst nur Witze. Aber du bist wirklich davon überzeugt.«

Brenner zwinkerte ihm zu, machte dann zwei Schritte nach vorn, ging in die Hocke und breitete die Arme aus.

»Natürlich bin ich das. Na komm her, du Strolch! Dass du aber auch nie zuhörst, wenn ich dir was sage.«

Sofort wich der Anflug von Verwirrung aus dem backenbärtigen Gesicht. Mit zwei Sätzen war der Luchs bei Brenner, stieß ihn um und begann wie das Jungtier, das er streng genommen immer noch war, mit ihm auf der Wiese zu balgen.

Hirlinger sah von dem raufenden Paar zu den Zuschauern hinüber, die das Schauspiel von weiter unten aus verfolgten, und sagte sich, dass sich allein schon für den Anblick die Fahrt auf dem unbequemen Teufelsgerät gelohnt hatte.

Er hatte es von ihrem Platz am Saum des Bergwalds nicht eindeutig erkennen können, aber anscheinend hatten eben einige der Anwesenden tatsächlich gefürchtet, der Luchs könnte sie angreifen. Kaum weniger hatten sie gestaunt, als das Tier dann kurzerhand das Hindernis aus ängstlich zurückweichenden Naturfreunden und Presseleuten, das ihn von seinem geliebten »Herrchen« trennte, mit einem hohen, über alle Köpfe hinweggehenden Sprung hinter sich ließ.

Selbst jetzt schauten ein paar der Großstadtaffen (denn so hatte Hirlinger sie trotz seiner langen Zeit in München inzwischen selbst schon begonnen zu nennen) noch so dämlich aus der Wäsche, dass es die reine Freude war. Etliche schienen nach wie vor nicht sicher zu sein, ob sie nicht gleich Zeuge eines grässlichen Blutbades würden, und blieben wohl schon aus dem Grund weiter auf Abstand.

Parkdirektorin Stoll hingegen war bereits auf dem Weg zu ihnen nach oben, gefolgt von ihrer Entourage aus Berchtesgadener Honoratioren und Kreisoberen.

Gut, dachte Hirlinger, die »Freilassung« lief etwas anders, als sie und Brenner das geplant hatten, und da würde sich die kluge Parkchefin jetzt spontan noch einen neuen Dreh einfallen lassen müssen. Aber ansonsten hatte sie mit dem Projekt Luchs, das wie die Wiederansiedlung anderer »großer Beutegreifer« schon lange auf der Agenda des Nationalparks stand, von vorne bis hinten alles richtig gemacht.

Vor einem Jahr noch war der drahtige Parkranger, der sich jetzt lachend zu Hirlingers Füßen im Gras tummelte wie ein junger Hund, ein ganz anderer gewesen – was nur zu gut verständlich war, wenn man wusste, was er alles mitgemacht hatte. Schon die jungen Jahre des inzwischen etwas über 30-jährigen Einheimischen waren nicht ganz einfach gewesen (woran Hirlinger ehrlich gesagt nicht vollkommen unschuldig war). Später jedoch war er hier in diesem idyllischen Landstrich, der zu einem der schönsten und friedlichsten Deutschlands zählte, in so seltsame und blutige Geschichten hineingeraten, wie sie sonst eigentlich nur im Fernsehen oder in billigen Romanen vorkamen.

Zuerst war da die Sache mit den Adlern gewesen, die heute noch dafür sorgte, dass jeder im Tal zweimal hinsah, wenn einer der Vögel zu lange über ihm kreiste. Am Ende hatte Brenner von jemandem drei Kugeln verpasst bekommen, von dem das im Grunde wirklich nicht zu erwarten gewesen wäre, und dass er trotzdem weiterhin unter ihnen weilte, war eigentlich das Merkwürdigste an der Angelegenheit (Hirlinger dachte über solche Dinge nicht gerne nach, aber von dem, was Brenner manchmal andeutete und was aus seinen Blicken und seiner ganzen Art herauszulesen war, konnte man in gewissen Momenten das Gefühl haben, es sei dabei tatsächlich nicht mit rechten Dingen zugegangen).

Kaum ein Jahr später hatte das »Ungeheuer vom Untersberg« sein Unwesen in den Berchtesgadener Bergwäldern getrieben, und dass Hirlinger Brenner dabei geholfen hatte, den Weg zu den echten Ungeheuern zu finden, bereitete ihm heute noch ab und zu Gewissensbisse. Nach dem, was die Schweine ihm angetan hatten, hatte Brenner eigentlich keinen Tropfen Blut mehr im Leib gehabt (trotz der großen Anstrengungen, die zur Vertuschung der näheren Umstände unternommen wurden, hatte Hirlinger herausbekommen, dass es wirklich so gewesen war). Aber auch dieses Massaker hatte der junge Parkranger wieder auf wundersame Weise überlebt – und es waren andere, die nicht mehr vom Waldboden »auferstanden« waren.

Mitgenommen hatte all das den braven Kerl natürlich trotzdem, da konnte er noch so sehr aus anderem Holz geschnitzt sein als der Rest der Welt. Und als Hirlinger ihn in der Zeit danach im Krankenhaus besuchte und später seine väterliche Freundschaft aufdrängte, war er oft überzeugt gewesen, dass er sich auch nicht mehr davon erholen würde.

Vielleicht noch nicht mal wegen all des Grauens und der Gewalt, die andere anderen antaten. Sondern wegen der Möglichkeiten (und auch die waren manchmal nur schwer zu übersehen), die in Brenner selbst in dieser Hinsicht schlummerten.

3

»Na, Herr Hirlinger, was schauen Sie so düster? Unsere kleine Aktion geht zwar nicht so glatt über die Bühne, wie wir uns das vorgestellt hatten. Aber an Unterhaltungswert muss sie doch gerade für Sie kaum zu überbieten sein.«

Trotz ihrer beträchtlichen Körperfülle hatte es Parkdirektorin Stoll irgendwie geschafft, ein ganzes Stück vor den anderen den Ort zu erreichen, an den sich das Geschehen des Events unvorhergesehenerweise verlagert hatte. Hirlinger schaute ihr kurz ins Gesicht und dann zu dem Punkt zurück, wo Brenner inzwischen gut 30 Meter weiter rechts mit seinem Liebling herumtollte.

»Ich habe nur darüber nachgedacht, was für ein schlaues altes Biest Sie sind«, erwiderte er leise, trotz seiner erheblichen Übung in solchen Dingen für den Moment unfähig, sich aus seinem wahren Gedankengang zu lösen. »Schauen Sie nur, wie glücklich er ist.

Können Sie sich noch erinnern, wie er vor einem Jahr ausgesehen hat?«

Stoll war sichtlich überrascht von Hirlingers Worten. Doch dieser hatte schon länger das Gefühl, dass nicht nur der Luchs, den sie Brenner damals zur Aufzucht anvertraut hatte, sondern auch der Parkranger selbst ihr mehr bedeutete, als sie gerne zugeben mochte. Sie warf einen raschen Blick über die Schulter, sah dann in dieselbe Richtung wie Hirlinger und antwortete im gleichen, nachdenklich gesenkten Ton.

»Ja, ich kann mich erinnern«, sagte sie. »Ich habe ständig erwartet, dass er von einer seiner tagelangen Touren durch die Wälder nicht mehr zurückkommen würde. Als ich ihn bat, unseren kleinen Findling bei sich aufzunehmen, hat er die Sache glaube ich sofort durchschaut – vollkommen dämlich ist er ja leider nicht. Ich musste ihm erzählen, dass der arme Kerl sein Leben wahrscheinlich in einem Tierpark verbringen müsste, wenn er bei meinem Plan nicht mitmacht.«

Stoll konnte sich ein feines Lächeln nicht verkneifen, und auch Hirlinger ging es so – eine verschwörerische Geste, die wahrlich nicht oft zwischen ihnen vorkam. Offensichtlich in Sorge, sie könnte beim Schäkern mit einer so fragwürdigen Gestalt wie Hirlinger erwischt werden, warf die Parkdirektorin erneut einen schnellen Blick über die Schulter.

Doch sie konnte beruhigt sein: Sepp Angerer und Flore Pfnür, die bei dieser Veranstaltung gewissermaßen die gute Gesellschaft Berchtesgadens vertraten, waren wie der Rest des Publikums auf halbem Weg den Hang hinauf stehen geblieben, um das Schauspiel auf der Bergwiese zu beobachten.

Dass die beiden Wortführer der örtlichen Almbauernschaft überhaupt anwesend waren und der Aktion damit ihren Segen gaben, war der zweite Grund, warum Stolls Schachzug mit dem Luchswaisen Hirlinger so viel Hochachtung abverlangte.

Die vom Nationalpark gehegte Absicht, Bär, Wolf und Luchs wieder anzusiedeln, stieß bei den Almbauern verständlicherweise auf wenig Begeisterung. Auch viele Jäger, Waldbesitzer, Gastwirte und einfache Bürger standen dem Vorhaben skeptisch gegenüber. Und die bizarre Tragödie mit den Adlern vor drei Jahren, bei denen es sich noch nicht mal wirklich um »große Beutegreifer« handelte, hatte den Bedenkenträgern ja eigentlich mehr als recht gegeben.

Jetzt, wo das Tier ein ganzes Jahr mit Brenner umhergezogen und sozusagen zu »seinem« Luchs geworden war, hatte sich die Lage jedoch geändert. Das hatte zum einen sicher mit dem Auswilderungskandidaten selbst zu tun, der als Jungtier ein sehr putziges Bild abgegeben hatte, wenn er neben Brenner einhertapste, und dem Parkranger besser gehorchte als Sepp Angerer jeder seiner aufwendig abgerichteten Jagdhunde. Einige ganz Mutige hatten sogar gefragt, ob sie den Luchs streicheln durften, wenn Brenner mal wieder wie selbstverständlich mit ihm über den Berchtesgadener Marktplatz spazierte, und das Tier hatte es jedes Mal ohne Murren über sich ergehen lassen und auch gegenüber kläffenden Pinschern und Modehunden nie eine aggressive Regung gezeigt.

Vor allem aber lag die allgemeine Akzeptanz oder zumindest stillschweigende Duldung, die dem bisher nie gewagten Experiment entgegengebracht wurde, natürlich an Brenner. Der kernige Naturbursche und einstige

Bauernbub hatte früher schon durch manche Tat den Respekt oder sogar die Bewunderung der Einheimischen gewonnen. Und obwohl er nie am Königsschießen oder ähnlichen Veranstaltungen teilnahm, wuchs bis heute jeder junge Kerl aus Berchtesgaden und den umliegenden Gemeinden im klaren Bewusstsein auf, dass er sich in keiner der Disziplinen, die bei der ländlichen Jugend gerne als Ausweis besonderer Männlichkeit angesehen wurden, nur annähernd mit ihm messen konnte.

Bei der Angelegenheit mit den Adlern hatte Brenner das Leben einer jungen Studentin mit dem eigenen beschützt. Und bei dem Gemetzel auf der anderen Seite des Untersbergs, das dann doch nicht komplett unter den Tisch gekehrt werden konnte, aus Sicht von Leuten wie Angerer und Pfnür auf heldenhafte Weise im »Salzburger Sündenpfuhl« aufgeräumt.

Ein bisschen unheimlich war er den Leuten natürlich auch, und besonders die paar alten Urbauern, die es in der Gegend noch gab, schauten den ungewöhnlichen Waldhüter manchmal mit einem Blick an, der Hirlinger genau solchen Anwandlungen zu entspringen schien, wie er sie selbst gelegentlich in Bezug auf Brenner spürte. Insgesamt hätte Stoll aber niemanden im gesamten Landkreis finden können, mit dem ihr die Durchsetzung des lang ersehnten Nationalparkprojekts leichter gelungen wäre.

Auch jetzt bot Brenner mit seinem »Luchs«, dem er nie einen anderen Namen gegeben hatte, wieder einen Anblick, der zwar wie aus einer anderen Welt wirkte, dabei aber von so zauberhafter Freundschaft zwischen Mensch und Tier zeugte, dass es für das Projekt und die Berichterstattung darüber eigentlich nur von Vorteil sein konnte.

Vom schlichten Raufen waren die beiden abgekommen und amüsierten sich mit Scheinangriffen, bei denen der Luchs in hohen Sprüngen auf Brenner zuflog und dieser ihn im letzten Moment beiseiteschob oder wie ein Judoka über den eigenen Körper katapultierte. Das Spiel war ungestümer und akrobatischer als ähnliche Szenen mit Raubkatzen, die man aus dem Fernsehen kannte, und der sehnige Parkranger bewegte sich so geschickt, dass es fast eher wirkte, als würden zwei halbstarke Luchsgeschwister ihre Kräfte miteinander messen. Auch Brenners wuchernder blonder Bart und Haarschopf, die Hirlinger ihm vergeblich auszureden suchte, fügten sich in diesen Eindruck, ebenso wie die paradieshafte, von goldenem Licht überflutete Bergwiese, auf der sich das Ganze abspielte.

Der Kameramann, der vorhin tapfer draufgehalten hatte, bevor das Tier über ihn hinweggesetzt war wie über ein Jägerzäunchen, ließ sich keine Sekunde der märchenhaften Darbietung entgehen. Der andere jedoch musste erst von der begleitenden Reporterin an seine Pflicht erinnert werden, bevor er aus dem Staunen aufwachte.

Über der Lichtung lag die gleiche Stille, wie sie vorhin vor dem Öffnen der Transportbox geherrscht hatte. Statt mit professioneller Anspannung und Erwartung war sie nun aber mit andächtiger Verzauberung und Versenkung erfüllt. Selbst die frechen Alpendohlen, die Hirlinger vorhin über den Zuschauern hatte kreisen sehen, hatten sich unweit der Stelle, wo Brenner mit seinem Luchs spielte, auf einem verdorrten Bergahorn niedergelassen und schienen dem Scheinkampf der beiden aufmerksam zuzusehen.

»Wo hat man das Tier noch gefunden?«, fragte Hirlinger mit rauer Stimme, plötzlich von der gleichen seltsamen Stimmung erfasst wie zuvor. »War es nicht unter einem umgefallenen Baum?«

»In der Grube unter einem Wurzelteller«, erwiderte Stoll – allerdings nicht, ohne ihm erneut einen irritierten Blick zuzuwerfen. »In solchen Verstecken legen die Weibchen die Jungen oft ab, wenn sie auf Futtersuche gehen.«

»Richtig«, erinnerte sich Hirlinger. »Und die anderen waren alle schon tot, sie hatten nicht so lange ausgehalten. Deshalb verstehen sich die zwei wahrscheinlich auch so gut. Es sind beides verlorene Seelen, die sonst niemanden haben auf der Welt.«

Wie Hirlinger durchaus verstehen konnte, legte Stoll die Stirn noch tiefer in Falten. Sein sentimentales Geschwätz war ihm ja selbst peinlich, plätscherte aber beim Anblick der irrealen Szene einfach so aus ihm heraus.

»Ja, vielleicht«, sagte die Parkdirektorin unbestimmt, räusperte sich dann und nutzte hastig einen Moment, in dem der Luchs verschnaufen musste (selbst er an Energie und Ausdauer seinem unverwüstlichen Gegner scheinbar unterlegen).

»Brenner! Brenner!«, rief sie. »Jetzt lassen Sie endlich ihre Show und verabschieden Sie sich von Ihrem Kumpel. Die Leute glauben ja so schon, wir würden ein dressiertes Zirkustier in die Freiheit entlassen. Und das Senderhalsband kriegt ihr zwei auch noch kaputt, wenn ihr so weitermacht.«

Brenner hatte natürlich keine Sekunde irgendeine Show abgezogen. Die vielen Zuschauer waren ihm genauso wenig bewusst gewesen wie dem Luchs, der jetzt ebenfalls mit regelmäßig auf und ab gehendem Brustkorb zu ihnen herübersah.

Der Parkranger blickte von Stoll in die große, vom schroffen Wimbachkarst überragte Runde und runzelte für einen flüchtigen Moment die Stirn. Dann überzog sich sein kantiges Bergführergesicht jedoch mit einem offenen Lächeln, das seit seiner Freundschaft mit dem Luchs noch einnehmender wirkte. Er nickte Stoll kurz zu und wendete sich dann zu seinem Gefährten um.

Hirlinger wusste, dass Brenner seinen Schützling in den vergangenen Wochen gründlich auf das Leben in Freiheit vorbereitet hatte und dieser bereits vor seiner offiziellen Auswilderung zum Teil tagelang allein durch den Bergwald gestreift war. Auch diesmal würde es wahrscheinlich nicht lange dauern, bis der Luchs wieder aus eigenen Stücken bei Brenners schäbiger Behausung am Reitbichl vorbeischaute oder Brenner ihn in seinem neuen Reich besuchen ging (wozu er, wie Hirlinger insgeheim vermutete, nicht mal das GPS-Signal benötigte, das regelmäßig vom Halsband des Tiers ausgesendet wurde).

Trotzdem spürte Hirlinger, wie sich sein Herz zusammenzog, als Brenner vor dem Luchs in die Hocke ging und ihm freundschaftlich die Hand an den Hals legte. Selbst aus der Ferne war zu erkennen, wie sich der Atem des Tiers plötzlich beruhigte. Brenner flüsterte seinem Freund etwas zu – am Ende, ging es Hirlinger durch den Kopf, konnte er tatsächlich mit dem verdammten Vieh reden! Der Luchs legte Brenner ebenfalls eine seiner mächtigen Pranken aufs Knie, was das Rattern der Fotoapparate auf den Gipfel trieb und die Herzen der Kamerateams mit Sicherheit auch einen Takt schneller schlagen ließ.

Dann machte Brenner eine kurze Bewegung mit dem

Kopf, und der Luchs sprang mit zwei Sätzen davon und lief anschließend gemächlichen Schrittes auf den am Ende der Lichtung liegenden Wald zu.

»Da geht er hin«, murmelte Hirlinger – er musste wirklich aufpassen, dass er sich auf seine alten Tage nicht in einen weinerlichen Narren verwandelte. Doch auch auf den Augen der strengen Parkdirektorin glaubte er, einen feuchten Glanz auszumachen, der sie bestimmt nicht allzu häufig schmückte.

Einige Fotografen liefen dem tierischen Protagonisten der Veranstaltung noch ein Stück hinterher, um auch die letzten Schritte seines feierlichen Wegs in die Freiheit zu dokumentieren. Die Reporterin, die eben ihren Kameramann zur Pflicht gerufen hatte, eilte aber bereits auf den menschlichen Star des Events zu. Ihr hübsches, von üppigen roten Haaren umspieltes Gesicht trug einen Ausdruck, der Hirlinger nur allzu vertraut war und die eigenartige Melancholie, welche die Szenen der letzten zehn Minuten in ihm hervorgerufen hatten, rasch wieder in Belustigung umschlagen ließ.

»Die fällt jetzt über ihn her und lässt ihn nicht mehr aus den Klauen, bis er sie in ihr Hotelzimmer begleitet hat«, sagte er mit boshaftem Grinsen. »Gut für die Publicity bestimmt. Aber wenn unsere liebe Frau Doktor das mitbekommt, gibt es ein gebrochenes Herz mehr, um das Sie sich kümmern müssen.«

Stoll warf ihm einen tadelnden Blick zu – ob wegen seiner Anspielung auf die junge Tierärztin, die sich um das medizinische Wohl von Brenners Gefährten gekümmert hatte, oder wegen der Parkangestellten und Praktikantinnen, die sich regelmäßig in den urwüchsigen Waldschrat verguckten, das wusste er nicht genau.

Bevor die Parkdirektorin jedoch einschreiten konnte, hetzte einer der uniformierten Parkmitarbeiter, der vorhin die Transportbox getragen hatte, an der Reporterin vorbei. In der Hand hatte er eins der gelben Funkhandys, welche die Parkangestellten seit der Tragödie mit den Adlern benutzten, und im Gesicht einen Ausdruck der Bestürzung, der nichts Gutes verhieß.

Der junge Kerl hielt zuerst auf Brenner zu, doch als er die Parkdirektorin sah, wurde ihm wohl klar, dass er sie nicht einfach übergehen konnte. Außer Atem baute er sich vor ihr auf, blickte dabei aber über die Schulter immer wieder zu dem bärtigen Parkranger hinüber, der die Szene auch schon bemerkt hatte und auf dem Weg zu ihnen war.

»Es ist schon wieder passiert«, sagte der Bursche stammelnd. »Oben am Steinernen Meer. Die alte Traudl hat sie gefunden. Sie ist völlig mit den Nerven fertig. Sie sagt … sie sagt, der Brenner soll kommen und der Sache ein für alle Mal ein Ende bereiten.«

TEIL II: EINE SELTSAME TAT

1

Die alte Traudl wurde von allen stets nur »alte Traudl« genannt, doch wie alt sie war, wusste sie oft selbst nicht mehr genau. »So alt wie die Berge selbst«, war ein Satz, der ihr dann immer in den Sinn kam. Das war natürlich Schmarrn, aber trotzdem musste sie darüber lächeln.

Als das noch eine ehrenwerte Tätigkeit war und keine Sommerbeschäftigung für Frauen, die mit dem Leben nicht zurechtkamen, hatte sie lange als Sennerin gearbeitet – nicht hier in Berchtesgaden, sondern drüben in Tirol, wo es mehr Almen gab. Später hatte sie dann die Liebe zurück ins Tal getrieben, und sie hatte mit ihrem Mann mehr als 20 Jahre einen Gasthof für Wandertouristen geführt. Fast genauso lang war er jetzt tot, und weil sie nach ihm keinen anderen mehr wollte, hatte sie selbst mit dem Wandern begonnen.

Einfach so durch die Berge zu spazieren, hatte ihr jedoch ein schlechtes Gewissen bereitet – sie hatte zu lange dort gearbeitet, um sie als Ort des reinen Vergnügens zu betrachten. Also hatte sie angefangen, Müll aufzusammeln. Bunte Hüllen von Müsliriegeln, Zellophanfetzen, die aus der Ferne wie feuchte Spinnweben glänzten, auch mal die eine oder andere Bierdose. Viel war es nicht, was die Touristen liegen ließen, dafür waren die meisten doch zu anständig. Ein kleiner Beutel war trotzdem jedes Mal zusammengekommen, und der war den Leuten natürlich irgendwann aufgefallen, als sie Tag für Tag damit ins Tal zurückkehrte.

Vor zwei Jahren hatte ihr dann die Parkdirektorin feierlich das hübsche gelbe Funkgerät überreicht, das sie jetzt in ihren immer noch leicht zitternden Händen hielt. Die Direktorin hatte eine richtige kleine Zeremonie daraus gemacht, sie ins Haus der Berge eingeladen und alle Mitarbeiter zusammengerufen. Sie sei ja quasi eine von ihnen, hatte sie gesagt und ihr sogar eine der wenig ansehnlichen Jacken des Nationalparks umgehängt. Traudl hatte mitgespielt, obwohl ihr klar war, dass das Gerät mehr so etwas war wie einer der Notrufknöpfe, mit denen man allein lebende alte Menschen manchmal ausstattete – was entweder mit der fürchterlichen Geschichte mit den Adlern zu tun hatte, die nicht lange davor passiert war, oder einfach mit der Sorge, dass sie sich bei ihren Touren übernahm. Eine schöne Geste war es trotzdem gewesen.

Eigentlich wollte sie es nicht, aber dennoch schaute Traudl von dem Funkgerät, mit dem sie kurz zuvor den Park alarmiert hatte, und von dem halb gefüllten Jutebeutel, der auch heute wieder neben ihren Wanderstiefeln ruhte, zu der albtraumhaften Szene auf, die vor ihr ausgebreitet lag wie ein altes Schlachtengemälde.

»So a Irrsinn«, flüsterte sie kopfschüttelnd und merkte, wie heiße Tränen über ihre wettergegerbten Wangen liefen. Das passierte nicht oft, und normalerweise höchstens, wenn sie an ihren guten Konrad dachte, und wie schade es war, dass sie schon zu alt für Kinder gewesen waren, als sie sich kennengelernt hatten.

Die Stelle am westlichen Rand des Steinernen Meers gehörte seit drei Sommern zu den Orten, die sie am liebsten auf ihren Wanderungen besuchte. Das lag vor allem an den Steinböcken, die sich hier angesiedelt hatten. Normalerweise fand man sie eher im Hagengebirge oder auf dem Funtenseetauern. Doch vor drei Jahren war Traudl ihnen plötzlich auf dieser abseits gelegenen, von grauen Felsbuckeln durchbrochenen Bergwiese in der Nähe des Großen Hundstods über den Weg gelaufen.

Zuerst waren es nur eine Geiß und ein Bock gewesen, der stets ein ganzes Stück höher graste oder seine Hörner an einer Latsche rieb, während das weibliche Tier in den saftigen Matten weiter unten nach schmackhaften Knospen und Kräutern suchte. Im zweiten Jahr war dann eine weitere, trächtige Geiß hinzugekommen, die ihr Kitz gerade erst am Anfang dieses Frühlings abgesäugt hatte. Die erwachsenen Tiere hatten meist einen gewissen Abstand gewahrt, aber das Kleine war mit der Zeit so zutraulich geworden, dass es Traudl ein paarmal sogar aus der Hand gefressen hatte, bevor es von seiner Mutter mit einem hohen, pfeifenden Laut zur Ordnung gerufen wurde.

Die Augen von Steinböcken waren nicht wirklich schön. Wie bei Ziegen waren es waagerechte Schlitze in glubschigen gelben Äpfeln, die wachsam und misstrauisch in diese Welt zu blicken schienen, in deren gottgegebener Grausamkeit allein die schwer zu erklimmenden Gipfel der Berge eine gewisse Sicherheit boten. Doch kamen die Tiere näher und fassten Zutrauen, konnte genauso viel Güte und Treue in ihrem Blick liegen wie in dem der kleinen Kälber, die Traudl als Sennerin manchmal mit der Flasche hatte aufziehen müssen. Und das Schwarz der geweiteten Pupillen schien so tief wie das des stillen Funtensees in der Dämmerung …

»Draudl, Draudl. Is ois in Oadnung?«

Traudl schreckte hoch und merkte, dass Brenner neben ihr stand. Er hatte ganz leise gesprochen und ihr behutsam die Hand auf die Schulter gelegt. Trotzdem pochte im ersten Moment ihr Herz, als hätte der Leibhaftige sie angefasst.

»Brenna, guada God, warum musst di oiwei so oschleichn! Ma kannt glatt glam, dass du wirklich a Geist bisd. Manche sogn des jo.«

»Song sie des, Draudl, wahrhoftig? I bin koa Geist, sondern aus Fleisch und Bluat wia jeda andere. Schau, do, i hob dia an Schluck Wassa mitgebracht. Du hosd jo nie wos dabei.«

Brenner schaute sie mit dem gleichen freundlichen und freien Lächeln an, das ihr vor 20 Jahren schon an dem wilden Bub aufgefallen war, bevor sich das mit seinem Vater zugetragen hatte. Dass es genau dasselbe Lächeln war wie damals, glaubten aber wie sie die wenigsten Alten in der Gegend.

»Wossa gibt's do om genug, wenn ma woass, wo ma's suchn muas. A Enzian wär ma liaba gwen, wenn du dia scho de Mia machst.«

Traudl nahm die kleine geriffelte Plastikflasche entgegen, die genau so eine war, wie sie sie manchmal auf ihren Touren fand, und von der Brenner schon den Verschluss abgedreht hatte. Es war ihr ein bisschen peinlich, so mit zitternden Händen vor Brenner zu trinken, und mehr als ein paar kleine Schlucke bekam sie nicht runter. Als sie sich mit dem Handrücken ungeschickt das Kinn abwischte, merkte sie, dass auch aus ihren Augen wieder dünne Rinnsale liefen.

»Gäd's, Draudl? Konn i di oan Moment aloa lossn?«, fragte Brenner mit noch sanfterer Stimme als zuvor. »I schau ma grod schnei ois an, und dann gengan mia mitanand zrugg ins Toi.«

»Jo, geh grod und schau dia ois o«, erwiderte Traudl, ihr Ton jetzt mit bitterer Wut gemischt. »Scheene Viecher warn's. Und friedlich wia de Lambln.«

Sie sah zu, wie Brenner zuerst an den Rand der Steilwand ging, neben der der Aufstieg verlief. Am Fuß lag das Junge mit verdrehten Gliedern auf einem Vorsprung – Traudl hatte es auf dem Weg hierher als Erstes entdeckt. Wie viel Angst das arme kleine Wesen gehabt haben musste, um mit seinen geschickten dünnen Beinchen bei der Flucht ins Straucheln zu kommen! Traudl erinnerte sich wieder, wie es ihr damals keck die Kräuter aus der Hand gerupft hatte, und schüttelte traurig den Kopf.

Als Brenner sich dann der großen Lache aus getrocknetem Blut näherte, in der die Mutter lag, flogen mehrere Dohlen mit ärgerlichem Kreischen aus dem Gras auf. Traudl hatte gar nicht gemerkt, dass die schwarzberockten Totengräber schon bei dem Kadaver gelandet waren.

Brenner befühlte zuerst den Kopf, wahrscheinlich an den Stellen, wo man die Hörner abgesägt hatte. Dann untersuchte er den weit klaffenden, bereits von summenden Fliegen bedeckten Bauch. Auch die eigenartig aussehende Wunde, die Traudl weiter oben aufgefallen war, betastete er aufmerksam und schob sogar prüfend die

Finger hinein. Schließlich hob er den schweren Körper kurz an, sodass die Beine starr wie Stöcke in die Höhe ragten, und ließ mit gerunzelter Stirn den Blick über das freigegebene Gras und die verkrusteten Büschel in der Umgebung schweifen.

»Hosd du irgendwas gehört?«, fragte er, den Kopf zu Traudl umwendend.

»Wos gehört?«, fragte sie erschöpft. »Wos moanst du, Brenna?«

Der sehnige Parkranger blickte einmal mehr suchend auf der besudelten Grasmatte umher und schaute dann den Hang hinauf, wo in einiger Entfernung die anderen Tiere lagen.

»Schüsse«, sagte er. »Oda Stimma. Host du vielleicht jemandn redn gehört, auf am Weg noch obm? Stimma drogn am Berg jo oft ziemlich weid.«

»Na, es war ois genau wia sonst«, erwiderte Traudl. »Und ois i okemma bin, san sie schon do glegn. Geseng hob i koan, des hob i üba Funk scho gsogt. Wieso? Is irgendwos merkwiadig?«

Brenner sah zu ihr hinüber und setzte schon zum Sprechen an. Dann schaute er aber auf ihre an die Flasche geklammerten Hände und winkte ab.

»Na, war nua so a Frog. Ruh di a bissal aus und denk da nix.«

Er erhob sich aus der Hocke, blieb noch kurz nachdenklich vor dem toten Muttertier stehen und stieg dann zu den anderen Kadavern auf, die nicht weniger schlimm zugerichtet waren.

So wie der Bock lag, hatte er die anderen vielleicht sogar zu verteidigen versucht, dachte Traudl, während sie der Untersuchung aus der Ferne zuschaute. Das wollte sie jedenfalls gerne glauben, auch wenn sie wusste, dass es wahrscheinlich nicht so war.

Die zweite Geiß hatte es am weitesten geschafft – fast bis dorthin, wo über den grün schimmernden Bergmatten die Felsen begannen. Nur ein paar Meter weiter, und sie hätte vielleicht im Zickzack über die zerklüfteten Schrunde ins Steinerne Meer flüchten können.

Als Brenner fertig war, zog auch er sein gelbes Parkhandy aus der Tasche und ging noch etwas höher den Hang hinauf. Wahrscheinlich wollte er Traudl ersparen, erneut bis ins Detail beschrieben zu hören, was hier an diesem schönen abgelegenen Ort geschehen war. Schließlich kam er zurück und wischte sich noch mal gründlich die Hände an der Hose ab, bevor er mit demselben sanften Lächeln wie zuvor nach Traudls Jutebeutel griff.

Traudl packte ihn am Arm und sah ihm eindringlich ins Gesicht.

»Nua weil i oid bin und nix gseng hob, hoasst des ned, dass i ned woass, wer fia de Schweinerei vaantwoatlich is«, sagte sie.

Brenner erwiderte mit seinen eisblauen Gamstöteraugen ihren Blick, ließ sich jedoch nichts anmerken.

»Was moanst du, Draudl?«, fragte er im unschuldigen Ton. »Hosd wen im Vadacht?«

»Stäi di ned dümma, ois du bisd, Brenna«, erwiderte Traudl, rupfte ihm zornig den Beutel aus der Hand und setzte sich Richtung Tal in Bewegung.

»Du woasst genau, wovon i red.«

2

»Sind das nicht die Steinböcke, die Hermann Göring im Dritten Reich für seine Jagd in Berchtesgaden ausgesetzt hat? Kann das etwas mit der Tat zu tun haben?«

Um Brenner Zeit zu verschaffen, sich alles genauer anzusehen, hatte Parkdirektorin Stoll die offizielle Stellungnahme zu dem Vorfall ins Haus der Berge verlegt – den modernen, an den Hang geschmiegten Bau an der Einfahrt zu Berchtesgaden, der dem Nationalpark nun schon seit etlichen Jahren als neues Informationszentrum diente. Anders als die aufwendig gestalteten, über mehrere Stockwerke gehenden Ausstellungsräume des Zentrums bot der kleine Konferenzsaal auf Straßenniveau, in dem der Termin stattfand, zwar keinen Blick auf den Watzmann. Dafür musste man nur zu den Fenstern hinaussehen, um auf dem Grundstück gegenüber die alte Kaufmannsvilla zu erkennen, in der die Polizeiinspektion von Berchtesgaden untergebracht war.

Stoll schien es, als hätten sich alle gut zwei Dutzend Journalisten, die sich dankenswerterweise zu der Auswilderung eingefunden hatten, auch hier wieder versammelt. Obwohl es Samstag war und der verpatzte Ortstermin im Wimbachtal nur etwas mehr als drei Stunden zurücklag, waren es offenbar sogar ein paar Berichterstatter mehr geworden.

Derjenige, der die Frage zu den Steinböcken gestellt hatte, saß in der ersten Reihe und war durch seine Kleidung sowie sein Vorwissen und Interesse an allem, was mit der Nazizeit zu tun hatte, leicht als Besucher aus der Großstadt zu erkennen. Wahrscheinlich hatte er gehofft, die Berchtesgadener Almbauern würden im letzten Moment doch noch ihre Meinung ändern und den im Nationalpark ausgesetzten Luchs, kaum dass er die Transportbox verlassen hatte, kurzerhand über den Haufen schießen. Aus der Story mit Görings Privatwild, das hier gut 70 Jahre nach Kriegsende der unerlaubten Jagd zum Opfer fiel, ließ sich aber natürlich auch etwas machen.

»Tatsächlich wurden die ersten Steinböcke in den 30er-Jahren wieder neu in Berchtesgaden angesiedelt«, antwortete Stoll mit freundlichem Lächeln. »Da die Tiere allerhöchstens 20 Jahre alt werden, sind es aber natürlich nicht mehr dieselben wie damals.«

Sofort ärgerte sie sich über ihre schnippische Replik – die Ereignisse des Vormittags hatten ihr wohl doch mehr zugesetzt als gedacht, und die selbstverständliche Art, mit der sie der arrogante Kerl unterbrach, kaum dass sie die ersten Eingangsworte gesprochen hatte, ging ihr gegen den Strich. Zum Glück saß Hauptkommissar Weirauch neben ihr an dem langen Tisch, den selbst die dreistesten Sprüche gestandener Verbrecher nicht aus der Ruhe bringen konnten. Der schmächtige Mann mit dem jungenhaft gescheitelten weißen Haarschopf, der es von seinem Büro nicht weit herüber hatte, lächelte so gelassen und gutmütig, wie Stoll es eben selbst gerne hinbekommen hätte.

»Steinböcke hat es hier eigentlich immer schon gegeben«, erklärte er mit seinem relativ starken örtlichen Einschlag, der seine Erläuterungen noch sympathischer wirken ließ. »Allerdings haben sich im Mittelalter Jäger und Wilderer so sehr darum gestritten, dass sich der Erzbischof aus Salzburg drüben schließlich nicht mehr anders zu helfen wusste, als alle Tiere abschießen zu lassen. So wollte er verhindern, dass sich die zwei Gruppen ihretwegen weiter den Garaus machen.«

Verhaltenes Lachen ging durch den Raum, was von Weirauch sicher so beabsichtigt war. Dann setzte der kleine Mann im grünen Hemd, das er trotz der noch nicht allzu warmen Temperaturen bereits in der kurzärmeligen Sommervariante trug, jedoch eine ernstere Miene auf.

»Zur Wilderei kommt es auch in den letzten Jahren wieder vermehrt, hier bei uns wie an vielen Orten Deutschlands, und dabei muss man leider sagen, dass Banden aus Osteuropa eine nicht unwesentliche Rolle spielen. Ein schönes Hirschgeweih kann viel Geld auf dem Schwarzmarkt bringen, und auch Gamsbärte, Krucken und sogar Auerhahnfedern finden ihre Abnehmer. Die Täter gehen zum Teil äußerst professionell vor – mit Geländewagen, Schalldämpfern und Nachtsichtgeräten. Da mitzuhalten, ist für Förster und Polizei nicht immer leicht, und auch keineswegs ungefährlich. Dimensionen wie in Afrika oder Indien, wo sich Wildhüter und Wilderer regelmäßig blutige Schießereien liefern, sind zum Glück noch nicht erreicht. Aber einige hier werden sich bestimmt an den schrecklichen Fall in Annaberg vor ein paar Jahren erinnern, drüben auf der anderen Seite in Österreich. Damals waren immer wieder Hirsche ohne Kopf gefunden worden, und schließlich wurde eine Sondereinheit auf den Täter angesetzt. Bei dem handelte es sich in dem Fall nicht um einen Grenzgänger, sondern um einen einheimischen Jäger, der in seinem eigenen Revier nur Niederwild schießen durfte. Auf der Flucht brachte er vier Menschen um: drei Kollegen von der österreichischen Polizei und einen Rettungshelfer – mit einem halbautomatischen Sturmgewehr.«

Weirauch erinnerte mit Sicherheit nicht an das aufsehenerregende Verbrechen, bei dem der Täter sich am Ende selbst gerichtet hatte, um die Sensationsgier der Presseleute zu befriedigen. Wahrscheinlich wollte er von Anfang an der Auffassung entgegenwirken, bei Wilderei könnte es sich um ein Kavaliersdelikt handeln, vermutete Stoll – auch die stille Furcht, seinen eigenen Leuten könnte Ähnliches widerfahren, war vielleicht im Spiel.

Hatte die Schilderung der mittelalterlichen Zustände, mit der der Hauptkommissar eingestiegen war, noch für eine gewisse Heiterkeit gesorgt, spiegelte sich nun ein neuer Ernst auf den Mienen im Publikum. Selbst der aufgeblasene Schreiberling aus der ersten Reihe stellte seine nächste Frage in einem anderen Ton.

»Kann man davon ausgehen, dass es auch im jetzigen Fall wieder um die Trophäen ging, die vom Tatort mitgenommen wurden?«, wollte er wissen. »Gehören auch die Hörner von Steinböcken zu solchen Objekten, für die man auf dem Schwarzmarkt viel Geld bekommt?«

Obwohl die Frage an ihn gerichtet war und er sich auf dem neusten Stand befand, gab Weirauch den Ball mit einem kurzen Blick an Stoll weiter – der im ganzen Landkreis beliebte Hauptkommissar war viel zu gut erzogen, um sie im eigenen Haus nicht zu Wort kommen zu lassen. Zufällig trat in dem Moment auch Brenner durch die Tür auf der Rückseite, der der Parkdirektorin die näheren Umstände der Tat vorhin per Funk durchgegeben hatte und mit der alten Traudl nun anscheinend wieder heil ins Tal abgestiegen war. Leise gesellte er sich zu der kleinen Gruppe von Parkmitarbeitern, die der Veranstaltung im Hintergrund beiwohnte und bei der auch bereits Dr. Fendt stand.

Stoll hatte gerade weiß Gott anderes im Kopf, dennoch kam sie nicht umhin zu bemerken, wie erleichtert die junge Veterinärin wirkte, als sie den Parkranger durch die Tür kommen sah – kaum hatte sie von dem Vorfall erfahren, hatte sie alle Sprechstunden abgesagt und war in ihrem weißen Kittel sofort ins Nationalparkzentrum geeilt. Trotz Hirlingers böser Bemerkungen hatte Stoll allerdings den Eindruck, dass auch Brenner die fleißige Bauerntochter, die erst vor Kurzem von Studium und Auslandsarbeit in die Heimat zurückgekehrt war, anders behandelte als seine sonstigen Bewunderinnen.

»Bei dem Fall heute liegt die Sache etwas anders«, antwortete die Parkdirektorin schließlich auf die gestellte Frage. »Und auch das erleben wir leider nicht zum ersten Mal. Durch das Internet ist es für Wilderer nicht nur leichter geworden, mit illegal erbeuteten Trophäen zu handeln, sondern auch mit Körperteilen von Tieren, die aus anderen Gründen gekauft werden. Steinböcke wurden in früheren Zeiten zum einen wegen ihres Fleischs gejagt, zum anderen aber weil sich mit den schönen und starken Geschöpfen alle Art von Aberglauben verband. Die Hörner wurden zum Beispiel zu Pulver zerrieben und als Potenzmittel verkauft, das Blut galt als Mittel gegen Blasensteine. Wie bei vielen Wiederkäuern bilden sich bei Steinböcken außerdem oft größere Magensteine, sogenannte Bezoarsteine, von denen man vor allem in der chinesischen Kultur immer noch glaubt, sie könnten gegen Vergiftungen schützen. Noch größere Mythen ranken sich um eine verknöcherte, kreuzförmige Sehne im Herz der Tiere – das sogenannte Herzkreuz. Als Anhänger um den Hals oder auf andere Weise am Körper getragen, soll sie den Besitzer unverwundbar machen und ihm übermenschliche Kräfte verleihen.«

Sie machte eine kurze Pause, damit die Journalisten besser mitschreiben konnten. Gleichzeitig dachte sie mit leichter Wehmut daran, dass die erfolgreiche Luchsauswilderung angesichts der neuen Entwicklungen wahrscheinlich zur Randnotiz verkommen würde.

»Aufgrund der abgesägten Hörner und Wunden der Tiere nehmen wir an, dass auch der heutige Fall eher in diese Sparte fällt«, erklärte sie, ihr Blick erneut kurz nach hinten zu Brenner und dann hinüber zu Weirauch gehend. »Wenn Trophäen das Ziel sind, wird normalerweise der ganze Kopf mitgenommen – so wie bei den tragischen Ereignissen, die sich damals in Annaberg zugetragen haben.

»Heißt das, jemand hat die Steinböcke getötet, um all diese Körperteile im Internet zu verkaufen?«, fragte der Redakteur vom »Traunsteiner Tagblatt«, den sie bereits von anderen Terminen kannte. »So eine Art Organhandel für Wunderheiler?«

»Ja, davon müssen wir wohl ausgehen«, erwiderte Stoll mit bedächtigem Nicken. »Allerdings gibt es in diesem Fall noch eine Besonderheit, die auch für uns neu ist: Die Exemplare wurden nicht mit einem Gewehr oder einer anderen Feuerwaffe zur Strecke gebracht, wie es sonst eigentlich die Regel ist. So wie die Verletzungen aussehen, ist es äußerst wahrscheinlich, dass man sie mit Pfeil und Bogen erlegt hat.«

3

Nach Stolls verblüffender Mitteilung herrschte kurz Stille im Konferenzraum des Nationalparkzentrums, und mehrere Journalisten blickten verdutzt von ihren Blöcken auf. Am schnellsten verarbeitete das Hirn des Großstadtreporters das kuriose Detail – der sich offenbar auch auf seinen Sinn für Humor etwas einbildete.

»Was soll das heißen?«, fragte er, legte demonstrativ den Kopf schief und zog die Stirn in Falten. »Sind die Tiere etwa von Indianern erlegt worden?«

Bevor Stoll antworten konnte, schaltete sich erneut Weirauch ein. Der Hauptkommissar hatte bereits ein wenig recherchiert und außerdem mit Kollegen gesprochen, in deren Landkreisen Ähnliches passiert war.

»Wenn Frau Stoll von Pfeil und Bogen spricht, dann hat das nur noch wenig mit dem zu tun, was man sich normalerweise darunter vorstellt«, erklärte er. »Heutige Bögen sind hochentwickelte Präzisionswaffen aus Carbon und anderen Hightechmaterialien, deren Geschosse mithilfe von Kabelzügen und Rollen auf eine Geschwindigkeit von fast 400 km/h gebracht werden und eine entsprechende Reichweite und Durchschlagskraft haben. Googeln Sie mal danach und schauen Sie sich ein bisschen was zu dem Thema auf YouTube an, dann werden Sie sehen, was ich meine. In den USA ist es ein richtiggehender Trend, mit solchen Bögen auf die Jagd zu gehen, und auch in Spanien, Frankreich, Italien und vielen südosteuropäischen Ländern wurden die Regeln dafür gelockert. In Deutschland, Österreich und der Schweiz ist die Bogenjagd verboten, aber auch hier gibt es natürlich Sportsfreunde, die sich heimlich in dieser Richtung betätigen. Selbst mit Armbrüsten, Speeren oder Wurfäxten gehen manche auf die armen Viecher los.«

Er schüttelte kurz den Kopf, zuckte mit den Achseln und fuhr dann mit einem leisen Seufzer fort.

»Ob das geschieht, weil die Leute das alles für besonders authentisch halten oder weil es einfach mal wieder was Neues ist, kann ich nicht sagen«, erklärte er. »Dass professionelle Wilderer Bögen benutzen, ist allerdings eher ungewöhnlich. Trotz aller Fortschritte ist dazu nämlich noch sehr viel Geschick und Übung nötig – besonders wenn man gleich auf mehrere Stücke geht.«

»Aber was kann es dann für einen Grund geben, dass es hier trotzdem so gemacht wurde?«, hakte der Mann vom »Traunsteiner Tagblatt« nach. »So wie Sie den Fall geschildert haben, scheinen die Tiere ja eher aus kommerziellem Interesse getötet worden zu sein. Und nicht aus Spaß an der Freud oder irgendeiner abartigen Experimentierlust.«

»Diese Frage haben wir uns natürlich auch schon gestellt«, antwortete Stoll, die in anderen Zusammenhängen bereits ein paarmal mit dem Thema in Berührung gekommen war. »Tatsächlich kann es sein, dass der Bogen in manchen Situationen auch gewisse Vorteile bietet. Er ist zum Beispiel viel leiser, als es selbst mit Schalldämpfer möglich ist – so leise, wie man das aus Filmen kennt, sind die nämlich keineswegs, schon gar nicht bei Gewehren. Das ist bei einer heimlichen Aktion hier in den Bergen des Nationalparks, wo jeder Schuss laut von den

Felsen zurückhallt, natürlich viel wert, und auch anderes Wild wird so wohl weniger stark aufgescheucht. In manchen spanischen Nationalparks werden Bögen sogar bewusst von Wildhütern zur schonenden Dezimierung der Bestände eingesetzt – was für die Gesundheit der Tiere und zur Erhaltung des ökologischen Gleichgewichts ab und zu notwendig ist.«

Unwillkürlich sah sie erneut zu Brenner nach hinten, den sie oft genug für ähnliche Maßnahmen im Park eingesetzt hatte – wenn auch mit herkömmlicher Ausrüstung. Eine Zeit lang war er seiner Pflicht mit so grimmiger Effizienz nachgekommen, dass es ihr fast ein bisschen mulmig dabei war, aber inzwischen schien sich das zum Glück gelegt zu haben.

Als Stoll nach hinten blickte, bemerkte sie, dass Fendt von ihrem Platz in der Ecke zu dem Parkranger hinübergegangen war und sich flüsternd mit ihm unterhielt. Die hübsche Blondine mit dem offenen Gesicht und dem gesunden Körperbau einer Almhirtin wirkte beunruhigt und erregt, was unschwer an der Rötung ihrer hohen Apfelwangen zu erkennen war. Stoll sah, dass auch Weirauch, der Fendts Patenonkel war oder sonst irgendwie zu ihrem Kreis zählte, mit gerunzelter Stirn zu den beiden hinüberschaute, sprach dann aber weiter.

»Freunde der Bogenjagd betonen auch immer wieder, wie schnell aufgrund der extrem scharfen Spitzen der Pfeile, welche den Körper wohl meist komplett durchschlagen, der Tod eintritt – zumindest wenn der Schuss präzise gesetzt wurde«, erläuterte sie. »Speziell im heutigen Fall wäre ein weiterer Vorteil die geringere Gefahr, kostbare innere Teile zu verletzen. Gewehrpatronen, die für so robustes Wild wie Steinböcke eingesetzt werden, haben meist ein relativ hohes Kaliber und zerlegen sich beim Aufprall oder gehen auf wie ein Pilz, wodurch sie sehr viel Schaden anrichten. Trotzdem ist es so, wie Herr Weirauch gesagt hat: Wer mit einem Bogen für derartige Zwecke einen Steinbock erlegen will, der macht es sich nicht gerade leicht. Das erfordert einen sehr hohen Grad an Virtuosität im Umgang mit diesem Tötungsinstrument, der beim gleichzeitigen Erlegen von drei Tieren schon fast ans Sagenhafte grenzt.«

Sie machte eine kurze Pause und wendete den Blick wieder den aufmerksam lauschenden Journalisten zu.

»Das sage ich jetzt aber nur unter drei«, ergänzte sie schnell, »und bitte Sie inständig, es nicht in Ihre Berichterstattung aufzunehmen. Auch Wilderer prahlen nämlich gern vor Gleichgesinnten mit ihren Heldentaten. Und wenn man sie in der Öffentlichkeit als Meisterschützen feiert, dann ermutigt man damit nicht nur sie, sondern im schlimmsten Fall auch irgendwelche irregeleiteten Fans und Nachahmer.«

Erneut warf sich die Parkdirektorin vor, nicht genau genug auf ihre Worte geachtet zu haben. Sie erinnerte sich an all die Geschichten über den »Jensei«, die sie in den Zeitungen gelesen hatte, und wie darin trotz der beflissenen Distanzierung von solcher Art der anachronistischen Trophäen- und Tötungslust immer auch eine gewisse Bewunderung für den eigensinnigen Wildererkönig mitschwang.

Tatsächlich wirkten inzwischen die meisten Journalisten im Raum, als sei ihr Bedarf an berichtenswerten Details gesättigt, und als könnten sie es jetzt kaum abwarten, sie in lesetaugliche Form zu gießen. Schon klappte der erste sein Laptop zusammen und strebte dem Ausgang zu, der sich links neben dem langen Tisch befand, an dem Stoll und Weirauch saßen. Stirnrunzelnd blickten viele der restlichen Anwesenden ihrem Kollegen hinterher, unsicher, ob sie es ihm gleichtun sollten oder dann vielleicht riskierten, etwas Entscheidendes zu verpassen. Da erhob sich plötzlich eine resolute Frauenstimme aus den hinteren Stuhlreihen.

»Und was ist mit dem Luchs?«

Die Stimme gehörte zu der rothaarigen Journalistin, die vorhin so zielstrebig auf Brenner zugeschritten war, es dann aber aufgrund der veränderten Situation nicht mehr geschafft hatte, ihm tatsächlich näherzukommen. Auch jetzt schien die attraktive Mittzwanzigerin die Absicht, die Hirlinger ihr unterstellt hatte, noch nicht vollständig aufgegeben zu haben. Zwar richtete sie ihre Frage an Stoll, drehte sich dann jedoch sofort mit aufmerksamer Miene zu dem Parkranger um, dessen verspätetes Hinzustoßen zu der Stellungnahme ihr offensichtlich nicht verborgen geblieben war.

Sofort wendeten sich auch viele andere Journalisten zu dem Parkranger um, der sich immer noch in seiner seltsam intensiv wirkenden Unterredung mit Dr. Fendt befand. Tatsächlich trug die junge Ärztin eine Miene, als sei sie bei etwas Ungehörigem ertappt worden, als ihr die Stille schließlich auffiel. Brenner hingegen blickte mit einem ähnlichen Ausdruck wie am Morgen in den Saal: als bemerke er die vielen Menschen gerade wieder zum ersten Mal – und als wisse er ohnehin nicht recht, was sie alle dort eigentlich trieben.

»Nur zu, Herr Brenner«, sagte Stoll über die Köpfe hinweg. »Die Frage scheint an Sie gerichtet zu sein: Müssen wir fürchten, dass dem pinselohrigen Schützling, den

Sie mit so viel Mühe und Herzblut aufgezogen haben, etwas Ähnliches zustößt?«

»Nein, Luchs ist nicht in Gefahr«, erwiderte der Parkranger und wirkte dabei durch die unbedarft anmutende Verwendung des Namens, den er sich für seinen Gefährten angewöhnt hatte, noch mehr wie der Wilde, der er im Grunde seines Wesens vielleicht wirklich war.

»Luchs kann auf sich aufpassen.«

TEIL III: LENZ GRANDL

1

Als Brenner 15 Jahre alt war, hatte er etwas erlebt, wovon er noch nie jemandem erzählt hatte.

Es war kurz nachdem sein Vater sich erhängt hatte. Der hagere sanfte Mann, der in der Scheune von einem Balken baumelte, war nie wirklich sein Vater gewesen, aber das hatte Brenner damals noch nicht gewusst. Und die verzweifelte Niederlage des fleißigen Milchbauern, der ihn aufgezogen hatte wie seinen eigenen Sohn, hatte ihn so wütend gemacht, dass er am liebsten die ganze Welt mit einem einzigen Schlag in Trümmer gelegt hätte.

Nach dem Unglück, von dem die Seele seiner Mutter einen Knacks davongetragen hatte wie gesprungenes Porzellan, waren sie von ihrem verschuldeten Hof fortgezogen und hatten eine kleine Wohnung am Rand von Bischofswiesen gemietet. Brenner, der sich bisher eigentlich gut mit allen verstanden hatte, war in der Schule immer öfter in Streit geraten, und bei einer dieser Gelegenheiten hatte er Lenz Grandl kennengelernt.

Kennengelernt war eigentlich nicht ganz richtig – weil jeder Lenz kannte. Sein Vater war ein meist wenig freundlich dreinblickender Säufer, dem die Frau davongelaufen war und der sich über Wasser hielt, indem er im Sommer Kies ausfuhr und im Winter an der Jennerbahn als Liftwärter arbeitete. Genau wie Lenz selbst, der mit seinen 17 Jahren immer noch keinen Abschluss an Brenners Mittelschule gemacht hatte, war er als harter Bursche bekannt, was neben einer gewissen Portion Mitleid wahrscheinlich der Grund war, warum niemand wegen seiner Sauferei einen allzu großen Aufstand machte.

Anders als sein Vater, dem man stets ansah, dass der Tag nur eine Pflicht war, die er notgedrungen hinter sich brachte, wirkte Lenz lebenslustiger und auf seine Weise sogar ehrgeizig. Niemand wusste genau wie, aber er hatte es geschafft, sich eine 125er zu finanzieren, an der er nach Schulschluss unweigerlich in seiner Motocrossjacke auf dem Parkplatz lehnte, um mit einer Dose Bier in der Hand Hof zu halten.

Lenz war ein kerniger Typ, mit strammen Schultern, die sogar noch ein wenig breiter werden würden als Brenners eigene, männlichem Gesicht und fast schwarzen, gewellten Haaren, die er zurückgegelt und so lang trug, dass sie hinten aus seinem Helm schauten. Ihm wurden alle möglichen Liebschaften nachgesagt, die meisten wahrscheinlich zu Recht, was auf Brenner, der damals selbst das Thema für sich zu entdecken begann, einen gewissen Eindruck machte und auch viele andere Jungen dazu brachte, um Lenz' Nähe und Respekt zu buhlen.

Einer dieser Jungen war Ande Schulz, hinter seinem Rücken auch gerne »Schwabbel-Schulz« genannt – ein großer dicker Kerl mit Pausbacken und stierem Blick, dessen Vater Rechtsanwalt war und ihn längst auf ein Internat hätte schicken können, es aber wohl aus erzieherischen Gründen unterließ. Andes eigenes Anhängsel wiederum war Rups Hinteregger, der gedrungene Sohn eines Heizungsinstallateurs, der ebenfalls schon 17 war oder darauf zuging und wie Ande stets eine Dose Jacky Cola in der Hand und eine Baseballkappe auf dem Kopf hatte, wenn er nach der Schule auf dem kleinen Zweiradparkplatz neben dem Haupteingang herumhing.

Brenner hatte kurz zuvor einem Jungen aus seiner Klasse, der wie er sehr sportlich und eigentlich sein Freund war, beim Fußball auf dem Pausenhof ein blaues Auge geschlagen – aus keinem anderen Grund, als dass der andere ihn ein bisschen zu hart angegangen war, wie im Eifer des Gefechts schon bei hundert anderen Gelegenheiten. Als Brenner in der Woche darauf vom Nachsitzen kam, rief Ande ihn zu dem Parkplatz hinüber, wo sich auch noch andere ältere Schüler unterhielten, bevor sie mit ihren Mofas oder Fahrrädern nach Hause fuhren.

Brenner wollte sich gerade selbst auf seinen altersschwachen Drahtesel schwingen. Seine Mutter konnte sich irgendwie nicht recht behalten, dass er die Woche später kam, und würde sich wahrscheinlich schon wieder Sorgen machen. Also setzte er zwar den bereits angehobenen Fuß zurück auf den Boden, blieb aber mit dem Lenker in der Hand stehen und blickte mit gerunzelter Stirn hinüber.

»Wos is, Ande?«, rief er. »Wos gibt's? I wui grod hoam.«

»Ei, jetz stäi hoid grod moi dei Radl hi und kimm rum«, rief Ande zurück. »Mia woin nua kuaz mid dia redn.«

Es war ein heißer Sommertag, und Ande hatte schon

ein hochrotes Gesicht und glasige Augen. Auch Rups' breites Grinsen verhieß nichts Gutes.

Dass Brenner trotzdem sein Rad ans Gebüsch neben dem Eingang lehnte und zu den dreien hinüberging, lag an Lenz. Der ältere Junge, der zwischen den anderen beinah schon wie ein richtiger Mann aussah und trotz Bier und Lederjacke weder angetrunken noch überhitzt wirkte, bedeutete ihm durch ein aufmunterndes Lächeln, in dem nur halb so viel Spott zu liegen schien wie sonst, dass er Andes Aufforderung Folge leisten sollte.

»I hob gehört, du hosd am Strosser Muck oadentlich oane zogn«, sagte er, als Brenner vor den dreien stand. »Des hosd du guad gemacht. Der hod's vadeant.«

Brenner runzelte abermals die Stirn und legte den Kopf schief.

»Wieso?«, fragte er nach einem kurzen Moment. »Wos hod ea dia do?«

»Mia nix«, erwiderte Lenz. »Aba sei Muada hod mein Oidn gmeldt, weil ea ogeblich a Lückn in ihrn Zaun gfahrn hod. Des is a hysterische blede Kuah.«

Brenner sah Lenz in die Augen, die fast genauso strahlend grün waren wie seine eigenen strahlend blau. Gleichzeitig merkte er, wie Ande und Rups das Gespräch aufmerksam und mit einer seltsamen Art von Erwartung verfolgten.

»Davo woass i nix und des gäd mi aa nix o«, erwiderte er schließlich. »Aba wenn's so gwen is, dann war's jo ned da Muck, da ihn gemeldet hod. Mia hom uns nua beim Fuaßboi in de Hoa gekriegt, des is ois.«

Lenz hielt seinen Blick, sein Lächeln jetzt vielleicht wieder eine Spur spöttischer als zuvor. Auch die Gespräche der anderen Schüler waren verstummt, und jeder schien neugierig zu verfolgen, wie sich die Sache entwickeln würde.

Noch einen Augenblick länger zog sich die von der frühen Nachmittagssonne überstrahlte Stille, in der Brenner auf der nahen Hauptstraße ein Auto vorbeirauschen hören konnte und irgendwo im Schulgebäude eine Tür zuknallte. Dann entspannten sich Lenz' Züge, und er nickte ihm unmerklich zu.

»Scho recht, Bua«, sagte er. »Oan Gfoin do host mia drotzdem. Jetz schau, dass du hoam kimmst. Dei Muada wart bestimmt scho mit'm Essn.«

Brenner wandte sich ohne ein weiteres Wort zum Gehen. Er war jedoch kaum zwei Schritte weit gekommen, als Ande ihn zurückrief.

»Wart amoi, Brenna. Komm nummoi her.«

»Wos is, Ande? I muas jetz wirklich hoam.«

»Komm nummoi ganz kurz her. I wui dia no wos gebn.«

Ande stellte seine Dose auf den Sitz seiner hinter ihm aufgebockten Vespa, auf der bereits zwei leere Dosen standen. Dann griff er in die vordere Tasche seiner Jeans und holte seine Brieftasche hervor.

Wie von selbst machte Brenner wieder einen Schritt auf die anderen zu. Er hatte einen eigenartigen Gedanken.

Wollte Ande ihm ein altes Foto von seinem und Brenners Vater zeigen, die ungefähr gleich alt gewesen sein mussten? Oder hatte er – sorgfältig zusammengefaltet in seiner Brieftasche, damit es nicht verloren ging – vielleicht sogar ein Schriftstück bei sich, das bewies, dass die Bank ihren Hof doch zu Unrecht übernommen hatte.

Ande fischte einen 20-Euro-Schein hervor und hielt ihn Brenner hin.

Brenner sah den älteren Jungen verwirrt an.

»Wos soi des, Ande? Bisd jetz damisch wordn?«

»Dafia, dass du am Muck oane vapasst hosd, am eitln Bock«, erklärte Ande und blickte beifallheischend zu seinen Gefährten hinüber. »Da hoit se doch fian zwoadn Beckham.«

Brenner drückte das Kreuz durch und sah Ande streng ins Gesicht.

»Da Muck is mei Spezl«, sagte er. »Und i wui dei Scheißgejd ned.«

Eines der älteren Mädchen lachte laut auf, und Andes Gesicht nahm einen purpurnen Ton an. Er schwitzte so stark, dass seine Mütze einen feuchten Rand hatte und ihm glitzernde Bahnen übers Gesicht liefen.

»Jetz nimm scho, du kloana Hosnscheißer«, zischte er und sah mit unsicherem Lächeln zu Lenz hinüber, der jedoch genauso überrascht von der Aktion wirkte wie Brenner selbst. »Ihr könntst des doch jetzt guad braucha, du und dei Muada.«

Kaum hatte Ande diese Worte gesagt, wurde es auf dem kleinen Parkplatz noch stiller als zuvor. Selbst die viel befahrene Bergwerkstraße schien plötzlich den Atem anzuhalten.

»Wos host du gsogt?«, fragte Brenner.

Ande schüttelte ungeduldig den Schein in seiner Hand und sah verzweifelt um sich.

»Jetz mach ned so an Zirkus und nimm des Scheißgejd«, fuhr er Brenner an. »Woass doch jeda, dass dei Voda's ned packt hod und se deshoib den Schdrigg gnomma hod. Konn i doch nix dafia, wenn ea so a Scheißschwächling war.«

Ande war dann bald wirklich aufs Internat gegangen, und Brenner hatte später nie wieder etwas von ihm gehört. Als er sich vor Kurzem zufällig an die Szene erinnert hatte, war er nicht sicher gewesen, ob es der große Junge mit dem Ochsenblick, der stets im Clinch mit seinem strengen Vater lag, in Wirklichkeit nicht gut gemeint hatte. Damals war Brenner dieser Gedanke jedoch keinen Augenblick gekommen.

Er war zu der Zeit noch ziemlich klein, einen Schuss würde er erst später machen, und Ande war fast zwei Köpfe größer und doppelt so schwer wie er. Dennoch stürzte Brenner geradewegs auf ihn zu und rammte ihn mit solcher Wucht in den Bauch, dass sie beide mitsamt der Vespa zu Boden gingen.

Klirrend zerschellten die weit ausgestellten Rückspiegel, die Ande sich an den Lenker geschraubt hatte, und scheppernd rollten die schwarzen Dosen über den staubigen Asphalt. Bevor Ande sich wieder aufrichten konnte, hockte Brenner schon auf ihm und schlug mit der Faust in sein überraschtes Gesicht – was für einen kurzen Moment die Wut, die er seit einiger Zeit in sich spürte, noch mehr linderte als bei der Pausenprügelei eine Woche zuvor.

Zwei satte Schläge konnte er landen. Dann trat ihm Rups mit solcher Wucht in die Rippen, dass er hart über den Boden und bis vor die Füße der Umstehenden kugelte. Sofort sprang er wieder auf und stürzte sich auf den anderen wie ein tollwütiges Tier.

Rups hatte härtere Muskeln als Ande, aber auch er schien mit Brenners unbändiger Angriffslust nicht gerechnet zu haben. Schon lag er ebenfalls auf dem Rücken und schützte sein Gesicht notdürftig gegen die Fäuste, die auf ihn einprasselten.

Da legte sich plötzlich ein Arm wie eine Schraubzwinge um Brenners Hals und zog ihn von seinem Opfer fort.

»Keine Angst, ich tu dir nichts«, sagte Lenz, wie zur Bekräftigung seiner lauteren Absichten in die Hochsprache wechselnd – und ließ ihn nach kurzem Gerangel tatsächlich frei.

Keuchend stand Brenner vor ihm, die Hände immer noch zu Fäusten geballt, die Beine sprungbereit.

»Himmel, Junge«, sagte Lenz kopfschüttelnd, während er ihn mit erhobener Handfläche auf Abstand hielt. »Du bist ja schlimmer als jeder Pitbull. Da kann man es ja mit der Angst zu tun bekommen.«

»Hau eam oane nei, Lenz!«, rief von hinten Ande, der bereits mit Tränen in den Augen den Schaden an seiner Vespa begutachtete. »Gib's am kloan Scheißer!«

»Oan Dreck werd i, du Depp«, rief Lenz zurück. »Du oiwei mid deine Schnapsideen. Und du lossd ian aa schee in Ruah, Rupsi-Wupsi. Sonst ziag i dia de Oan lang.«

»Sieh jetzt zu, dass du heimkommst«, sagte er dann zu Brenner. »Und komm am Samstag mal in der ›Rose‹ in Ramsau vorbei. Da bin ich am Wochenende oft.«

2

Die »Rose« in Ramsau hieß eigentlich »Zur Alpenrose« und hatte tatsächlich einen verdorrten Strauch dieses Gewächses vor der Tür. Es handelte sich um nicht mehr als einen umgebauten Schuppen am Rande eines alten Weilers, dessen übrige Gebäude längst nicht mehr standen. Jeder wusste, dass der Wirt es mit dem Alter nicht so genau nahm, besonders bei jungen Männern, und so trafen sich dort am Wochenende oft viele noch nicht ganz oder noch nicht lange Volljährige, bei denen zu Hause niemand allzu genau nachfragte.

Lenz saß an einem Tisch neben dem Eingang, unter einem der Wolpertinger, die überall von den Wänden herabblickten – ausgestopfte Mischwesen aus Hasen, Rehen, Eulen und anderem Getier, für die der Wirt offenbar eine Vorliebe hatte. Nach der Geschichte auf dem Parkplatz hatten die drei älteren Jungen die ganze Woche so getan, als sei nichts geschehen, trotzdem hatte Brenner eben noch mal kurz gezögert, bevor er in der späten Sommerdämmerung losgeradelt war und seine bereits schlafende Mutter allein in der Wohnung zurückgelassen hatte – nicht zuletzt, weil er fest damit rechnete, dass Ande und Rups ihrem großen Vorbild wieder Gesellschaft leisten würden.

Tatsächlich saß an Lenz' Tisch jedoch eine braunhaarige Schönheit mit rotem Top, langen Beinen und zierlichen Sandalen, die Brenner trotz der ausgefransten Jeansshorts sofort mit dem fabrikneuen Mini in Verbindung brachte, der draußen halb vor der Einfahrt zum Parkplatz stand.

»Do hod ea se doch tatsächlich hergetraut«, sagte Lenz mit spöttischem Grinsen, als Brenner unsicher an den Tisch trat, wies dann jedoch mit dem Kinn auf den freien Stuhl zwischen Tisch und Wand. »Setz di, Bua. Und willkommen in da ›Rose‹.«

»Ist das dein kleiner Bruder?«, fragte die Braunhaarige, die sich gerade im Gespräch mit Lenz befunden hatte, aber sofort mit der unkomplizierten Höflichkeit, die Brenner schon öfter an gut erzogenen Menschen aufgefallen war, ihre Aufmerksamkeit ihm zuwandte.

»Na, mei Bruada is des ned«, erwiderte Lenz. »Warad aba bestimmt ned schlecht, den ois Bruada zu hom. So wia der se schlogn konn.«

Statt Hochdeutsch zu sprechen wie seine Tischgenossin, schien Lenz mit Absicht in noch breiterem Dialekt zu reden als sonst, was auf die höhere Tochter anscheinend durchaus einen gewissen Reiz ausübte. Während sie auch Brenner mit makellosem Lächeln und unverhohlenem Interesse musterte, zwinkerte Lenz ihm unauffällig zu und rief dann zum Wirt hinüber, der gerade den Tisch auf der anderen Seite des Eingangs abkassierte.

»Kaschba, bring uns no a Hells! Mia hom Zuawachs griagd.«

Der Wirt war ein etwa 50-jähriger Mann mit normaler Statur, leicht aufgeschwemmtem Gesicht und dünnem Schnurrbart. Sein bunt gemustertes Hemd war fast bis zum Bauch geöffnet, sodass das spärliche Brusthaar zu sehen war, und er trug eine goldene Halskette und an jedem Ohr einen kleinen Brillanten. Als er an ihren Tisch kam, brachte er eine schwere Wolke aus Schweiß und Aftershave mit, und auch er musterte Brenner mit unverhohlener Aufmerksamkeit.

»Der is doch no ned moi 16«, sagte er. »A Glasl Mille konn ea hom. Aba koa Bier.«

»Jetz mach koan Aufstand und schau ean ned o, ois woitest du ean auffressn«, erwiderte Lenz. »Der is genauso weng oana vo deina Sortn wia i.«

»Bessa ois oana vo deina Sortn«, sagte der Wirt mit blitzenden Augen und richtete den Blick voll Widerwillen auf ihre Tischgenossin. »Der de junga Menschn vom rechdn Weg obbringt.«

»Eazähl du ma nix vom rechdn Weg, oida Sauigel. Bring jetz a Hells, sonst bericht i moi auf da Inspektion, wie's do zuagäd. Und aa sonst no a boa andere Sachan.«

Brenner hatte Lenz schon wenig respektvoll mit Lehrern reden hören, aber das hier war noch mal etwas anderes. Der Wirt schaute seinen Widersacher für einen Moment so wütend an, dass eins seiner Lider nervös zuckte. Dann wendete er sich jedoch ab und ging zur Theke zurück – dem Befehl seines jungen Gastes offenbar folgend.

»Igitt, mit dem wollt' ich mich nicht anlegen«, bemerkte die Braunhaarige. »Vor dem gruselt's mich.«

»Ach wos, des is nua a oida Schwuli, der Angst um sein Lodn hod. Eam bassd's ned, dass i do meina Gschäft nochgeh. Womit mia wieda beim Thema waradn …«

Lenz grinste die Braunhaarige, die mindestens 18 sein musste, aber wahrscheinlich schon älter war, anzüglich an. Auch ihre Augen blitzten – aber auf ganz andere Weise als die des Wirtes kurz zuvor.

»Psst«, machte sie. »Es sind Minderjährige anwesend.«

»Na und. I war aa minderjährig, ois i's gelernt hob. Nua ned mid oana, de so fesch war wia du. Und's so guad kenna hod.«

Die Braunhaarige gab Lenz mit ihrer feingliedrigen Hand, deren Nägel im gleichen Farbton leuchteten wie ihr Top, einen Klaps auf den Unterarm. Sie wendete sich kurz zum gut gefüllten Raum um und zog dann vorwurfsvoll die Brauen hoch. Das Parfüm, das durch den Schwung ihrer Haare herübergeweht wurde, war so leicht und elegant wie ihre Art zu sprechen und ihre Bewegungen.

»Des Angebot städ«, antwortete Lenz ungerührt. »Oda du konnst ma des Gejd des naxte Moi gebn. I vatrau dia.«

Mit hochroten Wangen schaute die junge Frau noch mal zu Brenner rüber und schüttelte den Kopf, als wisse sie nicht, was sie hier eigentlich tue. Dann nahm sie ihr Handy und ihren großen Schlüsselbund vom Tisch.

»Na gut«, flüsterte sie. »Aber es muss schnell gehen. Die anderen warten schon.«

Lenz beugte sich zu dem Rucksack hinunter, der auf Brenners Seite offen neben seinem Stuhl stand, holte einen kleinen Zellophanbeutel hervor und erhob sich von seinem Platz. Auch die Braunhaarige stand auf, legte einen kleinen Schalter an der Seite ihres Handys um und verstaute es in ihrer Handtasche.

»Tschüss, kleiner Bruder«, sagte sie mit hellem Kichern, durch das sie plötzlich wieder wie eine von Brenners Schulkameradinnen wirkte, und verließ mit Lenz im Schlepptau das Lokal.

Brenner war die ganze Zeit zu abgelenkt gewesen, doch jetzt wurde ihm bewusst, dass er im Vergleich zu den anderen Gästen wirklich noch ein halbes Kind war. Ein akkurat frisierter Typ mit blau-weiß kariertem Hemd, der vom hiesigen Gymnasium stammen musste, sah Lenz und seiner Eroberung mit finsterer Miene hinterher und dann zu Brenner hinüber. Dieser erwiderte mit ausdruckslosem Gesicht seinen Blick, bis der andere sich wieder seinen Freunden zuwendete.

»Na, do host da vielleicht an Spezi ausgesuacht«, sagte der Wirt, als er ihm sein Helles brachte. »Wenn du schlau bisd, lasst dei Bier steh und vaziagst di schleinigst vo do. Du bisd doch da Bua vom Brenna Hof, oda ned?«

»Und wenn i's bin?«

Brenner war sich dessen damals natürlich nicht gewahr, doch auch seine Augen hatten sicherlich geblitzt – so unmissverständlich, dass sich der Wirt lieber wieder hinter seine Theke verzog.

Brenner hatte damals schon begonnen, aus einer Garage in der Nähe ihrer Wohnung Bier zu klauen und abends auf einer Anhöhe zu trinken, während die Umrisse der Berge langsam verschwanden und sich die Dunkelheit über die Felder senkte wie ein großes Tuch, unter dem alle Geräusche des Tages nach und nach verstummten. Der Alkohol besänftigte das Feuer in seinem Innern oder verwandelte es in eine blaue Flamme, die klarer und kühler zu brennen schien und doch mehr Kraft in sich trug – ganz wie jene der verschiedenen chemischen Substanzen, die ihr Lehrer manchmal zur allgemeinen Unterhaltung im Werkunterricht für sie entzündete.

Er trank das nur gerade so kalte Gebräu in regelmäßigen, aber nicht gierigen Schlucken und wechselte mit dem Blick zwischen den Menschen im Raum und den zusammengestückelten Monstren an den Wänden, als ihm plötzlich ein Mann auffiel, der an der Theke stand. Er war groß, schwer, trug eine schwarze Lederjacke und bunte Turnschuhe und unterhielt sich mit aufmerksamer Miene mit dem Wirt, der unauffällig mit dem Kopf in Richtung ihres Tisches wies. Brenner hatte den Mann noch nie gesehen, doch etwas sagte ihm, dass er entweder ganz schnell aus dem Lokal verschwinden oder die Ankunft des neuen Gastes Lenz mitteilen sollte – als dieser plötzlich wieder mit breitem Grinsen neben ihm stand.

»Is wirklich schnei ganga«, sagte er mit einem kumpelhaften Hieb gegen Brenners Schulter. »Aba glohnt hod se's drotzdem.«

Brenner sah demonstrativ Richtung Theke, und eine kurze Wendung des Kopfes war genug, um Lenz' Miene komplett zu verwandeln.

»Gib mir den Rucksack«, flüsterte er hastig, doch dann, nach einem raschen Blick zur Tür: »Nein, häng ihn über die Lehne. Dann sieht er aus wie deiner.«

Das hätte eine seltsame Aufforderung sein können, doch Brenner glaubte, sie richtig zu verstehen: Es handelte sich um einen normalen bunten Nylonrucksack, der über seinem Stuhl noch mehr aussehen würde wie ein Schulranzen. Trotzdem musste Brenner kurz an seine Mutter denken, während er unauffällig Lenz' Aufforderung Folge leistete, und wie es sich auf ihren ohnehin angeschlagenen Zustand auswirken würde, wenn er hier in irgendwelche Schwierigkeiten geriet.

Schon stand der schwere Typ von der Theke an ihrem Tisch, flankiert von einem kaum weniger massigen Glatzkopf in T-Shirt und grauem Stoffsakko, der von der Tür herüberkam. Beide wirkten etwas jünger als der Wirt, und der von der Theke hatte ebenfalls einen Schnurrbart, allerdings voll und struppig wie seine Haare, während sich von den hellen Brauen des anderen eine rosa glänzende Narbe fast über die ganze linke Kopfseite schwang.

»Griaß God, Kriminalinspektion Traunstoa«, sagte der Schnurrbärtige und schob kurz den rechten Schoß seiner Jacke beiseite, sodass ein in einem schwarzen Sichtetui steckender Ausweis zum Vorschein kam. »Bisd du da Grandl Lenz?«

»Jo, der bin i«, erwiderte Lenz und blickte mit gerunzelter Stirn von einem der zwei Männer zum anderen. »Is meim Oidn wos bassiert?«

War die Frage nur eine geschickte Finte, um den Unschuldigen zu spielen? Oder erwartete Lenz tatsächlich täglich, von der Polizei eine schlechte Nachricht überbracht zu bekommen, weil sein Vater sich immer stockbesoffen hinters Steuer setzte? Brenner hatte es nie erfahren.

So groß und schwer der mit dem Ausweis auch war, um die Augen hatte er einen sanften Zug, der ihn beinah sympathisch wirken ließ. Er sah sich im Raum um, wo die meisten so taten, als bemerkten sie nichts, und warf auch einen flüchtigen Blick auf Brenner, der mit dem bunten Rucksack an der Lehne auf seinem Stuhl saß.

Dann machte er ein ernstes Gesicht, legte Lenz die Hand auf die Schulter und steuerte ihn behutsam Richtung Tür.

»Lass uns am besdn draußn drüba redn«, sagte er mit taktvoll gesenkter Stimme. »Do san mia a bissal mehr unta uns.«

Trotz allem, was danach passierte, war Brenner fast am deutlichsten von dem Abend der Ausdruck im Gedächtnis geblieben, den Lenz' Gesicht trug, als er sich beim Gehen noch mal zu ihm umschaute.

Erneut war seine Miene von einem Moment auf den anderen wie ausgewechselt, die frühreif männlichen Züge so blass, dass die Haare pechschwarz wirkten, und in seinen Augen schien vor allem eines zu liegen: Verwunderung darüber, dass ihm, dem die Götter auf ihre Art so wohlgesonnen schienen, das Schicksal schließlich doch einen Schlag versetzen sollte.

In den nächsten Minuten fühlte sich Brenner wie unter Wasser. Oder als hätte sich eine dicke Glasscheibe zwischen ihn und den Rest der Welt geschoben.

Die ernste Art des Schnurrbärtigen und vor allem Lenz' Miene hatten ihn in den Moment zurückversetzt, als sich sein eigenes Leben vor ein paar Monaten schlagartig geändert hatte. Wieder sah er die halb geschlossenen Augen des dünnen Mannes vor sich, der von dem großen Balken in der Scheune hing – der Blick so leer und leblos wie jener der Kreaturen, die hier missgestalteten Kirchenengeln gleich von den Wänden blickten.

Nur langsam verwandelte sich das vertraute und doch bereits seltsam fremd gewordene Gesicht wieder in das des karierthemdigen Gymnasiasten, der ihn nun, da er Recht und Ordnung auf seiner Seite wusste, erneut herausfordernd von seinem Tisch aus ansah. Den feindseligen Blick mit eisiger Miene haltend, trank Brenner einen Schluck von dem Bier vor ihm. Wahrscheinlich wäre er am Ende sogar aufgestanden und zu dem unsympathischen Feigling hinübergegangen, wenn sich in dem Moment nicht wieder die von schwerem Parfumduft begleitete Gestalt des Wirts in seine Sicht geschoben hätte.

»Jetz vaschwind endlich, du bläda Bua«, sagte er. »Du merkst doch, dass des ois nix fia di is. Am Lenz seine Machaschaftn und krumma Gschichtn.«

»Is a tot, da Voda vom Lenz?«

»Wos?«

»De Polizisdn. Sie san mid eam voa de Dia. Weng seim Voda.«

Der Wirt sah ihn perplex an. In der Hand hatte er ein feuchtes Geschirrtuch, das genauso alt, vergilbt und schmuddelig wirkte wie er und der ganze Laden.

»Des san koane Polizisdn«, sagte er.

»Wos?«

»I hobs eahm hudnertmoi gsogt, dass ea aufpassn soi, dem Lenz. De meng des ned, wenn ma in ihrm Revia wuidat. Dann kenna de richtig unguad wern. Des san koane Kinderfreind ned.«

3

Als Brenner rauskam, stand nicht mehr der rote Mini vor der Einfahrt, sondern ein schwarzer Viertürer. Er war so unauffällig, dass Brenner bis heute keinerlei Angaben zu Marke oder Modell hätte machen können.

Der Himmel war den ganzen Tag so wolkenlos gewesen wie in der ganzen vorhergehenden Woche, und hinter dem Parkplatz, dessen Rand steil zum Berchtesgadener Talkessel abfiel, breiteten sich lila schimmernde

Berge und der immer noch mit letztem Blau überzogene Sommerhimmel.

Davor – im Schatten des alten Apfelbaums, der sich dort an den Rand klammerte – zeichneten sich drei Gestalten ab. Wie das Auto waren sie in der aufziehenden Dunkelheit zuerst kaum zu sehen. Doch dann traten sie scharf umrissen aus der violetten Weite hervor wie ein Scherenschnitt.

Links stand der Typ mit den struppigen Haaren, in der einen Hand eine Waffe, die andere um die langen Haare der am Boden knienden Figur vor ihm geschlossen wie um die Mähne eines Pferds.

Rechts stand der mit der Glatze. Mit einer Hand hielt er Lenz ebenfalls am Nacken gepackt, während er mit der anderen zu verhindern schien, dass ihm seine Hose über die Hüfte rutschte.

»So is's recht, wia a Zuckerschdang«, keuchte er. »Wer nehma konn, der muss aa gebn kenna.«

An einem Regenfass neben dem Schuppen lehnte ein zusammengeschobener gelber Teleskopstab, Baumsäge und Pflückbeutel lagen abgeschraubt am Boden. Brenner packte den Stab und holte damit noch im Rennen aus wie mit einem Dreschflegel.

Er traf den Schnurrbärtigen so hart am Oberarm, dass er die Waffe schwer auf den dunklen Boden fallen hörte. Schon holte er erneut aus und hieb auf den Glatzköpfigen ein, bis der – eine Hand weiter am offenen Hosenbund, die andere schützend über den Kopf gelegt – mit einem Fuß über der steilen Rasenkante kauerte.

Dann packte der andere Brenner an Schulter und T-Shirt und schleuderte ihn im hohen Bogen zur Seite. Wie bei seiner Schlägerei mit Ande und Rups schnellte

Brenner sofort wieder hoch. Doch diesmal traf ihn ein kräftiger Fußtritt mitten in die Brust, sodass er hart mit dem Rücken in Kies und Staub landete.

Kurz bekam er keine Luft. Wie in einem bösen Traum lag er ohne einen Funken Kraft im Körper am Boden. Da packte ihn eine große Hand am Arm und drückte sein Gesicht mit solcher Wucht gegen die Mündung der Waffe, dass sie hart gegen seine Zähne schlug.

»Du kloana Wixa«, zischte der Glatzköpfige, das fast brauenlose Gesicht zu einer wütenden Fratze verzerrt. »Du kloana Wixa – i jog da a Kugl in Kopf!«

Brenner sah, wie der Mann mit dem Daumen den kleinen Hebel an der Seite des kastenförmigen Laufs nach unten schob, und erwartete, im nächsten Moment einen lauten Knall zu hören, der seine Welt zum Explodieren brachte. Doch trotz des schwindenden Lichts schien den beiden schließlich aufzugehen, um wen es sich bei ihrem wütenden Gegner handelte.

»Scheiße«, sagte der mit dem Schnurrbart. »Des is da Bua vo drin.«

»Wos?«

»Der mid dem andern am Disch gsessn is. Des is no a hoibs Kind. Den konnst ned oafach daschiaßn.«

Auch der Glatzköpfige musterte Brenner jetzt genauer – offenbar widerwillig abwägend, ob er sich der Einschätzung seines Partners anschließen musste. Mit einem seiner ersten Hiebe hatte Brenner wohl die Stelle mit der Narbe auf seinem Kopf getroffen, von der ihm dunkel glänzendes Blut übers Gesicht lief.

Der andere legte dem Glatzköpfigen vorsichtig die Hand auf den Arm und schob sanft die Waffe nach unten. Die Bewegung erinnerte Brenner auf merkwürdige Art an jene, mit der er vorhin Lenz Richtung Tür gesteuert hatte.

»Außerdem hod uns do drin jeda gseng«, sagte er und wies mit dem Kinn kurz in die Dunkelheit hinter ihnen. »Da freche Hosnscheißer hod sei Lektion gelernt. Lass uns obhaun.«

Während die zwei Männer zügigen Schrittes davoneilten und im nächsten Moment auch schon ein Motor ansprang, rappelte sich Brenner auf und ging zu der gebeugten Gestalt hinüber, die sich an den Stoßstangen der wenigen Autos entlang Richtung Ausfahrt schleppte.

»Hilf mir, Brenner«, stöhnte Lenz. »Ich muss zu meinem Motorrad.«

Brenner beugte sich unter Lenz' Arm, und sie stolperten zusammen zu seiner Maschine. Mittlerweile war es so dunkel, dass Brenner erst Lenz' Gesicht sah, als dieser es nach drei Versuchen endlich schaffte, den Motor anzuwerfen, und das Licht des Scheinwerfers hell vom umliegenden Gebüsch zurückgeworfen wurde.

»Mein Gott, Lenz«, entfuhr es Brenner. »Wo willst du hin? Sollen wir das nicht irgendwie melden?«

»Nein, das melden wir niemandem«, brachte Lenz mühsam hervor, als hätte er ein großes Knäuel blutiger Watte im Mund. Den Helm über den Arm gehängt, fuhr er kurz an, drehte sich dann aber noch mal zu ihm um.

»Wenn irgendjemand von dieser Sache erfährt, dann bring ich dich um, Brenner, hörst du? Wenn du irgendjemandem davon erzählst, dann mach ich dich kalt – und wenn's das Letzte ist, was ich tue.«

4

Brenner hatte niemandem davon erzählt, sein ganzes Leben nicht.

Auch als die alte Traudl ihn heute Morgen am Steinernen Meer am Arm gepackt und wütend angefahren hatte, hatte er so getan, als wisse er nicht, von wem sie rede. Und Mene hatte er ebenfalls angelogen, als sie ihn vorhin bei der Pressekonferenz ausgefragt hatte und zu erfahren versuchte, ob Lenz in die Sache verwickelt war.

Das glaubte Brenner nicht einmal unbedingt. Trotzdem hatte er sich eben nicht mit den anderen Mitarbeitern des Nationalparks auf den Weg zurück zu den Steinböcken gemacht, um ihre Kadaver an einen Ort zu bringen, wo es noch unwahrscheinlicher war, dass ein Tourist darüber stolpert. Stattdessen hatte er sich auf der langen, gewundenen Schotterstraße, die sich östlich des Königssees durch die Berge zog, so zügig an samstäglichen Wanderern und Mountainbikefahrern vorbeigeschlängelt, dass manche sicherlich jetzt noch über das rücksichtslose Nationalparkfahrzeug schimpften. Als er fast ganz bis zur Gotzenalm durchgefahren war, stellte er den grünen Jimmy am Straßenrand ab und marschierte querfeldein Richtung Gotzentauern.

Nach seiner Begegnung mit den angeblichen Polizisten war Lenz damals nicht mehr in die Schule zurückgekehrt, hatte sich wie sein Vater mit einfachen Tätigkeiten sein Geld verdient und war außerdem in den Berchtesgadener Schützenverein eingetreten. Obwohl er seit dem Vorfall auf einem Auge nichts mehr sah und wie ein in den Bergen gestrandeter Piratenkapitän eine Klappe darüber trug, war er schnell zu einem der besten Schützen der Region aufgestiegen, der bei jedem Wettschießen die Konkurrenz aus anderen Gemeinden mit sicherer Hand in die Schranken wies. Das hatte ihn trotz seiner wenig rühmlichen Herkunft und den krummen Geschichten, die manche ihm weiterhin nachsagten, zu einem gewissen Ansehen verholfen, und in dieser Zeit war er auch mit Mene Fendt, der schönsten und klügsten Gutstochter im ganzen Landkreis, zusammengekommen.

Eine Weile hatten die beiden ein ungleiches, aber anscheinend durchaus glückliches Paar gebildet, und als Brenner Lenz in jener Phase gesehen hatte, was öfter vorkam, weil dieser sich wie er um eine Stelle beim Nationalpark bemühte, hatte ihm der Ältere sogar ein paarmal ein Lächeln zugeworfen, das an sein früheres, untrübbares Selbstbewusstsein erinnerte. Dann war jedoch aus der Stelle nichts geworden, die Beziehung zu Mene, die mittlerweile bereits in München studierte, war in die Brüche gegangen, und Lenz schien sich mit der gleichen Zielstrebigkeit, mit der er zuvor Eingang in die »bessere Gesellschaft« gesucht hatte, diese nun wieder zum Feind machen zu wollen.

Die Hütte, die Lenz zum Wildern benutzte, war eine alte Schmugglerhütte auf der Rückseite des Gotzentauern, direkt über der Bärengrube. Aufgrund eines Felssturzes stand sie auf einem von hohen Fichten und Lärchen umgebenen Plateau, das einer Festung glich. Zu erreichen war es nur über einen steilen Aufstieg auf der Vorderseite, was den Transport größerer Beutestücke beschwerlich machte, aber Lenz wohl gerade an dem nur wenigen Menschen bekannten Ort gefiel.

Als Brenner den Aufstieg erreichte, suchte er den hellen Karst nach Spuren ab, war aber wenig überrascht, nichts zu finden. Im oberen Teil der mit keinerlei Hilfsmitteln versehenen Wand war ein frisches Stück Fels herausgebrochen, was die Kraxelei noch stärker einer Übung im Freeclimben annäherte. Wenigstens würde er Mene später sagen können, dass sie sich um den körperlichen Zustand ihres früheren Freundes wohl umsonst Sorgen machte.

»Lenz, bist du da?«, rief Brenner, bevor er ganz oben war. Er hatte sich die Hütte bisher nur ein, zwei Mal aus der Ferne angesehen und war nicht sicher, ob Lenz nicht jeden ungebetenen Gast mit einer Ladung Schrot begrüßen würde.

»Lenz, wenn du hier irgendwo bist, dann mach dich bemerkbar! Ich will dir nur ein paar Fragen stellen!«

Brenner wurde sich bewusst, dass er Lenz automatisch in der Hochsprache anredete – so wie dieser es vor fast 20 Jahren zwischen ihnen eingeführt hatte, und wie Brenner es aus irgendeinem Grund auch heute mit Mene hielt. Kurz runzelte er die Stirn, schüttelte den Kopf und schob ihn dann vorsichtig über die Kante.

Die alte Holzhütte lag still im Tauernschatten, der bereits fast bis zum vorderen Rand des kaum mehr als gartengroßen, mit kurzem Felsengras bewachsenen Plateaus reichte. Wenn sich Lenz irgendwo versteckte, dann gelang es ihm besser, seine Anwesenheit vor Brenner zu verbergen, als manchem noch enger zur hiesigen Natur gehörendem Geschöpf. Oder war Brenner einfach nur zu sehr von seinen Erinnerungen abgelenkt, um alles mit gewohnter Schärfe wahrzunehmen?

Die mit neuen Lärchenschindeln verkleidete Hütte hatte zu beiden Seiten der Tür ein Fenster. Doch durch die dicken, verstaubten Vierecke zwischen den Streben ließ sich nicht viel erkennen. Brenner probierte die nach oben geschwungene alte Klinke und merkte, dass die Tür nicht verschlossen war.

»Lenz, ich komm jetzt rein!«, sagte er noch mal laut zur Sicherheit. Doch eigentlich war er inzwischen ziemlich sicher, dass sich niemand in der Nähe befand.

Beim Öffnen der Tür schlug ihm ein strenger Geruch entgegen, den er gut kannte und in den sich viele andere Duftnoten mischten. Trotz des Staubs auf den Scheiben und der bereits vorgerückten Nachmittagsstunde war es hell genug in dem großen Raum, in dem früher die Schmuggler auf dem Weg nach Österreich ihr Salz lagerten, um sofort zu erkennen, dass er jetzt vollkommen anderen Zwecken diente.

»Jesus und Maria«, entfuhr es Brenner. Automatisch schaute er über die Schulter. Dann schob er die Tür weit auf, um mehr Licht zu haben.

Wie manch anderer unten im Tal hatte Brenner von Lenz' illegalen Jagdausflügen gewusst. Er hatte seine eigenen Gründe, warum er darüber hinwegsah, und auch sonst hatte Lenz bisher niemand verpfiffen. Zum Teil vielleicht aufgrund der alten Sympathie, die heimischen Wilderern immer noch entgegengebracht wurde, bestimmt aber auch wegen Lenz' einstiger Verdienste als Meisterschütze und der unglücklichen Geschichte mit Mene, die ihn damals ziemlich aus der Bahn geworfen hatte. Wie weit seine unerlaubten Nebentätigkeiten inzwischen gediehen waren, ahnte aber sicherlich niemand.

Fast über die ganze rechte Wand zog sich ein großer

Arbeitstisch, der mit Zangen, Scheren, Drähten, dicken Büscheln Holzwolle und diversen Chemikalienbehältern übersät war. In der Mitte lag ein halb gehäuteter Alpenfuchs, aus dessen schönem dichten Fell vier sehnige Skelettläufe ragten, und am Boden davor stand ein beißend riechender Eimer, aus dem die Krallen und Flügelspitzen eines Wanderfalken hervorschauten.

Wurde die rechte Raumseite fast vollständig von Lenz' hoch in den Bergen gelegener Arbeitsstätte eingenommen, ließen sich auf der linken die Ergebnisse seines Schaffens bewundern. Auf einem kleinen Tisch und mehreren Baumstümpfen war hier alles ausgestellt, was in den Alpen geschützt war und deshalb eigentlich nicht gejagt werden durfte: ein prächtiger Auerhahn, ein Schneehase im Winterfell, ein Steinkauz – sogar ein Steinadler!

Brenner schaute sich das ausgewachsene Männchen näher an, um sicherzugehen, dass es sich um keinen »seiner« Adler handelte. Dabei kam er nicht umhin zu bemerken, wie gut der Vogel gearbeitet war. Er hatte schon immer den Eindruck gehabt, dass Lenz sehr schlau und in vielen Dingen talentiert war – auch Mene ließ das öfter durchblicken –, und obwohl Brenner bereits manchen ausgestopften Steinadler gesehen hatte, war ihm noch keiner untergekommen, der so lebendig wirkte. Die Flügel waren zu der typischen Drohgebärde gespreizt, die die Vögel am Boden verwendeten, um andere Tiere von Beute oder Aas zu vertreiben. Auch die bernsteinfarbenen Glasaugen blitzten, als würde ihr Besitzer gleich von seinem auf eine schwere Edelholzplatte geschraubten Ast auffliegen.

Unwillkürlich musste Brenner an die stümperhaft zusammengestückelten Ungeheuer denken, die damals in der »Rose« als Wandschmuck gedient hatten, als sich erneut frischer Tiergeruch in die Ausdünstungen der mit reichlichen Mottenmittel behandelten Präparate mischte. Zielstrebig ging Brenner zu der alten Wolldecke hinüber, die sich nicht weit von den Präparaten über ein größeres Objekt am Boden wölbte. Als er sie wegzog, erlebte er die zweite Überraschung des Nachmittags – die nach dem, was er in diesem ehemaligen Schmugglerdepot entdeckt hatte, vielleicht gar keine solche Überraschung mehr war.

»Also doch«, murmelte er verblüfft. »Wer hätte das gedacht.«

Unter der Decke lag ein großer alter Armeerucksack, aus dem die unverkennbaren Spitzen zweier Steinbockhörner ragten, daneben ein Bogen.

Brenner ging in die Hocke, schnürte den Rucksack auf und vergewisserte sich, dass auch der Rest der Beute darin enthalten war: die kleineren Hörner der Weibchen sowie die ebenfalls unterschiedlich großen Bezoarsteine und Herzkreuze, die aus dem Innern der Tiere stammten. Wie früher in Lenz' buntem Schulrucksack war dieser Teil der »Ware« einzeln verpackt, und während Brenner die blutverschmierten Zellophanbeutel nacheinander ins Licht hielt, schüttelte er abermals verdutzt den Kopf.

Auch den grausilbern schimmernden Carbonbogen wollte er sich noch schnell ansehen. Es schien genau so ein Hochleistungsgerät zu sein wie jene, von denen Weirauch bei der Pressekonferenz erzählt hatte: eine kompliziert geschwungene Konstruktion mit Kabelzügen, beleuchtetem Visier und offenbar sogar einem Laseraufsatz, die so auch ein Außerirdischer hätte verwenden können, um hier auf die Jagd zu gehen. Brenner inspizierte gerade die Pfeile genauer, die seitlich in einer Halterung steckten und in breiten, messerscharfen Spitzen endeten. Da hob er plötzlich den Kopf und schien selbst die Witterung aufzunehmen wie ein wildes Tier, das man bei seiner Beschäftigung gestört hatte.

»Lenz?«, fragte er und drehte ohne Eile das Gesicht zur Tür, die immer noch weit offen stand.

Mit gerunzelter Stirn horchte er in die Umgebung und in sich selbst hinein. Dann legte er den Bogen hin, stand auf und ging nach draußen.

Nein, nichts.

Seit Brenner – er wusste nie recht, wie er es vor sich ausdrücken sollte – kein ganz normaler Wildhüter mehr war, hatte er eine Art sechsten Sinn, über den wohl auch viele andere Geschöpfe der Berge und des Waldes verfügten. Es hatte etwas mit einem geschärften Geruchssinn und Gehör zu tun, vielleicht aber auch mit irgendwelchen elektromagnetischen Schwingungen, für die er plötzlich sensibel war. Ein, zwei Mal hatte er versucht, der Sache im Internet auf den Grund zu gehen. Doch er musste bald einsehen, dass sich an seiner grundsätzlichen Intelligenz offenbar nichts geändert hatte – und sie zum Verstehen solcher Dinge nach wie vor nicht ausreichte.

Eben hatte er das deutliche Gefühl gehabt, beobachtet zu werden. Auch bei seinen Streifzügen mit Luchs im Bergwald war es ihm in letzter Zeit ein paarmal so gegangen – was er da allerdings auf ganz andere Gründe zurückgeführt hatte. Die kamen hier oben aber eigentlich kaum in Frage, und auch sonst konnte er nichts Ungewöhnliches spüren, als er jetzt vor der von schwindendem Frühlingsblau überspannten Bärengrube stand. Nur ein paar kreisende Alpendohlen fielen ihm ein Stück weiter auf, wie sie ihn auch schon durch die Ereignisse des

Morgens begleitet hatten. Aber die waren hier weiß Gott nichts Besonderes.

Einmal mehr runzelte er irritiert die Stirn. Dann schaute er jedoch auf die Uhr und ging wieder in die Hütte, um sich rasch Rucksack und Bogen umzuhängen und zurück ins Tal zu eilen – mit Lenz über alles reden konnte er ja auch morgen noch. Er hatte den Rucksack bereits zugeschnürt und wollte ihn sich aufsetzen, als sein Blick wie von selbst zu dem alten Kneipentisch wanderte, der an der hinteren Wand der Hütte stand.

Was zum Henker …

Er hatte dem Tisch zunächst keine große Beachtung geschenkt – es gab ja genug anderes zu sehen – und das, womit er bedeckt war, kurzerhand als irgendwelchen Holznippes abgetan. Wie er jetzt erkannte, waren die Figuren aber nicht aus Holz, sondern aus Horn – nein, es musste sogar Elfenbein sein –, und auch sie waren wieder so kunstvoll modelliert, dass der Begriff »Nippes« eigentlich einer Beleidigung gleichkam.

Wie bei den Präparaten handelte es sich größtenteils um typische Geschöpfe der hiesigen Natur – Gämsen, Rehe, Steinböcke, Adler –, doch auch einige der erst wieder neu hinzugebetenen »großen Beutegreifer« wie Luchs und Wolf waren dabei, ebenso mehrere menschliche oder zumindest halbmenschliche Gestalten. Eine halbnackte Jägerin schien irgendeinem antiken Vorbild nachempfunden zu sein, eine andere schöne Nackte wirkte in dem hellen Werkstoff ebenfalls wie eine Figur aus dem Altertum. Auch ein großes, zweibeiniges Ungetüm mit geschwungenen Hörnern und Ziegenkopf fiel Brenner auf, das wahrscheinlich einen der örtlichen Perchten oder Krampusse darstellte.

Die Figur aber, die Brenner wirklich interessierte, stand hinten in der Mitte des seltsamen Reigens, und ein bisschen wirkte dieser sogar, als sei er um sie herum gruppiert.

Es war ein Hirsch, der seine Flanke präsentierte und gleichzeitig dem Betrachteter den Kopf zuwendete. Er war größer als die restlichen Figuren und wirkte aufgrund des edlen hellen Materials, aber auch wegen des wieder gekonnt herausgearbeiteten, mächtigen Körperbaus stolz und herrschaftlich. Die ruhig blickende Miene drückte die gleiche gelassene Überlegenheit aus – der Teil der Figur, der Brenner allerdings am meisten in den Bann zog, war das Geweih.

Es war übermäßig groß und verzweigt, als hätten sich auch hier irgendwelche mythologischen Vorbilder oder Fantasyelemente niedergeschlagen, vor allem aber nicht glatt und unbewachsen wie in Wirklichkeit, sondern mit sprießenden jungen Blättern und Trieben bedeckt. Brenner hatte zuerst gedacht, es handle sich um Bast oder Grasbüschel und Zweige, die manchmal im Geweih von Hirschen hängen blieben, wenn sie es während der Brunft an Boden und Büschen rieben, um ihr Revier zu markieren. Doch nein: Das Geweih des großen Hirschs schlug tatsächlich aus – als würde es pünktlich zum Frühling zu neuem Leben erwachen wie ein aufblühendes Astgeflecht.

Mit pochendem Herzen streckte Brenner die Hand nach der ungewöhnlichen Schnitzerei aus, um sie genauer zu betrachten. Dann aber merkte er an einer flüchtigen Veränderung des Lichts, dass jemand hinter ihm in den Raum geschlüpft war.

Leise knarrten die Dielen. So als würde derjenige, der sich da so leichtfüßig angeschlichen hatte, jetzt einen festen Stand suchen und dabei nicht mehr auf mögliche Geräusche achten.

Praktisch im gleichen Moment erfüllte ein ohrenbetäubender Knall den Raum – und der eigentümliche Reigen aus liebevoll geschnitzten Elfenbeinfiguren zersprang in tausend Splitter.

5

Als Brenner von dem Platz in der Ecke, in den er sich noch knapp hatte werfen können, aufblickte, sah er in der Mitte der Hütte eine Gestalt in grauer Tarnkleidung stehen, die eine seltsame schwarze Maske trug. Sie hatte einen selbstladenden Vollernter in den Händen, mit dem sie gerade wieder auf ihn anlegte.

Erneut ertönte das laute, dumpfe Bellen, zu dem der geschlossene Raum den Knall der Schrotladung verkürzte. Brenner rollte hinter dem Rucksack vorbei und versetzte aus der gleichen Bewegung heraus dem ausgestopften Adler einen solchen Tritt, dass er mit ausgebreiteten Schwingen auf die Beine des abermals zielenden Schützen zuflog.

Der Vogel zog dem Maskenträger den Boden unter den Füßen weg, und die Waffe landete auf den Dielen. Schon hatte Brenner seinen Gegner an der Brust des Tarnanzugs gepackt und führte einen holprigen Tanz mit ihm auf, bei dem sie erst gegen den Arbeitstisch schepperten und im nächsten Moment durch die noch stehenden Präparate auf der anderen Raumseite pflügten.

Durch die Sehschlitze der schwarzen Ledermaske, die am Mund eine längliche Ausstülpung hatte, blickte auf einer Seite ein vor Wut und Adrenalin verengtes grünes Auge. Die andere Seite blieb so dunkel, als wäre das Auge dort ausgebrannt.

»Bist du verrückt, Lenz?«, sagte Brenner. »Warum zum Teufel schießt du auf mich?«

Statt zu antworten, nutzte Lenz seine kurze Unachtsamkeit, um ihm einen unerwarteten Hieb gegen die Schulter zu versetzen. Während Brenner überrascht zurücktaumelte, rannte der andere zur Tür hinaus.

»Lenz! Was soll der Scheiß? Bist du total high, oder was?«

Statt auf den vorderen Abstieg zuzuhalten, der den einzigen Fluchtweg von dem steil abfallenden Plateau bot, bog Lenz im scharfen Bogen nach links ab. Über die senkrecht aufsteigende Karstwand auf der Rückseite würde er wohl kaum zu flüchten versuchen, dachte Brenner, während er ihn verfolgte, und sah sie schon wie in einer Slapstickeinlage in endlosen Kreisen um die alte Holzhütte wetzen.

Da rannte Lenz geradewegs auf den hinteren Rand des Plateaus zu, stieß sich ab – und verschwand mit einem weiten Sprung zwischen den Wipfeln der Bäume.

»Leenz!«, schrie Brenner, kam abrupt am Rand der Felsen zum Stehen und sah verblüfft in die wippenden, bereits von grauem Dämmerlicht umspielten Zweige.

»Lenz!«, rief er noch mal. »Lenz – bist du verrückt? Was ist denn nur in dich gefahren?«

Es kam keine Antwort, einen Aufschlag hatte Brenner auch nicht gehört, doch die Wand ging hier bestimmt sieben Meter in die Tiefe – ein Sprung, den selbst er nicht ohne sehr guten Grund auf sich nehmen würde.

»Lenz? Lebst du noch? Sag was, Lenz! Das ist doch alles völliger Irrsinn!«

Verzweifelt versuchte Brenner, unter den Zweigen etwas zu erkennen, doch auch als er seine Position wechselte, blieb die Sache aussichtslos. Obwohl dieser kurz zuvor auf ihn geschossen hatte, sorgte er sich ernsthaft um seinen alten Bekannten, und auch Mene gegenüber fühlte er sich auf merkwürdige Weise verpflichtet, was Lenz' Wohl anging.

Schließlich schüttelte er resigniert den Kopf, kletterte zügig den Abstieg auf der Vorderseite des Plateaus hinab und eilte durch den schattigen Bergwald zu der Stelle hinauf, an der Lenz gelandet sein musste.

Doch hier war nichts, nur in stille Dämmerung gehülltes Geäst und Unterholz, das im schwindenden Licht schlecht nach Spuren abzusuchen war.

Und als Brenner nach einem weiteren Blick auf die Uhr schließlich perplex in Lenz' Versteck zurückkehrte, um wenigstens Rucksack und Waffen zu sichern, war auch davon nichts mehr in der Hütte zu finden.

Nur der auf einer Seite eingeknickte Arbeitstisch, unter dem der Balg des Falken wie ein ertrunkener Seevogel vor dem umgekippten Eimer lag. Die umgestoßenen Präparate, die nun doch wieder mehr jenen damals in der »Rose« glichen. Und die in tausend Splitter zersprungenen Figuren aus Elfenbein.

Brenner ging zurück nach draußen, wo der Himmel schon dunkelblau schimmerte, als hätte sich ein großer Zaubermantel über alles gelegt, und nahe den kahlen Gipfeln des Hagengebirges, die weiter südlich ins Steinerne Meer übergingen, bereits blass der volle Frühlingsmond hing. Wie Brenner sah, als er einmal mehr vergeblich den Blick über die nähere Umgebung schweifen ließ, hatten auch die Dohlen ihren Platz in luftiger Höhe verlassen. Mehrere saßen auf den umliegenden Baumspitzen und zwei sogar auf dem Dach der Hütte.

»Eine Hundemaske«, murmelte er, während ihm – wahrscheinlich wegen der Dohlen – erneut das Gefühl zu schaffen machte, es würde ihn jemand beobachten.

»Lenz hat eine Hundemaske getragen.«

TEIL IV: AUF DEM OBERSALZBERG

1

Müssen uns dort treffen, tschuldige. Steinböcke haben doch länger gedauert. Außerdem muss ich mich noch hübsch machen

Dich »hübsch machen«? Ernsthaft? Da bin ich aber gespannt

Darfst du auch sein. Outfit hab ich aber nicht selbst ausgesucht

Du nicht? Wer dann?

Sag ich nicht ☺

Mene blickte auf das Display ihres Handys und spürte einen kurzen Anflug von Eifersucht. Dann schüttelte sie den Kopf, stellte sich vor den Spiegel im Flur, um sich ein letztes Mal in dem ungewohnten blauen Abendkleid anzusehen, und machte sich in ihrem eigenen Auto auf den Weg zum Obersalzberg.

Die Straße zu dem auf 1.000 Meter Höhe gelegenen Eckerbichl – der höchsten Erhebung im ehemaligen Führersperrgebiet – führte an den Ruinen von Hitlers Berghof und der alten Pension vorbei, über die man heute noch in seinen Bunker gelangen konnte. Mene lief stets ein kalter Schauer über den Rücken, wenn sie an das weitläufige System aus Räumen und Gängen dachte, das die auf dem Obersalzberg wohnenden NS-Größen einst in seine Eingeweide hatten graben lassen wie einen riesigen Kaninchenbau. Aus irgendeinem Grund fand sie es noch unheimlicher als die mit zahllosen düsteren Sagen verbundenen Höhlen des Untersbergs – zu dessen in der Ferne aufragendem Massiv die Hitlerschen Ruinen, sie wusste nicht mehr genau warum, exakt parallel ausgerichtet waren.

Das große, hell erleuchtete Luxushotel, das als Nächstes in Sicht kam, war irgendwann in Menes früher Jugend auf dem Eckerbichl errichtet worden – und ihre Eltern, für die es weiterhin auf dem »Göring-Hügel« stand, hätten wahrscheinlich keine zehn Pferde zu der Veranstaltung in dem bis heute umstrittenen Bau gekriegt. Auch sie selbst hatte ein flaues Gefühl im Magen, als sie ihren mit Trenngitter ausgerüsteten Kombi dem wie in den USA vorm Eingang wartenden Parkservice überließ. Aber dafür gab es vermutlich genug andere Gründe.

Sie war ein paarmal zu Hausbesuchen in dem Hotel gewesen und kannte deshalb die weitläufige Lobby mit dem edlen Dekor aus Stein und Holz, dem frei stehenden Kamin und den hohen Panoramascheiben. Dadurch, dass sie so lange gewartet hatte, kam sie als eine der Letzten an, und überall tummelten sich schon bekannte Gesichter. Sie war ein bisschen überrascht, auch Flore Pfnür, Sepp Angerer und einige andere der Berchtesgadener Alteingesessenen in Ausgehtracht und mit Prickelwasser in der Hand zwischen den Leuten stehen zu sehen. Aber angesichts der hochkarätigen Abendunterhaltung, mit der das in solchen Dingen nicht gerade verwöhnte hiesige Publikum gelockt wurde, hatten sie sich wohl nicht gegen ihre Frauen durchsetzen können.

Hirlinger, dessen neuer Berufung als Veranstaltungsmanager dieser und auch bereits einige andere außergewöhnliche Show- und Musikevents zu verdanken waren, stand neben dem großen schwarzen Flügel am Durchgang zur Kaminbar, auf dem der Hauspianist noch gepflegten Easy-Listening-Jazz spielte. Er entdeckte Mene sofort und winkte sie herüber, und obwohl auch ihm gegenüber ihre Eltern und manch anderer seine Vorbehalte pflegte, musste Mene zugeben, dass sie sich jedesmal freute, das alte Schlitzohr zu sehen. Die schmalen Äuglein in seinem massigen Rundschädel blitzten vor Schabernack und Lebensfreude, und irgendwie hatte er es geschafft, eine Verbindung zu Brenner aufzubauen, die vermutlich tiefer ging als ihre eigene.

»Herr Zirkusdirektor Hirlinger«, sagte sie mit Blick auf den bunt glänzenden Frack, in den er sich in seiner Funktion als Zeremonienmeister geworfen hatte. »Das ist ja wieder eine illustre Gesellschaft, die Sie um sich geschart haben. Am Ende werden Sie noch Bürgermeister.«

»So weit wird es nie kommen, meine Liebe, und das weißt du ganz genau. Aber ein paar deiner Onkel und Cousinen haben sich tatsächlich dazu herabgelassen, ein Gläschen Champagner bei mir abzuholen.«

Er reichte ihr einen der auf dem Deckel des Flügels bereitstehenden Kelche, und Mene, die – wahrscheinlich auch aufgrund der Ereignisse des Morgens – ihre Anspannung weiterhin nicht recht abschütteln konnte, nahm nur zu gerne an. Lächelnd stieß sie mit Hirlingers Bier an, trank einen großen Schluck und ließ ihren Blick dann durch die dezent beleuchteten Räumlichkeiten schweifen, die wirklich fast so mondän wie in einer Großstadt wirkten.

»Er ist noch nicht da, falls du ihn suchst«, sagte Hirlinger. »Sollte aber jeden Moment kommen.«

»Ich weiß, er wollte mich abholen.«

Mene merkte, wie ihr trotz aller Gegenbemühungen die Hitze in die Wangen stieg. Hirlinger zog auf seine schelmische Art die Brauen hoch.

»So weit ist das schon mit euch«, sagte er. »Na, sieh einer an.«

»Wie ›weit‹ das mit uns ist, lässt sich ehrlich gesagt schwer abschätzen«, erwiderte Mene. »Ich bin ja praktisch mit ihm aufgewachsen, so groß ist Berchtesgaden schließlich nicht. Aber manchmal habe ich das Gefühl, er ist mir fremder als jeder Eingeborene, den ich im tiefsten Senegal oder sonst irgendwo auf meinen Reisen kennengelernt habe.«

»Ja, einfach machst du es dir da nicht gerade, mein liebes Kind«, sagte Hirlinger. »So viel kann ich dir wohl ohne allzu viel Einmischung sagen. Ich habe jetzt schon eine Weile die Ehre, mich ab und zu an seiner Gesellschaft erfreuen zu dürfen, aber ehrlich gesagt ist er auch mir manchmal noch ein bisschen unheimlich. Wie mir zu Ohren gekommen ist, hattest du es ja aber nie so mit ganz normalen Typen.«

Mene schaute erschrocken zu Hirlinger hinüber. Diesmal war sie auch dann noch nicht ganz beruhigt, als sie sein freundliches Lausbubgrinsen sah.

»Hat er das erzählt?«, fragte sie so leise, wie die gedämpften Klänge des Flügels neben ihnen zuließen.

»Nein, natürlich nicht«, sagte er und schüttelte abwehrend den Kopf. »Ich habe ihn noch nie etwas Schlechtes über jemanden sagen hören – mich selbst und den ehemaligen Nationalparkchef vielleicht ausgeschlossen –, und manchmal frage ich mich, warum ich mich mit so einem edlen Wilden nicht fürchterlich langweile. Aber ich tue es nicht, im Gegenteil. Wenn ich Zeit mit ihm verbringe, habe ich das seltsame Gefühl, an etwas ganz Besonderem teilhaben zu dürfen.«

Mene nickte nachdenklich und nahm noch einem Schluck von dem angenehm kalten Getränk.

»Ja«, sagte sie dann. »Das geht mir leider ähnlich.«

Inzwischen hatte man bereits begonnen, den Platz in der Mitte der Lobby zu räumen. Diese war wie ein großes Kreuz geformt, mit Eingang und eingelassener Kaminlounge als einem Balken und den breiten hohen Gängen zu den Flügeln des Hotels (die es wegen ihrer gebogenen Form ein bisschen wie ein auf dem Eckerbichl gelandetes Ufo wirken ließen) als dem anderen. Hoch über dem Kreuzpunkt hing ein mächtiger Leuchter aus Hirschgeweihen, und darunter stand ein massiger runder Tisch mit bunten Frühlingssträußen und anderem Schmückwerk, den mehrere Mitarbeiter des Hotels gerade davontrugen.

»Ich bin wirklich gespannt«, sagte Mene. »Es soll ja eine etwas seltsame Mischung sein – aber anscheinend ebenfalls etwas ganz Besonderes. Wenigstens von dem zu urteilen, was man liest. Zu sehen oder zu hören bekommt man ja tatsächlich nichts. Ich hatte Sie gar nicht für einen solchen Kulturkenner gehalten. Obwohl Ihre anderen Veranstaltungen natürlich auch ganz toll waren.«

»Na ja, mir hat wie immer die Nähe zu Salzburg und diesmal auch der Zufall geholfen«, erwiderte Hirlinger mit vertraulichem Zwinkern. »Für mich ist es selbst ein bisschen die Katze im Sack, und wenn ich Pech habe, war das dann auch schon mein letzter Galaabend. Aber von dem, was ich mir hab sagen lassen, ist das wohl in der Tat eher unwahrscheinlich.«

»Vielen Dank jedenfalls noch mal für die Einladung, so oder so«, sagte Mene lachend. »Auch wenn ich ehrlich gesagt ein wenig den Verdacht habe, dass Sie mich als Vorwand benutzt haben, um sich der Anwesenheit unseres gemeinsamen Freundes zu versichern. Denn den zu so etwas zu kriegen, ist ja eigentlich die noch größere Aufgabe.«

»Oh, wie ich gerade sehe, ist mir sogar noch viel mehr gelungen«, erwiderte Hirlinger mit verschmitztem Lächeln. »Da schau, meine Liebe – da kommt unser ungeschliffener Diamant.«

Mene blickte in die angezeigte Richtung, erkannte die aufrechte, athletische Gestalt, die sich mit geschmeidigen Bewegungen einen Weg durch die Abendgesellschaft bahnte, im ersten Moment aber kaum wieder. Brenner trug einen schwarzen Smoking, der so gut saß, dass er eigentlich nur maßgeschneidert sein konnte, und hatte auch sonst eine erstaunliche Verwandlung durchgemacht. Rauschebart und wilde Mähne waren verschwunden, das Gesicht glattrasiert und die Haare immer noch nicht kurz, aber gescheitelt und akkurat nach hinten gekämmt.

Mene war nicht die Einzige, die dem in ungewohnten Glanz gehüllten Neuankömmling mit verblüfftem Blick durch die Menge folgte, und einige der Frauen, denen Brenner freundlich zunickte, waren offenbar dermaßen verdutzt von seinem Anblick, dass sie kaum eine Erwiderung zustande brachten. Auch Mene selbst ging es wohl nicht viel besser, denn nachdem Brenner bei ihnen angekommen war und sie zur Begrüßung sanft am Arm gefasst und auf die Wangen geküsst hatte, schüttelte er mit verdrehten Augen den Kopf.

»So wie du schaust, sehe ich aus wie ein richtiger Pfingstochse«, sagte er. »Und so fühl ich mich auch. Dir sag ich noch mal zu einer deiner Partys zu, Hirlinger. Mir vor der Tür aufgelauert haben sie wie Wegelagerer. Sogar irgendein stinkendes Zeug hat das alte Mädchen mir auf die Backen getupft.«

Hirlinger strahlte vor Zufriedenheit, und auch an dem bunten Einstecktuch in der Smokingjacke, das in den gleichen Farben glänzte wie Hirlingers Frack, erkannte Mene jetzt, wessen Werk Brenners Aufmachung war.

»Das riecht gut«, sagte sie leise, woraufhin Brenner sie erneut kurz anblickte und dann wieder ironisch den Kopf schüttelte.

Es waren seine Augen, in die Mene schon viel zu lange verliebt war. Aber obwohl auch sie sich in der freien Natur, bei ihren vierbeinigen Patienten oder in fernen Gefilden im Grunde viel wohler fühlte als bei solchen Veranstaltungen, musste sie doch zugeben, dass sie für das besonders einnehmende Äußere, in das sich ihr sonst so nachlässig gekleideter Begleiter heute hüllte, nicht vollkommen unempfänglich war.

»Hast du's geschafft, mit Lenz zu sprechen?«, fragte

sie in noch leiserem Ton – und vielleicht aus irgendeinem selbstbestraferischen Instinkt heraus.

»Nein«, erwiderte Brenner und schüttelte diesmal mit ernsterer Miene den Kopf. »Nein, ich bin noch nicht dazu gekommen.«

Da brachte Hirlinger auch schon den Flügel mit einer unauffälligen Handbewegung zum Verstummen, die Menge wich unter lautem Gemurmel auseinander, und es wurde eine große silberne Harfe auf den freien Platz unter dem Hirschkronleuchter getragen.

2

Obwohl sie Hirlinger aufgezogen hatte, hielt sich Mene selbst nicht für eine Kulturkennerin. Während ihrer Zeit in München war sie ein paarmal in der Staatsoper und im »Resi« gewesen, und natürlich auch auf dem einen oder anderen Konzert im Olympiastadion. Wenn sie sich morgens durch die Onlineangebote der großen Zeitungen klickte, las sie auch mal einen Kulturartikel, und so hatte sie schon von Diane de Saint-Vallier gehört – allerdings ohne viel mehr über diesen »Geheimtipp« zu wissen, als dass man selbst einen ihrer Auftritte besucht haben musste, um wirklich mitreden zu können. In ihrem Spotify-Account hatte Mene vergeblich nach Aufnahmen der geheimnisvollen Künstlerin gesucht, und selbst bei YouTube konnte man keinen heimlich gefilmten Mitschnitt finden.

Was kein Rezensent unerwähnt ließ und weibliche Beobachter noch freimütiger herausstellten als männliche, war die umwerfende Schönheit und Ausstrahlung der Performerin, die da mit kaum mehr als einem so ungewöhnlichen Instrument wie der Harfe einen ganzen Abend bestritt. Und als die junge Französin, die wie Mene selbst ungefähr Ende 20 sein musste, zu ihrem Auftritt erschien, verstand Mene schnell, was gemeint war.

Diane, wie sie in den Besprechungen meist nur genannt wurde, kam die moderne Holztreppe vom Westflügel herunter, die zu den besonders schönen Suiten mit Blick auf den Talkessel und auch zum Panoramarestaurant »Le Ciel« führte, in dem Mene längst mal hatte essen wollen. Sie war eher zierlich, wirkte jedoch sehr fit, was mittlerweile wahrscheinlich auch bei Showstars aus dem klassischen Bereich einfach dazugehörte. Sie trug einen schlichten, auf einer Seite schulterfreien schwarzen Pullover und einen knapp über den Knien endenden Wildlederrock, der wie das fließende Oberteil ihre gute Figur betonte, und dazu halbhohe, grobe braune Stiefel.

An das hübsche Gesicht mit den hellbraunen Augen, den sympathischen Sommersprossen und dem freien Lächeln erinnerte sich Mene von den Fotos, auch an die beneidenswerte kastanienbraune Wallemähne, die wie flüchtig aufgesteckt wirkte, dafür aber von einem sichelförmigen silbernen Diadem geziert wurde. Das Publikum wich automatisch vor der reichlich Starappeal ausstrahlenden Erscheinung auseinander, und als Diane bei ihrer

Harfe ankam, verbeugte sie sich einmal in jede Richtung und zog sich dann wie selbstverständlich die Stiefel aus. Sie hockte sich auf den bereitgestellten Schemel, kippte das mannshohe Instrument zu sich und setzte die nackten Füße auf die unten abstehenden Pedale. Am linken, dem Hauptteil des Publikums zugewandten Knöchel trug sie ein Fußkettchen mit kleinen Mondsicheln und Sternen, das im Licht der auf sie gerichteten Strahler mit Harfe und Kopfschmuck ein silbern glitzerndes Dreigestirn bildete.

Das alles war so erotisch, ohne dabei gewollt oder aufdringlich zu wirken, dass die junge Künstlerin mit diesen wenigen Gesten sofort den ganzen Raum in den Bann zu schlagen schien, in dem jetzt auch das letzte Gemurmel verstummte. Als dann noch statt des erwarteten Englisch oder Französisch charmant geholpertes Deutsch herauskam, als sie den Mund aufmachte, hätte sie auf ihrer Harfe wahrscheinlich auch »Alle meine Entchen« klimpern können, und es hätte ihr trotzdem die gesamte Lobby mit allergrößtem Vergnügen zugehört.

»Guten Abend«, sagte sie. »Ich begrüße Sie an diesem ungewöhnlichen Ort, an dem ich – ich war sowieso gerade in der Nähe – unbedingt auftreten wollte.«

Wieder ließ sie ihr unbefangenes Lächeln erstrahlen, das zusammen mit der höflichen Wahl der Sprache der historischen Anspielung jede belehrende Spitze nahm.

»Ich habe lange überlegt, mit welchem Stück ich hier am besten anfangen könnte, und habe mich dann für eines entschieden, zu dem der größte Dichter Ihres Landes die Worte und einer Ihrer größten Komponisten die Musik geschrieben hat. Davor war es mal ein beliebtes Volkslied, und später hat es Marlene Dietrich als armes deutsches Mädchen vom Lande in einem amerikanischen Film gesungen, der in Berlin spielt – deshalb dachte ich, es passt ganz gut. Ich singe es etwas anders als Marlene Dietrich, aber ich hoffe, es gefällt Ihnen trotzdem.«

Die Leute lachten über den letzten Satz, konnten sich größtenteils aber sicherlich genauso wenig wie Mene vorstellen, was nun kommen würde. Mit ihren schönen Händen, die zugleich feingliedrig und stark wirkten, strich Diane ein paarmal gekonnt über die Saiten, sodass die Art von rieselnden Zauberklängen ertönten, die in Filmen Szenen aus einem Traum oder aus einer anderen Zeit ankündigten. Dann begann sie, die Töne einer einfachen Weise zu zupfen, und stimmte »Es sah ein Knab ein Röslein stehen« an.

Der Effekt war ganz eigen, genau wie in den Artikeln beschrieben. Mene ging auf, dass mit dem »größten Dichter« wahrscheinlich Goethe gemeint war, und so einfach, klar und seelenvoll, wie Diane die Strophen vortrug, glaubte man wirklich, irgendwann in jener Epoche auf einer Wiese zu stehen. Auch dass das Lied nicht so harmlos war, wie es klang, war Mene vage bewusst, aber so wie Diane es vortrug, ging es einfach nur ganz archaisch um ein zartes, schwächeres Wesen, das aufgrund seiner Schönheit von einem stärkeren Leid zugefügt bekam, so war eben der Lauf der Dinge. Jede neue Zeile jagte Mene Schauer über den Rücken, und als sie flüchtig zu Brenner hinübersah, schien selbst er der Nummer aufmerksam zu lauschen – was wirklich etwas heißen wollte.

Auch das konservative Berchtesgadener Publikum klatschte begeistert, als Diane fertig war, einige der älteren Männer so laut, dass Mene sich fast ein wenig fremdschämte. Kaspar Selbertinger, der alte Lustmolch, hielt sogar unverfroren mit dem Handy drauf, trotz der am

Eingang ausgeschilderten Bitte, keine Aufnahmen zu machen. Es fehlte nur noch, dass er in die Hocke ging, um einen Blick zwischen die um das Instrument gespreizten Beine der Schönheit zu erhaschen.

Diese reagierte jedoch vollkommen entspannt, als ihr der Verstoß auffiel, und winkte freundlich in Kaspars Richtung.

»Hallo, hallo«, sagte sie. »Sie können gerne für sich zu Hause Fotos und Videos machen – ich finde es natürlich schmeichelhaft, wenn Sie auch später noch etwas von unserem gemeinsamen Abend haben wollen. Stellen Sie Ihre Aufnahmen aber für zu viele Leute ins Internet, wird alles sofort gelöscht. Mein Management ist da sehr gut und hat einen direkten Draht nach oben. Zu Mark Zuckerberg.«

Wieder erntete die junge Künstlerin fröhliches Gelächter, wahrscheinlich ebenso aufgrund der gut gesetzten Pointe wie wegen des »Sückerbärgs«, zu dem der auch hier den meisten bekannte Name in ihrem Mund wurde. Kaspar war offensichtlich froh, so glimpflich davonzukommen, und ließ das Handy schnell in der Tasche seines Sakkos verschwinden. Diane nickte ihm dankend zu, legte dann aber ernst die Stirn in Falten.

»Natürlich sind wir nicht nur zu unserem Vergnügen hier«, verkündete sie. »Deshalb kommt jetzt rrr-ichtige klassische Musik, und zwar vom größten Komponisten, den dieses Land – und viele sagen die Welt – hervorgebracht hat. Ja, genau, Bach. Mir persönlich hat er ein bisschen viel Kirchenmusik geschrieben, aber das kommt vielleicht so, wenn man seine große Liebe und zehn von 20 Kindern an den lieben Herrgott verliert. Für dieses kleine Air – ein Stückchen wohlgeformte Luft eigentlich nur – werde ich ihm jedenfalls für immer verbunden sein.«

Jetzt folgte ein reines Instrumentalstück, das Mene, die selbst nach der Arbeit gerne leichte Klassik im Hintergrund laufen ließ, vertraut vorkam und in das Diane ebenso viel Seele zu legen vermochte wie in das zuvor vorgetragene Lied. Auch der Rest des Publikums hörte andächtig zu und bedankte sich erneut mit eifrigem Applaus.

»Jetzt klatschen Sie noch, aber stellen Sie sich vor, es würde den ganzen Abend so weitergehen«, sagte die Künstlerin lächelnd, als der Beifall verebbt war. »Um die Sache ein wenig abwechslungsreicher zu gestalten, habe ich etwas mit ein paar Leuten hier vom Service eingeübt. Das mache ich gerne mal, wenn sich die Gelegenheit bietet.«

Zur allgemeinen Verwunderung wurde das erleuchtete Rund jetzt tatsächlich von zwei jungen Burschen in der grauen Trachtenweste und schwarzen Hose des Hotels betreten, die Mene vorhin schon beim Abtransport des Tischs aufgefallen waren. Sie hatten ähnlich sportliche Figuren und v-förmige Oberkörper wie Brenner, sodass man im ersten Moment an von der Wintersaison übrig gebliebene Skilehrer oder vielleicht auch nebenjobbende Olympioniken aus dem nahen Ruhpolding dachte. Mit ihren auffallend hellblonden, kurz geschorenen Haaren und breiten Gesichtern konnte es sich aber auch gut um die hier üblichen Hilfskräfte aus dem Osten handeln, und als Mene jetzt die jungenhaften, fast weiblich fein geschnittenen Züge der beiden näher betrachtete, fiel ihr auf, dass sie Brüder oder sogar Zwillinge sein mussten.

»Das sind Lolek und Bolek«, sagte Diane denn auch. »Oder wenigstens wollten sie so vorgestellt werden. Lolek, Bolek – allez hop!«

Lolek reichte Bolek, der vielleicht noch eine Spur muskulöser war als sein zum Verwechseln ähnlicher Doppelgänger, die Hände. Bolek ging in die Hocke, gleichzeitig drückte sich Lolek ab – und wurde von seinem Bruder in den Handstand gestemmt. Ohne die geringste Unsicherheit hob Bolek ihn so weit in die Höhe, dass seine glänzenden schwarzen Lederschuhe fast bis an die knochenartigen Geweihstangen des großen Kronleuchters reichten. Dann ließ Lolek eine Hand los, spreizte die Beine etwas und stand in perfekter Balance auf nur einer Hand auf dem nach oben gestreckten Arm seines Bruders.

»Na gut, ich habe eine bisschen geflunkert«, erklärte Diane mit keckem Lächeln. »Die zwei gehören zu mir und haben so etwas schon öfter gemacht. Lolek, attention – attrape!«

Mit diesen Worten fasste sie hinter sich und warf eine silberne Scheibe in die Luft, die Lolek gekonnt mit der freien Hand fing. Bei näherem Hinsehen erkannte man, dass es sich in Wirklichkeit um zwei tellerartige Scheiben handelte, die in der Mitte miteinander verbunden waren. Bolek wippte kurz mit den Knien, und schon stand Lolek mit beiden Händen auf dem Gerät, das Bolek jetzt mit beiden Armen in die Luft stemmte.

Nun setzten auch wieder Dianes rieselnde Zauberklänge ein, zu denen Lolek die gespreizten Beine sanft senkte, sodass sie schließlich wie bei einem Turner zu beiden Seiten der Arme abstanden – und er sich durch den Schwung der Bewegung langsam mit der oberen Scheibe zu drehen begann. Als Diane das Tempo anzog, beschleunigten sich seine Drehungen, als würde sie ihn mit unsichtbarer Hand anstoßen, und bald wirbelte er dort oben um die eigene Achse wie ein Eiskunstläufer bei seinen Pirouetten. Wie jene nahm er die verschiedensten Positionen ein, rotierte mal waagrecht auf einen Arm gestützt wie ein menschlicher Propeller durch die Luft und drückte sich dann wieder in den Handstand und schloss langsam die Beine.

Bei all dem dirigierte Diane ihn mit ihrer Musik wie eine Puppenspielerin, und auch Bolek schien schließlich in den Griff der unsichtbaren Fäden zu geraten. Erst senkte er sich die Scheibe mit seinem kreiselnden Bruder wie ein junger Atlas auf Schultern und Nacken, dann ließ er sich noch tiefer hinab und schaffte es irgendwie, sich so unter der rotierenden Last zu verrenken und zu verlagern, dass er sie am Ende in Kerzenhaltung mit beiden Beinen in die Höhe stemmte.

»Unglaublich«, flüsterte Mene Hirlinger anerkennend zu. Während eines Auslandssemesters in Kanada hatte sie zwar mal eine Show des berühmten Cirque du Soleil besucht. Doch glaubte sie, selbst dort keine Akrobatik in solcher Perfektion gesehen zu haben, und vor allem nicht in dieser fast übernatürlichen Verschmelzung mit der begleitenden Musik – obwohl die Aufführungen ja gerade dafür bekannt waren.

»Ja, fantastisch«, erwiderte Hirlinger, der wohl tatsächlich nur sehr ungenaue Vorstellungen von dem gehabt hatte, was sie erwarten würde. Selbst Brenner zog beeindruckt die Brauen hoch.

Als die Harfenklänge schließlich verstummten und die beiden sich mit erstaunlich unverschwitzt wirkenden Uniformen vor ihrem Publikum verbeugten, wogte tosender Beifall durch den Raum. Danach setzten sie sich wie Indianer im Schneidersitz auf der anderen Seite des Bühnenrunds auf den Boden. Diane wollte gerade wieder zu einem Solostück ansetzen, doch da trat eine echte Hotelmitarbeiterin an sie heran und flüsterte ihr etwas ins Ohr.

Die Künstlerin runzelte zunächst erstaunt die Stirn. Dann zuckte sie aber mit den Schultern und gab der jungen Frau eine Anweisung, die diese nach kurzer Rückfrage auszuführen eilte.

»Ich werde Ihnen jetzt ein weiteres Mitglied unserer Truppe vorstellen«, sagte Diane ans Publikum gewandt. »Normalerweise bleibt er während der Auftritte lieber allein im Zimmer, aber heute scheint das nicht so zu sein. Vielleicht macht ihn die dünne Bergluft unruhig.«

Kaum hatte die junge Frau diese Worte ausgesprochen, ging durch die rechte Seite der Lobby, die freien Blick auf die Treppe zum Westflügel hatte, ein leises Raunen. Zügigen Schrittes die Stufen herunter kam ein schwarzer Wolfshund, bei dem man keine Tierärztin sein musste, um zu erkennen, dass jede Menge Wolf und nur sehr wenig Hund drinsteckte.

Wie viele Hybriden wies er einen ausgeprägten Hang zum Riesenwuchs auf, und er war mindestens genauso bullig und noch mal ein ganzes Stück größer als Brenners eigentlich schon gigantischer Luchs. Auch bei ihm handelte es sich um ein auffallend wohlgeratenes Tier, dessen dichtes schwarzes Fell nur an der mächtigen Schnauze, Brust, Flanken und Schwanz leicht grau meliert war. Um das züchterische Glanzstück komplett zu machen, hatte man den Augen, die bei solchen Kreuzungen eigentlich das dominante Gelb der Wölfe annahmen, einen leuchtenden roten Stich verliehen. Der Hund von Baskerville wirkte wie ein harmloses Schoßhündchen dagegen.

»Das ist mein exzentrischer Künstlerhund«, erklärte Diane, womit sie zweifellos das aussprach, was die meisten dachten. »Er sieht gefährlich aus, ist aber brav wie ein Lämmchen. Nicht wahr, Apollon?«

Der Kopf des großen Tiers war praktisch auf einer Höhe mit ihrem, als es bei ihr ankam. Sie kraulte es kurz zärtlich hinterm Ohr, blickte ihm aber gleichzeitig mit leichtem Kopfschütteln in die Augen – wahrscheinlich weil es mit lautem Geheule die Zimmernachbarn gestört hatte. Dann befahl sie ihm, zwischen ihr und den Zwillingen Platz zu nehmen, was die offenbar ausgezeichnet abgerichtete Monsterkreuzung auch gehorsam tat.

Nach dieser kurzen Unterbrechung machte Diane mit der Vorstellung weiter. Mit dem riesenhaften Märchenwolf in der Mitte wirkt die Performance noch verzauberter als zuvor.

Mehrmals noch wechselten sich allein vorgetragene Lieder und Stücke mit musikalisch begleiteten Akrobatikeinlagen ab, und Mene glaubte, sowohl die Mondscheinsonate von Beethoven zu erkennen als auch »Claire de Lune« von Debussy. Anders als der kanadische Zirkus schien Diane diesen Himmelskörper zu ihrem künstlerischen Leitstern erklärt zu haben – deshalb vielleicht auch die silberne Sichel im Haar, die Fußkette und die Farbe des ebenfalls an eine Sichel erinnernden Instruments. Am Ende spielte sie wieder eine einfache Weise, die sie mit dem Titel »La déesse au bain« – die badende Göttin – ankündigte und bei der es um irgendetwas ging, was mit einem jungen Mann passierte, und auch um einen oder mehrere Hunde. Um mehr zu verstehen, reichte leider Menes Französisch nicht.

Während all dem und später während des langen Schlussapplauses lag Dianes eigener »Hund« ganz ruhig da, der Kopf erhoben, der Schwanz um die Hinterbeine gelegt, der Blick scheinbar in vollkommener Gleichmut ins Nichts gerichtet.

Nur manchmal hatte Mene das eigenartige Gefühl, die leuchtenden roten Augen würden heimlich in ihre Richtung blicken.

3

Selbst Dianes Ehrfurcht gebietender Bewacher konnte viele der Zuschauer nicht davon abschrecken, sich persönlich für die Vorstellung zu bedanken oder sogar um ein Autogramm zu bitten. Als der größte Ansturm vorbei war und die Reihen im Raum sich gelichtet hatten, ging auch Hirlinger zu der Künstlerin hinüber. Diese ließ sich von ihm zeigen, wo er stand, und kam nach einigen weiteren Huldigungen zu ihnen an den Flügel.

»Das ist sehr nett von euch, dass ihr mir für ein Glas Gesellschaft leisten wollt«, sagte sie, nachdem Hirlinger ihr einen frisch gefüllten Kelch gereicht und Mene und

Brenner vorgestellt hatte. »Die Zwillinge gehen immer sofort auf ihr Zimmer. Sie trinken keinen Alkohol.«

Den letzten Satz flüsterte Diane nach einem raschen Blick über die Schulter unter vorgehaltener Hand, sodass sie alle lachen mussten. Sie hatte zwar ihre Stiefel wieder angezogen, gab sich aber genauso ungezwungen wie auf der Bühne. Brenner streckte die Hand nach dem rotäugigen Monstrum aus, das die Künstlerin zu ihnen begleitet hatte.

»Was ist das für einer? Lässt er sich streicheln?«

»Ja, ja, nur zu«, erwiderte Diane lächelnd. »Wenn er es nicht mag, dann beißt er dir einfach die Hand ab. Es ist ein amerikanischer Wolfshund. ›High-content‹ sagen sie dort dazu.«

»Hoher Wolfsanteil«, übersetzte Mene für Brenner. »Aber das ist dir ja wahrscheinlich schon aufgefallen.«

Brenner ging in die Hocke und kraulte das Tier wie seine Herrin vorhin hinterm Ohr. Der Hund ließ es geschehen, blickte Brenner aber dabei ohne sichtliche Regung geradewegs in die Augen – was bei Hunden nicht oft vorkam. Sein Fell war so dicht und glänzend wie ein Pelzmantel und lud förmlich dazu ein, hineinzugreifen. Doch obwohl Mene praktisch täglich mit großen Hunden zu tun hatte, blieb sie bei diesem lieber auf Abstand.

Auch Brenner runzelte schließlich leicht die Stirn und blickte zu Diane auf.

»Wann hast du ihn gekriegt?«, fragte er.

»Mit zwei Monaten, wie es üblich ist«, erwiderte Diane etwas verwundert. »Wieso fragst du?«

»Ach nichts«, erwiderte Brenner lächelnd und richtete sich wieder auf. »Ist ein sehr schönes Tier.«

»Veit ist Ranger hier im Nationalpark und außerdem so etwas wie ein Tierflüsterer«, erklärte Hirlinger. »Er ist derjenige, dessen Luchs wir heute Morgen ausgewildert haben.«

»Oh, ein Luchs – das ist natürlich noch exzentrischer als ein Wolfshund«, sagte die Künstlerin mit sichtlichem Interesse, runzelte dann jedoch die Stirn. »Herr Hirlinger hat aber auch erzählt, dass mehrere Tiere getötet worden sind. Äh, des bouquetins …«

»Steinböcke, ja«, sagte Mene. »Drei Stück. So etwas kommt hier leider öfter vor.«

»Und weiß man schon, wer es war?«

Brenner warf Mene einen flüchtigen Blick zu.

»Nein«, sagte er und schüttelte ernst den Kopf. »Das ist nicht immer leicht herauszufinden. Oft kommen die Leute von auswärts und sind dann schnell wieder weg.«

»Es waren aber zum Glück auch nicht die einzigen Steinböcke im Park«, erklärte Hirlinger. »Sie haben sich prächtig vermehrt seit den 30er-Jahren.«

»Oh ja, die Nazi-Steinböcke«, lachte Diane, schlug dann jedoch die Hände vor den Mund. »Oh, pardon, ich möchte nicht unhöflich sein, aber ich muss zugeben, dass ich das alles faszinierend finde. Auch Hitler und diese geheimen Gesellschaften, die sich hier angeblich getroffen haben, um Pläne von Außerirdischen zu empfangen und Ufos für den Krieg zu bauen. Das Internet ist voll mit solchen Dingen, und wenn ich nach den Auftritten nicht schlafen kann, sauge ich das alles auf wie ein Schwamm. Natürlich totaler Unsinn, das weiß ich, aber dann komme ich hierher, sehe, dass das Hotel genau aussieht wie ein Ufo, und denke: voilà!«

Sie lachten.

»Hört sich so an, als solltest du dich mal mit unserem Alpenschamanen treffen«, sagte Brenner. »Der hat bestimmt noch mehr solche Geschichten auf Lager.«

»Ein Alpenschamane?«, fragte Diane, offenbar mit ehrlichem Interesse. »Ein Medizinmann?«

»Das glaubt er jedenfalls«, erklärte Hirlinger. »Er hält hier Trommelworkshops und irgendwelche Zeremonien ab. Wenn nicht, sitzt er in der Kneipe und unterhält die Einheimischen mit seinen wilden Theorien.«

»Ja, das ist alles ziemlich esoterisch«, gestand Diane ein wenig verlegen ein. »Aber manchmal stehe ich auf solche Sachen, ich weiß auch nicht, warum. Es ist vielleicht wie für andere Klatsch und Tratsch oder die Sportnachrichten. Und bei manchen Sachen fragt man sich dann auch wirklich, wie das sein kann. Für die Ufos sollte zum Beispiel irgendeine geheime Naturkraft als Antrieb dienen, die man neu entdeckt hatte.«

»Eine geheime Naturkraft?«, fragte Brenner mit gerunzelten Brauen.

»Ja, irgendwelche elektrischen Felder, die auch Tiere verwenden, oder so eine Art Magnetismus, mit dem man die Schwerkraft aufheben kann. Sie sollte auch dazu fähig sein, Gedanken zu übertragen oder Gegenstände zu bewegen, ohne dass man sie berührt. Angeblich sollte man damit sogar Menschen von den Toten auferwecken können.«

»Von den Toten?«, fragte nun auch Hirlinger und warf einen verstohlenen Blick zu Brenner hinüber, den Mene nicht recht deuten konnte.

»Ja, tatsächlich – alles total verrückt«, erwiderte Diane mit begeistertem Lächeln. »Die Kraft hat einen ganz komischen Namen, den ich mir nicht merken konnte.

Es klingt wie das französische Wort für männlich – was wahrscheinlich schon alles sagt.«

»Die Vril-Kraft«, sagte Mene.

»Ja, genau – c'est ça!«

»Was für eine Kraft?«, hakte Brenner nach.

»So eine Art natürliche Lebenskraft, die in allen Dingen steckt«, erklärte Mene. »Daran haben auch viele Urvölker geglaubt, und selbst die alten Griechen noch auf ihre Art, wenn bei ihnen in jedem Baum und Bach irgendein göttliches Wesen lebte. Das wurde dann vom christlichen Glauben verdrängt. Und später natürlich von der modernen Forschung und was man über Physik, Chemie, Biologie und so weiter herausfand.«

»Ah, du bist eine Wissenschaftlerin«, sagte Diane in bewunderndem Ton.

»So ähnlich, eine Tierärztin«, gab Mene geschmeichelt zurück. »Aber diese Idee mit der Lebenskraft tauchte auch noch bei mir im Studium auf, weil auch viele moderne Gelehrte noch lange über eine solche Kraft spekulierten. Diese Vril-Kraft war aber, glaube ich, ein spezielles Hirngespinst der Verrückten, die sich hier auf unserem schönen Berg eingenistet haben. Die hatten ja wohl einen ausgeprägten Hang zum Okkulten und allem möglichen düsteren Unfug. Mein Großvater nimmt ihnen bis heute übel, dass sie sich hier breitgemacht haben – und liest deshalb alles, womit er seine Wut auf sie nähren kann.«

Während Hirlinger laut auflachte, musste Mene wieder an die zum Untersberg ausgerichteten Ruinen denken, an denen sie bei der Anfahrt vorbeigekommen war, und auch an das unheimliche Gewirr aus dunklen Gängen und Kammern, das sich hier praktisch direkt unter ihren Füßen ausbreitete. Auch Brenners Miene wirkte eher ernst und nachdenklich.

»Und die sollen hier gewesen sein, weil sie nach irgendeiner Naturkraft gesucht haben?«, fragte er.

»Ja, weil sie damit Ufos bauen, den Krieg gewinnen und die Welt beherrschen wollten«, sagte Diane mit vergnügtem Grinsen. »So steht es im Internet.«

Nun konnte auch Mene lachen und lächelte sich mit der schlauen Künstlerin, die ihr immer besser gefiel, fröhlich an. Brenner lächelte ebenfalls, wirkte aber gleichzeitig ein wenig enttäuscht.

»Ach so, alles nur Blödsinn also.«

Diane warf Mene einen verschwörerischen Blick zu, mit dem sie um Erlaubnis zu fragen schien, ob sie Brenner – den sie offensichtlich für Menes Freund hielt – etwas trösten durfte.

»Na ja«, wandte sie ein. »Was ich von Anfang an erzählen wollte, war, dass man dann später in den 50er-Jahren, als alle Verrückten wieder weg waren, tatsächlich entdeckt hat, dass es in dem Gebiet hier etwas Merkwürdiges gibt. Wissenschaftlich einwandfrei nachgewiesen und ohne Hokuspokus.«

»Aha, und was wäre das?«, fragte Brenner, tatsächlich sofort wieder ganz Ohr. Auch Hirlinger, der Menes Einschätzung nach sonst bestimmt der Letzte war, der sich für solche Dinge interessierte, schien erneut aufzuhorchen.

»Wartet bitte, es ist ein sehr schwieriges Wort«, sagte Diane. Dann sprach sie jede Silbe gewissenhaft mit ihrer charmanten französischen Tönung aus:

»Die Berchtesgadener Anomalie.«

»Die was, bitte?«, fragte Brenner.

»Die Berchtesgadener Anomalie – eine starke Störung im Magnetfeld der Erde, die in diesem Gebiet gefunden wurde«, erklärte Diane eifrig. »Ein Geologe oder ein Physiker ist darauf gestoßen, als er hier nach dem Krieg Untersuchungen machte, und später ist man mit irgendeinem Messgerät über die Berge geflogen und hat es auch gemerkt. Also doch irgendeine magnetische Kraft, genau wie die Verrückten dachten! Ist das nicht total gruselig?«

In diesen Zusammenhang gestellt, wirkte es tatsächlich etwas seltsam. Noch seltsamer fand Mene allerdings allmählich, wie ernsthaft sich Brenner dafür zu interessieren schien.

»Hast du da schon mal von gehört?«, fragte er sie mit forschender Miene.

»Ja, hab ich«, antwortete Mene und wendete sich wieder an Diane. »Aber liegt es nicht ganz einfach an irgendwelchen magnetischen Schichten in dem Gestein, das noch vor den Alpen entstanden ist? Also ganz einfach an der natürlichen Geologie?«

»Ja, merkwürdig ist nur, dass es solches Gestein hier wohl eigentlich gar nicht geben kann«, erwiderte die junge Künstlerin zunächst. Dann schien jedoch auch sie mit ihren feinen Antennen zu merken, dass sie mit ihren seltsamen Geschichten aus dem Internet übers Ziel hinauszuschießen drohte.

»Aber so ist es immer bei diesen Storys«, fügte sie in leichterem Ton an. »Alles passt wunderbar zusammen, aber am Ende hat es sich trotzdem nur jemand mit zu viel freier Zeit ausgedacht. Oder jemand, der nachts nicht schlafen kann – so wie ich.«

Wieder lachten alle, auch Brenner, wenngleich immer noch mit einem leicht nachdenklichen Zug um die Augen.

»So, apropos«, sagte Diane. »Für mich wird es langsam Zeit, und für Apollon auch. Er braucht seinen Schönheitsschlaf.«

Die unterhaltsame Französin stellte den geleerten Kelch zurück aufs Klavier und machte Anstalten, sich zu verabschieden, hielt jedoch plötzlich inne. Sie blickte erst zu Hirlinger und schaute dann abwechselnd Mene und Brenner an.

»Sagt mal, ich möchte mich nicht aufdrängen, aber wir bleiben noch ein, zwei Tage, weil die Zwillinge hier irgendwelche Klettertouren machen wollen«, sagte sie. »Für mich ist das zu anstrengend – puh, sie sind wie Bergziegen –, aber ich würde mir natürlich auch gerne alles ansehen. Und wenn ihr beiden morgen nichts vorhabt und Lust hättet, mich ein wenig herumzuführen, dann …«

Diane richtete die Frage hauptsächlich an Mene, der sie die Entscheidung über ihr Anliegen offensichtlich überlassen wollte. Mene fühlte sich geschmeichelt, dass dieser internationale Star ihre Gesellschaft so sehr schätzte, dass er gerne mehr Zeit mit ihnen verbringen wollte. Auch persönlich war ihr die aufgeweckte und lebhafte Französin, die vielleicht doch ein kleines Stück jünger war als sie, sehr sympathisch – ein bisschen anders als mit Menes alten Freundinnen aus Berchtesgaden war es mit ihr schon. Trotzdem musste sie abwinken.

»Bei mir geht es leider nicht«, sagte sie mit ehrlichem Bedauern. »Ich mache am Sonntag immer meine Tour hier durch die Höfe. Und da gibt es leider Fälle, die ich nicht verschieben kann.«

»Ah, dann geht es natürlich nicht«, sagte Diane sofort. »Aber das macht überhaupt nichts, es war nur so eine

Idee. Ich bin sicher, ich finde mich auch so zurecht. Hier in Deutschland ist ja bestimmt alles gut ausgeschildert.«

Die junge Frau machte wieder ihre Scherze. Trotzdem hatte Mene das Gefühl, auch bei ihr echtes Bedauern herauszuhören oder sogar einen etwas verlorenen Ton – vielleicht war das Leben als herumreisende Musikerin abseits der Auftritte weniger lustig, als man dachte. Brenner und sie waren gerade an einem kritischen Punkt, und bei der Vorstellung, dass er einen Tag allein mit dieser bezaubernden Schönheit verbrachte, sträubten sich eigentlich all ihre weiblichen Instinkte. Schon die Blicke der rothaarigen Journalistin heute Mittag bei der Pressekonferenz hatten sie gestört.

Gleichzeitig musste sie an ihren albernen Anflug von Eifersucht bei Brenners Nachricht vorhin denken, und wer sich dann als sein »Modeberater« herausgestellt hatte. Auch nach der so wunderbar offenen und ungezwungen Unterhaltung bei diesem Punkt plötzlich genauso provinziell zu reagieren, wie ihre alten Freundinnen es wahrscheinlich tun würden, widerstrebte ihr. Schließlich war da noch das merkwürdige Gefühl, dass in dieser Hinsicht keine wirkliche Gefahr von der jungen Showdiva ausging, der bei aller sinnlichen und sympathischen Ausstrahlung trotzdem irgendwie etwas Unwirkliches anhaftete.

»Was ist mit dir, Veit?«, hörte sich Mene also tatsächlich sagen. »Du hast doch morgen deinen freien Tag.«

Brenner sah sie überrascht an. Er blickte mit freundlichem Lächeln zwischen ihr und Diane hin und her, schüttelte aber ebenfalls den Kopf.

»Nein, das wird leider auch schwierig«, sagte er. »Ich muss mich um ein paar Sachen kümmern.«

»Worum denn?«, fragte Mene, nun sogar fast ein wenig

von Brenners Klotzigkeit, die so sehr in Kontrast zu seinem eleganten Aufzug stand, irritiert. »Luchs kann bestimmt mal einen Tag allein auf sich aufpassen. Wenn du ihm jetzt jeden Tag hinterherläufst, wird das nichts mit der Selbstständigkeit.«

»Na ja«, erwiderte Brenner mit bedeutsamem Blick. »Da ist ja auch noch die Sache mit den Steinböcken, wenn du dich erinnerst ...«

Oh ja, natürlich – das hatte sie verdrängt. Aber war es nicht vielleicht sowieso besser, wenn sie erst einmal selbst versuchte, mit Lenz zu reden? Es war ja anscheinend unwahrscheinlich, dass er etwas mit dem Fall zu tun hatte. Doch bei der Vorstellung, dass Brenner ihn zur Rede stellte, hatte Mene die ganze Zeit ein ungutes Gefühl gehabt.

»Hat das nicht Zeit bis Montag?«, fragte sie Brenner. »Du glaubst doch sowieso, dass die Täter längst wieder über alle Berge sind. Und eigentlich ist das ja auch eher Aufgabe der Polizei.«

Brenner sah Mene nun vollends verwirrt an. Auch Diane ruderte mit erhobenen Händen zurück.

»Mon Dieu, jetzt ist es mir peinlich, dass ich damit angefangen habe«, sagte sie. »Bitte macht euch keine Umstände. Ich habe ja Apollon, der mir Gesellschaft leistet. Und wenn mich die Nazis mit ihren Magnetufos angreifen, dann passt er auf mich auf.«

Mene war Diane dankbar, dass sie die Situation wieder mit so leichter Hand auflöste – und am Ende vielleicht doch ein bisschen erleichtert, dass Brenner nicht den halben Sonntag dem Charme dieses ungewöhnlichen Geschöpfs ausgesetzt war.

Irgendetwas an dem, was die junge Frau gesagt hatte,

schien diesen jedoch dazu zu bringen, seine Entscheidung zu überdenken. Mit gerunzelter Stirn blickte er von Diane zu ihrem Haustier und zurück.

»Vielleicht ist es doch gar nicht so schlecht, wenn ich bei dem Ausflug dabei bin«, sagte er plötzlich. »Alles andere kann ich auch danach noch erledigen. Ich hole euch dann um acht hier oben ab.«

4

Als Mene und Brenner das Hotel verließen, waren die allermeisten Gäste der Veranstaltung schon weg, und die Jungs vom Parkservice hatten die restlichen Autos in dem großen gepflasterten Rondell vorm Eingang bereitgestellt. Brenner brachte Mene noch zu ihrem Kombi, blieb aber wie immer auf Distanz, als sie in der offenen Tür stand.

»Da hab ich dir ja morgen ein tolles Date verschafft«, konnte sie sich nicht verkneifen zu sagen. »So bescheuert kann wahrscheinlich auch nur ich sein.«

»Mach dir keine Sorgen, ist nicht mein Typ«, erwiderte Brenner, der in seinem Anzug immer noch aussah wie ein alpiner James-Bond-Verschnitt, mit schelmischem Blick. »Außerdem ist ja dieser Höllenhund dabei. Der passt bestimmt auf sie auf.«

»Hast du dich deshalb umentschieden?«, fragte Mene. »Weil du Angst hast, der könnte sonst Unheil anrichten? Warum hast du eigentlich gefragt, wann sie ihn bekommen hat?«

»Keine Ahnung, da waren irgendwie komische Schwingungen«, sagte Brenner. »Du weißt ja, ich bin der ›Tierflüsterer‹. Liegt aber wahrscheinlich einfach nur daran, dass er eine so seltsame Mischung ist.«

»Und für Geologie scheinst du dich neuerdings auch zu interessieren. Oder steigst du jetzt in die dunkle Seite der Berchtesgadener Geschichte ein, wie mein Vater?«

»Nein, bestimmt nicht«, lachte Brenner. »Ich hatte da nur noch nie etwas von gehört, von dieser Sache mit dem Magnetfeld.«

Tatsächlich huschte auch jetzt wieder der gleiche nachdenkliche Ausdruck wie vorhin über sein Gesicht. Mene sah ihn forschend an.

»Hat es … hat es irgendwas mit diesen Dingen zu tun, die dir passiert sind?«, fragte sie vorsichtig. »Wir haben ja noch nie darüber gesprochen. Ich habe immer das Gefühl, dass es dir lieber so ist. Aber ich weiß natürlich, was die Leute hier so reden. Und du … du wirkst auch manchmal ziemlich abwesend. Als wäre da irgendwas, was dich beschäftigt.«

Mene hatte natürlich von den eigenartigen Geschichten erfahren, die sich während ihrer Abwesenheit zugetragen hatten, und auch sonst rankten sich allerlei Gerüchte um den eigenbrötlerischen Parkranger – manche so haarsträubend, dass man am besten gar nicht hinhörte. Als sie ihn einmal an seiner Wohnung am Reitbichl abgeholt hatte und er gerade draußen mit irgendwelchen Reparaturen beschäftigt war, hatte sie auch die Narben auf seinem freien Oberkörper gesehen: Drei Kugeln, sagte jeder, die ihn eigentlich sicher in ein frühes Grab hätten bringen müssen.

Brenner sah sie zuerst etwas überrascht an. Aber dann breitete sich ein zärtliches Lächeln über sein Gesicht, das wie immer Menes Herz einen Takt schneller schlagen ließ.

»Ja, ich bin froh, wie unbeschwert immer alles zwischen uns ist«, gab er leise zu. »Wenn wir mit Luchs spazieren gehen. Oder du ihm mal wieder unbedingt Blut abnehmen willst.«

In der Tat gab es auch im Zusammenhang mit Brenners Zögling etwas, was Mene Brenner längst gerne gefragt hätte – aus der Zeit am Anfang, als es kurz den Anschein hatte, der arme kleine Kerl könnte an Katzenpest sterben. Doch sie hatte sich nie recht getraut, und auch jetzt sorgte Brenners inniger Blick dafür, dass sie jeden Gedanken daran schnell wieder vergaß.

»Ich habe mich schon gefragt, welchen Vorwand ich mir einfallen lassen kann, um dich weiter zu sehen«, fuhr er noch eine Spur leiser fort. »Luchs kann ich ja jetzt nicht mehr vorschieben. Und zu solchen Veranstaltungen werden wir auch nicht jeden Abend eingeladen.«

Brenner kam bei diesen Worten näher, legte eine Hand aufs Dach und die andere auf die offene Tür. Schon küssten sie sich auch, wie bereits bei zwei anderen Gelegenheiten zuvor. Als sie sich schließlich lösten, sah Mene ihn mit verschwommenem Blick und nun noch wilder pochendem Herzen an.

»Vielleicht sollten wir zu mir fahren«, flüsterte sie lächelnd. »Dann müssen wir hier nicht vor Fips und Wastl Hofreiter performen.«

Brenner wendete sich nach den schnell zur Seite blickenden Brüdern vom Parkservice um und lachte fröhlich. Dann trat jedoch erneut ein ernster Ausdruck auf sein Gesicht.

»Nein, heute lieber nicht«, sagte er, offensichtlich um einen heiteren Ton bemüht. »Du hast ja dafür gesorgt, dass ich morgen einen langen Tag vor mir habe.«

Brenner lächelte sie weiter zärtlich an, dennoch versetzte ihr der Korb einen Stich. Auch bei den anderen Malen waren sie über einen – zugegebenermaßen sehr aufregenden – Kuss nicht hinausgekommen.

»Dafür, dass mir jeder sagt, ich soll mich vor dir in Acht nehmen, machst du's mir nicht gerade leicht«, sagte sie neckend. »Was ist los? Gefall ich dir nicht?«

»Oh doch, sehr sogar«, antwortete Brenner mit kehliger Stimme, die ihr bis ins Mark ging. »Mehr als sonst jemand auf der Welt.«

»Was ist dann das Problem?«

»Es ist … es ist einfach ein bisschen kompliziert, momentan. Gib mir noch ein bisschen Zeit. Dann wird es vielleicht irgendwie einfacher.«

Brenner hatte sie an den Schultern gefasst und sah ihr ernst in die Augen. Er klang aufrichtig, doch gleichzeitig auch so, als ob er nicht wirklich wüsste, wie es einfacher werden könnte.

»Es gibt ja noch ein anderes Thema, über das wir bisher kaum geredet haben«, sagte Mene. »Hat es damit etwas zu tun?«

»Was meinst du?«

»Ich weiß, dass du Lenz in der Schule gekannt hast. Und ich weiß auch, dass du an dem Abend bei ihm warst, als das mit seinem Auge passiert ist.«

»Hat er dir das erzählt?«

»Nein, er hat auch über manche Sachen nie geredet, wie du. Und irgendwas zu beschäftigen schien auch ihn oft – wenn vielleicht auch auf andere Weise als dich. Nein, das wurde mir nur so berichtet. Und wenn es damals um dich ging, dann ist er immer ganz still geworden. So wie du jetzt, wenn es um ihn geht.«

Mene blickte Brenner aufmerksam ins Gesicht. Doch auch diesmal ließ sich nichts aus seinen Zügen lesen und er blieb stumm wie eine Sphinx.

»Eigentlich hatte ich immer das Gefühl, dass er dich mag«, sagte sie.

»Ich mag ihn auch«, erwiderte Brenner. »Wenn vielleicht auch nicht alles, was er tut.«

»Du weißt, dass ich nichts mehr mit ihm habe, oder?«

»Wie bitte?«

»Wenn ich mich ab und zu mit ihm treffe, meine ich. Du weißt, dass das nur ist, weil …«

»Hör mal, Mene. Was auch immer zwischen euch war, oder ist, das …«

»Ich bin damals nicht nur von hier weg, weil ich unbedingt studieren wollte.«

Brenner runzelte die Stirn und schüttelte verwirrt den Kopf.

»Nicht? Ist irgendwas zwischen euch vorgefallen? Habt ihr euch gestritten?«

»Ja, natürlich haben wir uns ab und zu gestritten, aber das war es nicht. Ich wollte weg, weil ich verwirrt war.«

»Verwirrt? Weshalb?«

»Deinetwegen.«

Brenner legte die Stirn noch tiefer in Falten und sah sie ungläubig an. Mene blickte flüchtig zum Eingang hinüber und war dankbar zu sehen, dass Fips und Wastl gerade mit zwei anderen Nachzüglern zu tun hatten.

»Meinetwegen?«, fragte Brenner. »Aber wir kannten uns doch kaum.«

»Ja, wir sind uns nur ab und zu über den Weg gelaufen. Und das war auch noch vor der Zeit, als das mit den Kindern der Mitterbauers passiert ist und du hier zu einer kleinen Berühmtheit wurdest. Nein, wir haben uns nur manchmal gesehen und nicht viel mehr getan als ein, zwei Blicke getauscht.«

Sie schüttelte verlegen den Kopf.

»Ich dachte … ich hab mir eingebildet, du …«

»Ja, es war auch so«, gab Brenner zu. »Du bist mir auch aufgefallen. Und nicht nur, weil du so hübsch bist.«

»Aber du hast nichts unternommen, weil …«

»Weil sich so etwas nicht gehört, Frau Dr. Fendt«, erwiderte Brenner, der das Gespräch unverkennbar wieder in leichtere Bahnen lenken wollte. »Außerdem hatte ich natürlich Angst, dass Lenz mir das Fell über die Ohren zieht.«

»Du und Angst«, sagte sie spöttisch. »Wieso glaub ich das irgendwie nicht?«

Doch Brenner ignorierte ihren Einwand und sah sie nur lächelnd an. Sie wollte sich gerade damit abfinden, dass sie es wohl dabei belassen musste, als sich seine Miene erneut verdunkelte.

»Hat er damals etwas davon mitbekommen?«, fragte er mit gerunzelten Brauen. »Hast du ihm gesagt, dass du … dass du verwirrt bist?«

»Nein, hab ich nicht«, antwortete Mene. »Aber es kann schon sein, dass er etwas gemerkt hat. Er war sehr sensibel und bekam eigentlich immer alles mit. Auch wenn es nach außen nicht immer den Anschein hatte. Was ist los? Was macht das für einen Unterschied?«

Brenner schien weiter angestrengt irgendwelche Abwägungen anzustellen, schließlich aber zu kapitulieren.

»Ich hab dich vorhin angelogen, als ich gesagt habe, ich hätte noch nicht mit ihm gesprochen«, gestand er. »Wobei, gesagt haben wir tatsächlich nicht viel.«

»Wie, du warst bei ihm?«

»Ja, in seiner Hütte am Gotzentauern. Ich wollte dir eigentlich nichts erzählen, damit du dir keine Sorgen machst. Andererseits wusste ich nicht, ob ich dich nicht lieber warnen soll.«

»Warnen, wovor?«, fragte Mene. Während des schönen und unterhaltsamen Abends hatte sich das ungute Gefühl in ihrem Bauch etwas gelegt. Doch jetzt kehrte es mit doppelter Wucht zurück. »Was ist passiert?«

Brenner schien nicht recht zu wissen, wo er anfangen sollte. Auch wie er Lenz in ihren Augen dastehen ließ, machte ihm offenbar immer noch Sorgen.

»Na ja«, sagte er schließlich. »Das mit der Wilderei und den fragwürdigen Geschäften, die er da betreibt, scheint doch größere Dimensionen zu haben, als jeder denkt – du hast ja so was schon angedeutet. Er hat sich da oben eine richtige kleine Werkstatt eingerichtet. Mit ausgestopften Tieren und Schnitzereien – echte kleine Meisterwerke. Gott weiß, an wen er das alles verkauft.«

»Ja, ich hab mir das schon gedacht«, gestand Mene. »Ich hab ihm sogar angeboten, dass ich mich bei meinen tausend Verwandten hier umhöre, ob nicht jemand einen richtigen Job für ihn hat. Aber da hat er natürlich nur gelacht. Und die … und die Sache mit den Steinböcken? Hast du ihn auch danach gefragt?«

»Gefragt nicht – er war da noch nicht da –, aber gefunden hab ich das ganze Zeug«, erklärte Brenner. »Er scheint sich nicht nur zum erstklassigen Präparator, sondern auch zum erstklassigen Bogenschützen ausgebildet zu haben. Das Ding, das da lag, sah aus wie fürs amerikanische Militär entworfen. Und als ich alles mitnehmen wollte, kam er in einem grauen Tarnanzug rein und hat mit einer Schrotflinte auf mich geschossen.«

Mene hatte das Gefühl, der Boden wanke unter ihren Füßen. Als würde der ausgehöhlte Berg unter ihr seine Last nicht mehr tragen können und mit einem gewaltigen Erdbeben einstürzen.

»Was hat er?«, fragte sie entsetzt. »Er hat auf dich geschossen?«

Brenner nickte nachdenklich.

»Ja, zweimal«, sagte er. »Danach konnte ich ihn packen und wir sind ein bisschen durch seine Hütte gestolpert. Schade um die Sachen, die er da gemacht hat, übrigens. Die sind wirklich toll.«

Mene sah ihn verdutzt an und schüttelte den Kopf. Die kleine Schramme an seiner Schläfe war ihr vorhin schon aufgefallen. Aber sie dachte, sie stamme wie immer von seinen Raufereien mit Luchs.

»Er hat auf dich geschossen und du faselst irgendwas von seinen Sachen?«, sagte sie in befremdetem Ton. »Hast du ihm was getan? Warst du bei der Polizei? Wieso erzählst du mir das alles erst jetzt?«

»Nein, es ist nichts weiter passiert«, beruhigte Brenner sie. »Er konnte sich losreißen und ist dann von der Kanzel dort gesprungen. Er muss sich da irgendeinen Fluchtweg zurechtgelegt haben. Ich hab's mir angesehen, aber es war schon zu dunkel, um was zu erkennen. Und als ich wieder hoch in die Hütte kam, hatte er in der Zwischenzeit alles fortgeschafft: Bogen, Rucksack, Flinte. Er hat mich gründlich an der Nase rumgeführt.«

So nüchtern wie Brenner alles schilderte, hoffte Mene kurz, er erlaube sich nur einen merkwürdigen Scherz mit ihr. Doch nein, er meinte es anscheinend wirklich ernst.

»Das klingt alles vollkommen abgedreht«, sagte sie. »War er auf Drogen? Hat er was zu dir gesagt?«

Brenner dachte kurz nach, zuckte dann aber mit den Schultern.

»Nein, irgendwas gesagt, womit ich mir sein Verhalten erklären könnte, hat er nicht. An das mit den Drogen habe ich auch schon gedacht. Du hast ja erzählt, dass er in letzter Zeit oft nicht mehr wie er selbst wirkte und in keinem guten Zustand zu sein schien. Er … er hatte auch so ein komisches Ding auf dem Kopf.«

»Wie bitte? Was für ein Ding?«

»Eine Maske. Eine Hundemaske, glaube ich.«

»Eine Hundemaske? Willst du mich auf den Arm nehmen?«

»Nein, ich erzähl dir nur, wie's war. Vielleicht wusste er nicht sofort, dass ich es bin, der in seinem Versteck stöbert.«

»Und dann hat er sich maskiert? Wie bei einem Überfall?«

»Keine Ahnung. Es war so ein komisches Lederding, wie es irgendwelche Freaks bei ihren Sexspielen aufziehen.«

Erneut sah Mene Brenner ungläubig an.

»Wollt ihr mich vielleicht beide auf den Arm nehmen?«, fragte sie. »Sitzt er hier irgendwo im Busch und lacht sich schlapp?«

Mene schaute sich tatsächlich um, so irreal kam ihr inzwischen die Situation vor. Doch Brenner schüttelte erneut den Kopf.

»Nein, ich wünschte, es wär so. Ich kann's mir ja auch nicht richtig erklären.«

»Aber du bist sicher, dass er es war?«, fragte Mene. »Obwohl er eine Maske getragen hat.«

»Ja, er war es schon«, erwiderte Brenner mit niedergeschlagenem Blick. »Ich dachte, er holt sich nur ab und zu mal eine Gams. Aber er ist da wohl doch, na ja, in professionellerem Maßstab eingestiegen.«

Wieder schien Mene mit ihrer Frage etwas berührt zu haben, was Lenz und Brenner aus der Vergangenheit verband – und was vielleicht auch der wahre Grund war, warum Brenner die ganze Zeit über seine heimlichen Streifzüge im Nationalpark hinweggesehen hatte. Sie sah Brenner einen Moment länger prüfend ins Gesicht, das rasiert und mit dem akkurat frisierten Haar heute ebenfalls so anders wirkte als sonst. Dann senkte sie erneut die Stimme, bevor sie weitersprach.

»Aber wenn Lenz auf dich geschossen hat, dann sollten wir doch zur Polizei gehen, oder? Ich meine … ich meine, dann hat er doch versucht, dich umzubringen. Dann ist er doch gefährlich und wir müssen ihn … einweisen lassen oder so was in der Art. Wer weiß, was er als Nächstes macht.«

Brenner runzelte die Stirn und sah sie an. Wieder schien er angestrengt nachzudenken, aber zu keinem eindeutigen Ergebnis zu kommen.

»Ehrlich gesagt weiß ich nicht, ob er mir wirklich was tun wollte«, sagte er. »Das Seltsame ist, dass alles eher wirkte wie ein Spiel. Wenn er es ernst gemeint hätte,

hätte er mich eigentlich erwischen müssen – er ist ja kein Anfänger. Deshalb wollte ich dir auch nichts sagen. Ich dachte, das sei vielleicht nur seine Art, mir zu verstehen zu geben, dass ich mich aus seinen Angelegenheiten raushalten soll. Aber … aber wenn es ihm auch um dich geht, dann …«

»Du hast Angst, er könnte mir etwas tun?«, fragte Mene. »Nie und nimmer.«

»Wieso bist du dir da so sicher?«

Ja, warum war sie das? Lenz hatte wirklich einen sehr zerfahrenen Eindruck gemacht, als sie ihn in letzter Zeit gesehen hatte. Aber selbst wenn er irgendwelche komischen Sachen nehmen sollte, dann …

»Ich weiß es nicht«, sagte sie. »Er hat sich mir gegenüber nie aggressiv verhalten. Im Gegenteil, er hat mich förmlich auf Händen getragen und mich behandelt wie eine Prinzessin, oder so eine Art Engel – ich weiß auch nicht, was er sich da eingebildet hat. Es war ehrlich gesagt nicht immer ganz einfach. Und ich hatte oft das Gefühl, es hatte damit zu tun, wo … wo wir beide herkommen und so.«

Auch dieses Detail schien Brenner erst mühsam zu verarbeiten müssen. Auch er wirkte auf sie keineswegs unsensibel, doch sich mit solchen zwischenmenschlichen Nuancen auseinanderzusetzen, fiel ihm offenbar nicht immer ganz leicht, das hatte sie schon öfter gemerkt.

»Vielleicht sollte ich heute Nacht doch bei dir bleiben«, sagte er dann.

Jetzt war sie es, die kurz nachdenken musste. Schließlich schüttelte sie aber den Kopf.

»Nein, so will ich das nicht«, sagte sie. »Außerdem … außerdem wäre das auch das falsche Signal, wenn es wirklich damit zu tun hat. Lenz tut mir nichts, da kannst du dir sicher sein. Vielleicht ist es tatsächlich so, wie du von Anfang an gedacht hast, und er wollte dir nur einen Schreck einjagen. Und das mit der Maske fand er wahrscheinlich witzig, er hatte manchmal so einen schrägen Humor. Trotzdem kann er sich ja hier nicht aufführen wie im Wilden Westen. Und das mit der Wilderei geht eigentlich auch nicht, das hab ich ihm auch schon gesagt. Vielleicht sollte ich noch mal versuchen, mit ihm zu reden, bevor ihr beide wieder aufeinander losgeht.«

»Nein, davon halte ich nichts«, sagte Brenner bestimmt. »Ich kann mir auch nicht vorstellen, dass er hier jetzt anfängt, Amok zu laufen – das passt nicht zu ihm. Aber ein bisschen vorsichtig sollten wir schon sein. Wo bist du morgen unterwegs?«

»Ich werd wohl fast den ganzen Tag auf dem Reiterhof in Winkl verbringen. Wurmkur und Impfen. Aber bei einem Tier muss ich auch den Magen spiegeln. Und ein anderes hat wohl einen Abszess.«

Brenner nickte.

»Na gut, dann passe ich morgen erst mal auf, dass Hirlingers Star mit seinem Hund niemanden zu Tode erschreckt. Und dann versuche ich noch mal, mit Lenz zu reden.«

Mene sah ihn beunruhigt an.

»Keine Angst, ich pass auf«, sagte Brenner. »Und ich pass auch auf, dass die Sache nicht eskaliert – was immer genau dahinter steckt. Gib mir doch einfach seine Nummer. Dann kann ich ihn anrufen oder ihm eine Nachricht schreiben und ihm klarmachen, dass ich nur mit ihm reden möchte.«

Brenner übertrug die Nummer in sein Handy. Dann sah er sie ernst an.

»Versprich mir nur, dass du dich erst mal von ihm fernhältst«, sagte er. »Ich glaube dir, was du über ihn sagst, aber wer weiß: Am Ende ist doch alles ganz anders, als wir denken …«

TEIL V: DIE GRÜNE FEE

1

Am nächsten Morgen war der Himmel genauso wolkenlos wie am Tag zuvor, und eine für den Berchtesgadener Frühling ungewöhnliche Wärme lag in der Luft, die sich selbst um 8 Uhr morgens fast schon sommerlich anfühlte. Gerlinde Stoll hatte sich angewöhnt, oft auch sonntags in ihr Büro in der Nationalparkverwaltung am Doktorberg zu fahren, weil dann am meisten im Park los war und sie bei möglichen Problemen leicht erreichbar sein wollte.

Diesmal konnte es außerdem sein, dass weitere Presseanfragen bei ihr einliefen. Seit so vieles online stattfand und die Öffentlichkeit erwartete, selbst an Sonntagen mit frischen Neuigkeiten versorgt zu werden, gab es auch für Journalisten kein echtes Wochenende mehr. Obwohl es zu dem Fall, der es tatsächlich in die regionalen Abendnachrichten geschafft hatte, eigentlich nichts zu berichten gab, was nicht schon gestern Mittag bekannt gewesen wäre.

Als Stoll sich an ihren Schreibtisch setzte, hatte sie sofort das Gefühl, jemand habe sich daran zu schaffen gemacht. Das war jedoch nichts Ungewöhnliches: Manchmal brauchte jemand aus Sekretariat oder Buchhaltung Informationen aus ihrem Computer, und auch wenn die Putzfrau dagewesen war, befanden sich die Dinge oft nicht mehr an ihrem gewohnten Platz.

Als Erstes checkte die Nationalparkchefin ihre E-Mails. Wirklich gab es mehrere neue Anfragen, daneben eine Nachricht von Weirauch: Der Experte aus Freilassing hatte Brenners Einschätzung zur Jagdwaffe bestätigt und glaubte ebenfalls, dass die Tiere irgendwann am frühen Morgen oder vielleicht sogar in der Nacht erlegt worden waren.

Nicht weil ihre Sorge geweckt war – auch da vertraute sie Brenners Urteil –, sondern weil es sich als liebgewonnene Gewohnheit eingebürgert hatte, klickte Stoll noch vorm Lesen der übrigen Mails auf das Icon der Tracking-App, mit der sich das Signal von Luchs' GPS-Halsband in der örtlichen Landschaft verfolgen ließ.

Die App lief über einen Cloudservice, der eigentlich besorgte Haustierbesitzer als Zielkundschaft hatte, aber immer öfter auch von Forschern und Naturschützern genutzt wurde, weil er so messgenau und einfach zu handhaben war. Luchs hatte den Sender schon früh umgehängt bekommen, für den unwahrscheinlichen Fall, dass er ausbüchste, und es war sogar überlegt worden, das Signal bei der Auswilderung öffentlich zugänglich zu machen, damit jeder die Wanderungen des Berchtesgadener »Neubürgers« praktisch hautnah miterleben konnte. Das hätte die Identifikation mit dem Projekt noch weiter gefördert – es jedoch auch allen örtlichen Almbauern und Jägern sehr leicht gemacht, die in dem Tier immer noch hauptsächlich eine Bedrohung oder Trophäe sahen.

So hatten nur Stoll über ihren PC und Brenner über sein Handy Zugang zu dem Signal, das mit einem achtstelligen Code geschützt war. Da Stoll aber so gerne nach den Streifzügen ihres Schützlings schaute (die sich bisher meist auch mit denen von Brenner gedeckt hatten), hatte sie den Code schließlich auf ihrer Festplatte gespeichert.

Ihn jeden Morgen neu eingeben, nur für den Fall, dass Jackl Lochner oder einer der anderen alten Narren in ihr Büro eindrang, um ihn sich zu beschaffen?

Nein, das wäre ihr wie eine geradezu lächerlich übertriebene Vorsichtsmaßnahme vorgekommen.

2

»Oh, là, là, hier ist aber eine Menge los! Apollon, benimm dich! Ich weiß, es gibt viele kleine Kinder. Aber du darfst heute keins fressen.«

Diane de Saint-Vallier, der außergewöhnliche internationale Star, der mit einer Mischung aus Harfenmusik und Varieté zugleich Publikum und Kritik begeisterte, war so gut gelaunt, dass es auch Brenner schwerfiel, sich nicht von seinen ernsten Gedanken ablenken zu lassen.

Hatte Lenz gestern tatsächlich erst eine kleine Steinbockfamilie massakriert und dann mit einer Schrotflinte auf ihn gefeuert? Und hatte Mene ihm gestanden, dass sie schon seit einer kleinen Ewigkeit in ihn verliebt war? Angesichts der ausgelassenen Art, mit der sich die bildhübsche Französin an seiner Seite über ihren gemeinsamen Ausflug freute, war es schwer zu glauben.

Sie gingen die von Touriläden und Restaurants gesäumte Gasse in Schönau hinunter, die zur Seelände führte, der Anlegestelle der Königsseeboote. Brenner war zu sehr mit anderen Dingen beschäftigt gewesen, um sich etwas Originelleres einfallen zu lassen. Inzwischen fragte er sich allerdings, ob eine Tour, die zum allseits beliebten Standardprogramm der Berchtesgadener Ferien- und Wochenendgäste gehörte, wirklich eine so gute Idee war.

Als er Diane abgeholt hatte, hatte sie sich mehrmals dafür entschuldigt, ihn praktisch zu dieser Unternehmung gezwungen zu haben, und sogar ausdrücklich angeboten, das Ganze doch noch abzublasen, wenn er Wichtigeres zu tun hatte. Einen guten Teil ihrer übermütigen Begeisterung führte Brenner denn auch auf das Bedürfnis zurück, sich unbedingt für seine Freundlichkeit erkenntlich zu zeigen, was für eine gefeierte Künstlerdiva sehr sympathisch war – sich jedoch offensichtlich nicht auf ihren tierischen Bewacher übertrug.

Der gute Apollon war definitiv kein Golden Retriever, daran konnte auch die bunte Hippieleine nichts ändern, an der Diane ihn führte. Und als sie auf die bereits gut gefüllten Anleger zusteuerten, an denen die langen Elektroboote im Wasser ruhten, bemerkte Brenner mit Unbehagen, wie eine Hälfte der wartenden Kinder von selbst vor dem strengen Blick des schwarzen Monstrums zurückwich und die andere hastig von besorgten Eltern in Sicherheit geschoben wurde.

Hatte er ähnliche Reaktionen ausgelöst, wenn er mit Luchs an der Seite durch die Berchtesgadener Altstadtgassen spaziert war? Er hatte sich vielleicht immer zu wenig Gedanken darüber gemacht.

»Die haben wirklich Angst, er verspeist sie zum Frühstück«, sagte er, während ihm gleichzeitig brandheiß einfiel, dass aus genau solchen Gründen Hunde auf den Schiffen Maulkörbe tragen mussten. »Da sollten wir uns besser was anderes ausdenken.«

Diane folgte ihm gehorsam zu den alten Bootshäusern, die sich grau und lang gestreckt am linken Ufer vor den dicht bewaldeten Steilhängen aufreihten. Als er schließlich eins fand, in dem gerade niemand war, und dort ausmachte, wonach er gesucht hatte, schlug seine Begleiterin wie ein fröhliches Schulmädchen die Hände zusammen.

»Eine Fahrt mit dem Ruderboot«, kiekste sie. »Wie romantisch!«

»Ich weiß gerade nicht genau, wem es gehört«, erwiderte Brenner mit verschwörerischem Lächeln. »Aber wir bringen es ja nachher heil zurück.«

Sie stießen auf den glitzernden See hinaus, der sich wie ein smaragdgrünes Fjord zwischen den majestätischen Felswänden von Watzmann und Jenner dahinstreckte, und für die Leute an den Stegen war es jetzt wahrscheinlich wirklich schwer, sie nicht mit einem ganz normalen Urlaubspaar zu verwechseln.

Diane trug Bergschuhe, knappe grüne Shorts und eine leichte Jacke, die sie nun ablegte. Ihre braune Mähne hatte sie zu einem Pferdeschwanz gebunden und unter eine schwarze Baseballkappe gestopft, die mit einer großen silbernen Harfe bestickt war (Brenner hatte erst an einen Fanartikel gedacht, doch in Wirklichkeit handelte es sich um ein Mitbringsel von einer Tour in Irland, wo ein großer Bierhersteller das Instrument offenbar als Logo hatte). Auch Brenner war froh, statt in Hirlingers Smoking wieder in seiner üblichen Arbeitskleidung zu stecken, die aus einer mit unzähligen nützlichen Taschen ausgestatteten Funktionshose und einem ausgewaschenen Nationalpark-T-Shirt bestand. Und wie er jetzt merkte, als Diane die Ellbogen auf den Rand des Hecks stützte, den Kopf in den Nacken legte und die Beine zu ihrem zwischen ihr und Brenner ruhenden »Hund« ausstreckte, war er auch froh, dass er seine Sonnenbrille nicht vergessen hatte.

Brenner hatte sich stets mit ähnlicher Macht zu Frauen hingezogen gefühlt wie zu den Bergen und der Natur, und trotz der erstaunlich ernsten Gefühle für Mene, die er in sich entdeckt hatte, fiel es ihm schwer nicht zu bemerken, dass er hier eine äußerst verführerische Vertreterin dieses Geschlechts vor sich hatte. Ihre Beine waren lang, schlank und sportlich, ohne wie die einer Profiathletin zu wirken, genau wie er's mochte, und auch ihre Arme entpuppten sich jetzt als überraschend definiert und durchtrainiert, was wohl an dem beträchtlichen Kraftaufwand liegen musste, der zum Zupfen der stramm gespannten Harfensaiten nötig war. Durch das genüsslich zum sonnigen Himmel gekippte Gesicht wurden die nicht übermäßig großen, aber vollen und schön geformten Brüste gegen den Stoff des silbrig glänzenden Tops gedrückt, sodass sich trotz des Sport-BHs, der sich offensichtlich darunter verbarg, die festen kleinen Brustwarzen abzeichneten.

Auch ihre hellbraunen Augen funkelten silbern im Sonnenlicht, wenn sie lachte oder sich über etwas freute –

wie Brenner jetzt wieder zu seiner Verlegenheit feststellen musste, als sie das Gesicht zurück nach vorne richtete und ihn bei seiner heimlichen »Fleischbeschau« ertappte. Ihm war es gleich so vorgekommen, als ob sie sich trotz ihres unverkennbar sinnlichen Wesens versagte, mit ihm zu flirten; wohl aus Respekt vor Mene, die sie zweifellos für seine Partnerin hielt. Brenner fand das genauso sympathisch wie die dankbare gute Laune, die sie zur Schau trug. Die weibliche Genugtuung vollkommen zu unterdrücken, die seine Blicke bei ihr auslösten, gelang ihr aber anscheinend genauso wenig wie ihm, diese Blicke ganz und gar im Zaum zu halten.

»Wir haben dich gestern gar nicht gefragt«, sagte er mit leicht belegter Stimme (und vielleicht auch bewusster Anspielung auf die Verbindung, die sie zwischen ihm und Mene annahm). »Wie kommt es eigentlich, dass du so gut Deutsch sprichst?«

Wie ausdrucksvoll Dianes Gesicht war, war schon am Vorabend bei ihrer Vorstellung kaum zu übersehen gewesen, als sich praktisch jeder Ton und jede Strophe in ihren hübschen Zügen zu spiegeln schien. Wie bei manchen ihrer Lieder glitt jetzt ein Schatten über ihre Augen, die kurz dunkel und verletzlich wie die eines aufgeschreckten Rehs wirkten. Auch ihre schöne Mundpartie mit den kleinen Grübchen (die Brenner aus irgendeinem Grund für typisch französisch hielt) umspielte ein ernster Zug, der in auffälligem Kontrast zur zuvor ausgestrahlten Hochstimmung stand.

»Privatunterricht, als ich ein Kind war«, antwortete sie mit bemühtem Lächeln. »Ich habe in sehr vielem Privatunterricht bekommen. Auch in der Musik, zum Glück.«

»Okay. Dann sind deine Eltern wohl reich.«

»Ja, sehr«, erwiderte Diane, als müsse sie sich dafür entschuldigen. »Mein Vater leitet ein großes … wie sagt man: Firmenuniversum. Und meine Mutter ist hauptsächlich damit beschäftigt, eifersüchtig auf all die Liebschaften zu sein, die er sich dadurch leisten kann.«

»Oh«, machte Brenner. »Das klingt ja nicht so toll.«

»Nein, aber es ist auch nicht so schlimm. So war es, glaube ich, schon immer in diesen Sphären. Was ist mit deinen Eltern? Leben sie hier?«

»Ja, nein – also meine Mutter. Aber sie ist leider in einem Heim, weil ihr Kopf nicht mehr so gut funktioniert.«

»Ah, das tut mir leid«, sagte Diane und runzelte die Stirn. »Ist heute etwa dein Besuchstag? Musst du für mich den Bootsmann spielen, obwohl du eigentlich deine Mutter besuchen wolltest? Dann lass uns sofort umkehren.«

»Nein, keine Angst«, sagte Brenner. »Ich muss mich noch um was kümmern, aber das geht auch so. Entspann dich und mach dir keine Sorgen. Hätte ich keine Zeit gehabt, hätte ich nicht Ja gesagt.«

Tatsächlich wollte er später versuchen, wenigstens kurz im Heim vorbeizufahren. Aber ohne Luchs wäre das ohnehin nicht mehr dasselbe, weil eigentlich nur er es war, mit dem Brenner seiner Mutter noch wirklich eine Freude machen konnte. Während sie ihn selbst immer seltener erkannte, hellten sich ihre Züge sofort auf, sobald er sie hinunter in den Garten führte und sie das große getüpfelte Tier im Gras liegen sah. Luchs ließ sich geduldig von ihr streicheln und schnurrte dabei sogar – wie Brenner glaubte hauptsächlich, weil er gemerkt hatte, dass ihr das Vibrieren seines mächtigen Brustkorbs gut gefiel.

Bei dem Anblick musste Brenner auch jedesmal unweigerlich daran denken, wie seine Mutter damals mit ähnlicher Faszination Annas dunkle Haut gestreichelt hatte, als er sie mit zu ihr genommen hatte. Auch sie sollte er eigentlich unbedingt mal wieder anrufen, obwohl sie ja inzwischen ganz glücklich zu sein schien.

»Du und Mene, wie lange seid ihr jetzt schon zusammen?«, fragte Diane, als könne sie seinen Gedanken folgen. »Sie sah toll aus in dem blauen Kleid gestern. Und ist überhaupt eine tolle Frau.«

»Ja, das ist sie«, bestätigte Brenner. »Und wir kennen uns auch schon ziemlich lang. Was ist mit dir? Kommt man zu so etwas, wenn man so viel unterwegs ist? Oder hast du dafür keine Zeit?«

»Doch, doch, da gab es jemanden. Aber das war tatsächlich etwas schwierig, obwohl er aus denselben Sphären kam und etwas ganz Ähnliches machte wie ich. Manchmal nach den Auftritten seh ich in die Sterne und denke an ihn.«

Diane lächelte auf eine Art, die Brenner davon abhielt, weiter nachzufragen, und blickte einen Moment schweigend übers Wasser. Dann runzelte sie plötzlich die Stirn, hielt eine Hand flach an den Schirm ihrer Mütze und streckte den Finger aus.

»Da steigt ein Mann mit einer Trompete aus dem Boot«, sagte sie erstaunt. »Was hat der vor?«

Brenner sah sich um, schob die Sonnenbrille hoch und erkannte, dass sie bereits die Echowand erreicht hatten. Er richtete ihre Nussschale etwas mehr zu dem langen, braun-weißen Elektroboot aus, auf dessen abgewandter Seite der Kopf des Mannes übers Dach ragte, und ließ die Ruder sinken.

»Eine kleine musikalische Einlage«, sagte er, froh, auf andere Themen zu kommen. »Extra für dich bestellt.«

Diane blickte fasziniert zu dem Boot hinüber, das ein gutes Stück vor der leicht nach innen gewölbten, direkt ins Wasser abfallenden Felswand lag. Sogar Apollon wurde von ihr gezwungen, das Schauspiel mitanzusehen.

Der Schiffsbegleiter blies kurz zur Probe in sein Instrument und ließ dann eine einfache Tonfolge erklingen, nicht unähnlich manchen, die Diane gestern selbst auf ihrer Harfe erzeugt hatte. Nach einer kurzen Verzögerung wurden die getragenen Klänge vom Fels zurückgeworfen und hallten mit noch wehmütigerer Färbung über den See. Kaum waren sie verklungen, setzte der Mann die Trompete erneut an den Mund und wiederholte das gespenstisch anmutende Zwiegespräch.

Wie am Vorabend schien sich die beglückte Ergriffenheit, die die Vorführung in der jungen Musikerin auslöste, unmittelbar auf ihrem Gesicht zu spiegeln, und Brenner merkte, wie die Töne auch in ihm etwas zum Klingen brachten. Er hatte ihnen lange nicht mehr bewusst gelauscht – eigentlich das letzte Mal auf einem kleinen Felsabsatz hoch oben in ihrem Rücken mit Anna, die genauso ergriffen von dem spukhaften Dialog zwischen Mensch und Berg gewirkt hatte wie Diane gerade.

Wie lange war das jetzt her? So um die drei Jahre wahrscheinlich erst. Brenner kam es trotzdem vor wie ein ganzes Leben.

Direkt nach dem Echoblasen waren sie damals an dem alten Wegkreuz dort oben auf etwas gestoßen, was sie mitten hinein in den seltsamen Wahnsinn geführt hatte, der sich seinerzeit hier abgespielt hatte – und seitdem war er ein anderer. Ein Geist, dachten laut der alten Traudl manche Leute, und vielleicht war da wirklich etwas dran. Derselbe war er jedenfalls nicht. (So wie Lenz vermutlich nie wieder derselbe geworden war nach dem, was sich an jenem Abend in der »Rose« zugetragen hatte.)

Wie der riesige Fels mit dem kleinen Männlein dort in dem Boot schienen Berge und Natur seit jenen Tagen mit Brenner zu sprechen.

Nur was sie sagten und was sie von ihm wollten, das wusste er bis heute nicht genau.

Seinen Vater (und vielleicht sogar die Weiße) hatte es zu einem gemeingefährlichen Monstrum gemacht, was immer da draußen war. Und er selbst hatte vor gar nicht langer Zeit mithilfe der eigenartigen Kraft zwei Männer getötet und einen dritten fast ermordet – wo auch immer da genau der Unterschied lag.

Versöhnt mit sich selbst hatte ihn erst wieder Luchs, und auch diesem hatte die Kraft ein zweites Leben geschenkt, genau wie Brenner vor Jahren. Vielleicht, weil sie das Gute in dem edlen Geschöpf spürte, wie seine bereits in einer anderen Welt lebende Mutter (und vielleicht stärker noch als in ihm).

Manchmal dachte Brenner natürlich immer noch, er sei kein Geist oder Geretteter, sondern einfach nur komplett gestört, wie sein Vater, und täte vielleicht am besten daran, möglichst weit weg von all dem zu kommen – Anna, die zweifellos doppelt so klug war wie er, hatte das ja gemacht. Sie hatte jemand anderen gefunden und lebte ein ganz normales Leben, zumindest wirkte es so.

Er hingegen war weiterhin hier – wo im wahrsten Sinne des Wortes »der Berg rief« – und hatte das ungute Gefühl, gerade erneut in Geschehnisse verwickelt zu werden, die mit jenen geheimnisvollen Kräften zu tun haben könnten – oder vielleicht schon mittendrin war. Anders als bei den blutigen Ereignissen vom vorletzten Herbst waren diesmal auch Menschen beteiligt, die ihm unmittelbar am Herzen lagen, und das erfüllte ihn mit zusätzlicher Sorge.

Wieder dachte Brenner an den großen geschnitzten Hirsch, den er bei Lenz auf dem Tisch gesehen hatte, und an all die anderen Figuren, die ringsum arrangiert gewesen waren wie auf einem Altar. Auch Lenz' irgendwie fremd wirkender Blick, der überraschend geschickte Hieb, mit dem er sich aus seinem Griff gelöst hatte, und der gewagte Sprung, mit dem er ihm entkommen war, fielen ihm erneut ein.

War etwa auch sein alter Freund und Bekannter bei seinen Streifzügen in Berührung mit den verborgenen Dingen gekommen, die Brenner beschäftigten? Oder hatte er gar eine Art Bund mit jenen Mächten geschlossen, über deren wahre Natur sich Brenner trotz dem, was sie für seinen vierbeinigen Gefährten getan hatten, nach wie vor nicht ganz im Klaren war?

Berchtesgadener Anomalie, das Wort hatte er sich von gestern Abend gemerkt. Denn außergewöhnlich und einzigartig schien ihm an den hiesigen Bergen nicht nur das geisterhafte Echo, mit dem sie den Menschen antworteten, wenn man vor ihnen in eine Trompete blies.

3

»Das war einfach zu schön.«

»Wie bitte?«

»Das war einfach zu schön. Ich brauch jetzt einen Schluck. Auch wenn du mich dann erst recht für eine abgedrehte Künstlerin hältst.«

Es dauerte einen Moment, bis Brenner sich wieder vollkommen aus seinen Gedanken gelöst hatte. Als er zu Diane hinübersah, wühlte sie in ihrer großen braunen Wildlederhandtasche, die ein bisschen was von einem Trapperbeutel hatte. Schließlich brachte sie einen in der Sonne glänzenden, verchromten Flachmann zum Vorschein, den sie mit einer routiniert wirkenden Handbewegung aufschraubte.

»À ta santé!«

»Prost.«

Etwas verwirrt, aber auch mit einem amüsierten Lächeln auf den Lippen sah Brenner zu, wie sich seine Begleiterin einen kräftigen Schluck genehmigte. »Ahh« machte sie, als sie das Fläschchen wieder absetzte, und erneut blitzten ihre Augen silbern wie die Saiblinge, die man hier manchmal schwimmende Insekten von der Wasseroberfläche schnappen sah.

»Willst du?«, fragte sie.

Brenner nahm über Apollon hinweg den Flachmann entgegen und schnupperte an der Öffnung.

»Hui«, sagte er. »Was ist das?«

»La fée verte«, antwortete sie. »Die grüne Fee.«

»Wie bitte?«

»So eine Art kreativer Zaubertrank, an dem sich früher Dichter, Maler und Musiker berauscht haben. Absinth – so nennt man es auch bei euch, glaube ich.«

»Absinth, ja, davon hab ich schon gehört. Aber ist das nicht verboten?«

»Nicht mehr, meine ich, ist aber sowieso eine Eigenmischung«, erklärte Diane lächelnd, während Brenner die Flasche ansetzte. »Eigentlich gehört Wasser dazu, dann gibt es schöne grüne Schlieren – deshalb auch der Name. Aber ich finde, pur hat es mehr Power.«

»Sakra, das kann man wohl sagen.«

Brenner trank nicht mehr ganz so viel wie früher – auch diese Veränderung hatte er wohl Luchs und der sonnigeren Sicht auf die Dinge zu verdanken, die der Umgang mit dem Tier auf irgendeine Weise in ihm herbeigeführt hatte. Vollkommen aufgegeben hatte er die Sauferei jedoch nicht, und wie er es gewohnt war, schien auch jetzt gleich der erste Schluck wieder die reichhaltigen Reserven in seinem Blut zu aktivieren. Wie immer flammte das klare blaue Feuer in seinem Innern auf – allerdings mit solcher Kraft, als hätte es ihr Lehrer damals mit einem seiner chemischen Showexperimente etwas übertrieben.

»Was ist da drin?«, fragte er, bevor er noch einen zünftigen Schluck des bitteren Rachenputzers hinunterkippte und Diane den Flachmann zurückreichte.

»Kräuter, vor allem Wermut«, erklärte seine Begleiterin. »Auf Latein heißt er *Artemisia absinthium*, nach der griechischen Göttin der Jagd, was mir das Ganze noch sympathischer macht. Sie hat ihren Bogen und ich meine Harfe – ich finde, das passt irgendwie.«

Brenner dachte kurz an den Bogen, den er gestern in

Lenz' Hütte gefunden hatte und der der großen Harfe auf der Mütze der jungen Frau ihm gegenüber tatsächlich ein wenig ähnelte. Diese missdeutete offensichtlich seinen ernsten Blick und machte eine verlegene Miene.

»Entschuldige«, sagte sie. »Wenn ich trinke, plappere ich noch mehr wirres Zeug als sonst. Ich hoffe, du bereust nicht schon, mich und Apollon am Hals zu haben.«

»Nein, nein, alles wunderbar, ehrlich«, beruhigte Brenner sie. »Finde ich toll, dass du so viel weißt. Ist wie mit Mene – die ist auch so eine Art wandelndes Lexikon.«

Diane lächelte geschmeichelt, wirkte aber immer noch leicht verunsichert, sodass Brenner mit dem Kinn auf die Flasche in ihrer Hand wies.

»Und … und das haben früher die Künstler getrunken, um ihre Bilder zu malen und so? Dann müssen die aber ganz gut vertragen haben, möchte man meinen.«

»Na ja, einen berühmten Künstler soll es dazu gebracht haben, sich ein Ohr abzuschneiden«, erklärte Diane mit bitterem Lächeln. »Und ein Familienvater hat im Rausch damals seine schwangere Frau und zwei kleinen Töchter umgebracht – deshalb wurde es dann auch verboten.«

»Himmel.«

»Der Wermut enthält irgendeinen Stoff, der wohl bei sehr hoher Dosis Halluzinationen und Wahnvorstellungen auslösen kann. Ein englischer Schriftsteller hat mal gesagt, durch das Getränk sehe man die Dinge erst so, wie man sie sich wünscht, dann so, wie sie nicht sind, und schließlich, wie sie sind – was am schlimmsten von allem sei. Mir schmeckt's trotzdem, und im Mittelalter wurde Wermut eingesetzt, um Hexen und Dämonen fernzuhalten, in ganz alten Zeiten sogar als Liebeskraut. Vielleicht kommt es einfach nur darauf an, wie und mit wem man ihn zu sich nimmt.«

Diane hatte seine höfliche Aufforderung, mehr von ihrem offenbar in vielen schlaflosen Nächten angelesenem Wissen preiszugeben, sicher durchschaut und kam ihr wahrscheinlich nur deshalb so ausführlich nach, um nicht selbst unhöflich zu wirken. Beim letzten Satz zwinkerte sie ihm kokett zu und nahm dann noch einen Schluck – was Brenner erneut Gelegenheit gab, ihre gute Figur zu bewundern.

Liebeskraut in der Tat, dachte er, während sich das hochprozentige Destillat angenehm in seinem Körper ausbreitete. Schnell griff er zu den Rudern und legte sich in die Riemen, um auf andere Gedanken zu kommen.

Eigentlich hätte Brenner seinen Gast am liebsten einmal kurz in St. Bartholomä herumgeführt und es damit vielleicht auch schon gut sein lassen. Aber die kleine Halbinsel mit der berühmten Kapelle mit den roten Kuppeln wimmelte vor Touristen. Also ruderte er im gleichen hohen Tempo bis zum Ende des Sees durch, während seine Begleiterin sich in der Sonne aalte und ihm zwischendurch zur Stärkung erneut den Flachmann reichte.

Obwohl er vermutlich einen neuen Streckenrekord aufgestellt hatte, waren jedoch auch an der Anlegestelle Salet bereits jede Menge Ausflüger angelandet, die jetzt in dichten Gruppen über die schmalen Wege ins eng zulaufende Ende des Tals strömen würden, Richtung Obersee, Fischunkel und Röthbachfall. Apollon schien ja eigentlich besser zu gehorchen als jeder Deutsche Schäferhund und, wie man gestern gesehen hatte, mit größeren Menschenansammlungen kein Problem zu haben. Trotzdem dachte Brenner beim Anblick der vielen Wanderer über eine andere Möglichkeit nach – die der sympathischen jungen Künstlerin vielleicht auch eher das Gefühl vermittelte, etwas Besonderes geboten zu bekommen.

Schlossen sie sich dem Strom an, konnte er jetzt schon vor sich sehen, wie Mene die Augen verdrehen würde, wenn er ihr die Tour schilderte. Bereits gestern Abend hatte er manchmal das Gefühl gehabt, ihr sei seine gesellschaftliche Ungeschliffenheit ein bisschen peinlich gegenüber ihrer berühmten Gesprächspartnerin. Auch ein Smoking machte halt keinen Weltmann aus ihm, und im Grunde konnte er schon froh sein, dass seine Mutter es wenigstens geschafft hatte, ihm die Hochsprache beizubringen. Obwohl Lenz offenbar mit ähnlichen Empfindungen zu kämpfen gehabt hatte, war der kluge Bursche in der Hinsicht bestimmt die bessere Wahl gewesen.

»Wie gut kann dein Riesenhund klettern?«, fragte er schließlich Diane und wies mit dem Kinn auf das immer noch still daliegende schwarze Ungetüm zwischen ihnen.

»Ausgezeichnet«, antwortete die junge Frau. »Apollon kommt überall hoch. Der kann klettern wie eine Gämse.«

4

Der Sagerecksteig schlängelte sich am Südufer des Königssees die gleichnamige Felswand hinauf, führte aber hauptsächlich durch bewaldete Schneisen und war an den meisten kniffligen Stellen mit Holztreppen und anderen Sicherungen versehen. Brenner machte das Boot am Steg der Saletalm fest und bog dann an der Wegkreuzung hinter der Alm, von wo in der Ferne die neben dem Steinernen Meer aufragenden Teufelshörner zu erkennen waren, mit seinen Begleitern zu dem Steig ab.

Diane hatte nicht zu viel versprochen. Trotz seiner Größe erwies sich Apollon als äußerst geschickt darin, steile Passagen zu meistern, und wo der Steig über Holzleitern oder in den Fels getriebene Eisentritte führte, suchte er sich zielsicher einen Umweg durch den seitlichen Bergwald und war oft noch vor ihnen am Ziel. Wirklich warm würde Brenner wohl nicht mit der rotäugigen Frankensteinzüchtung werden. Aber wie bei Luchs gefiel ihm die kraftvolle Geschmeidigkeit und Selbstsicherheit, die den Eindruck einer reinen Modekreuzung, den man im ersten Moment hatte, deutlich milderten.

Ähnliches galt für seine Herrin. Dass ihre teuren Wanderschuhe nicht vollkommen unbenutzt aussahen, war Brenner schon vorher aufgefallen, und dass sie fit und durchtrainiert war, ließ sich in ihrem figurbetonten Wanderoutfit ja leider auch schlecht übersehen. Doch wie behände und beiläufig sie über Stock und Stein kraxelte, überraschte ihn. Auch außer Atem oder ins Schwitzen schien sie trotz ihres zügigen Tempos nicht zu geraten, höchstens dass sich ihre schön getönte Haut, die wohl doch ab und zu mal in die Sonne kam, mit einem unmerklichen silbernen Schimmer überzog. Für Brenner selbst, der trotz ihrer Geschicklichkeit an den steilen Stellen lieber hinter ihr blieb, machte das den Aufstieg nicht unbedingt leichter.

Schnell erreichten sie den Punkt, wo ein letzter Felsvorsprung freie Sicht auf Königsee und Obersee bot und danach bereits der Weg anfing, der sich durch lichten Bergwald hinauf zur früheren Sagereckalm wand. Hier setzten sie sich auf die Steine und blickten auf die im hellen Mittagslicht glänzenden Wasserflächen unter ihnen, die an den seichten Stellen hellgrün schimmerten wie in der Karibik. Diane holte wieder ihren Flachmann hervor, und obwohl Brenner auf dem Weg nach oben überrascht gewesen war, wie sehr er die paar Schlucke spürte, musste er sich eingestehen, dass er nur darauf gewartet hatte.

Während sich der bittere Sud warm und funkelnd in seinem Inneren ausbreitete, blickte er auf die riesigen Felsmassen, die sich auf der anderen Talseite über Wald und Wasser auftürmten. Fast wie eine steingewordene Flutwelle sahen sie aus, was, wenn er sich richtig erinnerte, ja auch gar nicht so weit von der Wahrheit entfernt war.

»Diese Magnetstrahlen, von denen du gestern geredet hast«, sagte er. »Warum soll es die hier nicht geben dürfen?«

Vor Mene hätte er sich nicht getraut, wieder davon anzufangen – dafür war sie tatsächlich zu sehr Wissenschaftlerin, ganz wie Diane gestern vermutet hatte. Auch diese wirkte im ersten Moment etwas überrascht, antwortete dann jedoch im selben ernsthaften Ton, in dem er gefragt hatte.

»Weil es diese Art von magnetischem Gestein hier eigentlich nicht geben dürfte«, erklärte sie. »Also wenn sich alles so entwickelt hat, wie man annimmt. Aber deine Freundin hat schon recht: Wahrscheinlich hat es einfach nur mit irgendwelchem Urgestein zu tun, das noch unter den grauen Brocken da drüben liegt. Oder vielleicht mit einem Meteoriten, der vor sehr langer Zeit hier eingeschlagen ist.«

»Ein Meteorit? Aus dem All?«

»Ja, die enthalten auch oft sehr viel magnetische Stoffe«, sagte sie und tippte leicht auf das glänzende Fläschlein, bevor sie es ihm erneut hinüberreichte. »Wie die Felsen auf dem Mond. Die sind aus irgendeinem Grund ebenfalls sehr magnetisch.«

Brenner nahm noch einen großen Schluck, bevor er seine nächste Frage stellte.

»Und … und kann sich das irgendwie auswirken? Auf die Menschen, die hier leben? Oder die Tiere?«

Wieder wirkte Diane leicht erstaunt, und erneut blitzten ihre braunen Augen silbern auf – was Belustigung ausdrücken mochte, vielleicht aber auch Interesse. Sie schien ja für Dinge, die sich nicht zu hundert Prozent wissenschaftlich belegen ließen, etwas mehr übrig zu haben als Mene.

»Na ja, magnetische und elektrische Kräfte hängen eng miteinander zusammen«, erklärte sie. »Und elektrische Ströme fließen überall durch unseren Körper – durch Gehirn, Nerven, Muskeln und Organe – und sprechen auf magnetische Felder an. Viele Tiere benutzen das Magnetfeld der Erde zur Orientierung, andere, um ihre Nester zu bauen oder zum Jagen. Bei uns gibt es diese Magnetbänder für das Handgelenk oder sogar irgendwelche Therapien, bei denen man starken Magnetfeldern ausgesetzt wird. Das soll dann die Gesundheit verbessern und Wunden und Knochen besser heilen lassen.«

»Besser heilen?«

»Ja, weil es die Zellen anregt oder so etwas«, sagte Diane lächelnd. »Auch da gab es früher eine eigene Schule, wie bei der Lebenskraft. Die glaubten sogar, im Elektromagnetismus diese Kraft gefunden zu haben. Tierischen Magnetismus haben sie es genannt, und es sollte so etwas sein wie ein Feuer oder eine Flüssigkeit, die durch alles fließt. Da wurde auch viel mit Magneten gearbeitet, aber bei Heilern, die genug von dieser Kraft in sich hatten, genügte es wohl sogar, wenn sie einen nur berührten. Es hatte auch irgendwas mit Hypnose zu tun – aber das bekomme ich nicht mehr richtig zusammen.«

Während Brenner seiner Begleiterin zuhörte, fühlte er sich selbst fast ein bisschen hypnotisiert, sowohl von dem, was sie sagte, als auch davon, wie nah ihm ihr hübsches Gesicht war – was wahrscheinlich nicht zuletzt mit der zunehmenden Menge an »Liebeskraut« zu tun hatte, die er sich einflößte. Sie bemerkte anscheinend seine veränderte Miene, sah ihm eindringlich in die Augen und sprach noch sanfter als zuvor.

»Was meinst du für ein Tier?«, fragte sie. »Hast du hier irgendwo ein Tier gesehen, an dem etwas ungewöhnlich ist?«

»Na ja, mein Luchs ist ein ganzes Stück größer, als er eigentlich sein sollte«, erwiderte Brenner leise. »Fast so groß wie dein Wolf dort, und …«

»Und was?«

»Und … und es gibt da noch ein Tier, das hier in den Wäldern lebt …«

Erneut sah er die geschnitzte Figur auf Lenz' Tisch vor sich, dann wie der große Hirsch mit dem verästelten Geweih damals nach den Schüssen über ihm gestanden hatte und ihm auch später wieder erschienen war, als er auf der anderen Seite des Unterbergs mit aufgeschlitztem Bauch wie ein Stück Wild von der Decke hing. Bei seinen einsamen Wanderungen danach hatte er ihn ebenfalls noch ein paarmal gesehen, dort hinten in seinem abgelegenen Reich, und immer war das prächtige Tier stehen geblieben und hatte ihn kurz angesehen, bevor es wie ein Geist im Dickicht verschwand.

All das stand Brenner so klar vor Augen, als hätte er tatsächlich Halluzinationen – vielleicht wegen diesem merkwürdigen Gesöff oder weil das Echoblasen vorhin, das seinerzeit ja irgendwie den Auftakt zu allem gebildet hatte, etwas in ihm wachgerufen hatte.

Auch wie er den kleinen Luchs, der damals kaum größer war als eine Hauskatze, in jenen abgelegenen Wald getragen hatte, sah er wieder vor sich – weil er sich nicht mehr anders zu helfen wusste und weil der Anblick des abgemagerten kleinen Burschen, der mit entzündeten Augen und laufender Nase bei ihm im Zimmer auf einer Decke lag, ihm das Herz zerriss. Mene hatte ihm nicht mehr helfen können und vermutet, er habe das Virus schon im Mutterleib aufgenommen; vielleicht sei das auch der Grund, warum er und seine Geschwister allein in der Grube gefunden worden waren, und gar kein illegaler Abschuss.

Der Hirsch war jedoch wirklich gekommen und hatte

über das bereits schütter gewordene Fell geleckt, ähnlich wie bei Brenner selbst damals. Und auch Luchs war auf wunderbare Weise von den Toten auferstanden – und so groß geworden wie ein Dschungeltiger …

»Veit, Veit, hallo, bist du noch da? Ist alles in Ordnung mit dir?«

Brenner spürte Dianes Hand auf seinem Arm, und der Eindruck der starken magnetischen Strömung, der davon ausging, vermischte sich mit dem Glücksgefühl, das er damals gespürt hatte, als er merkte, dass sich der Zustand des vom Schicksal gebeutelten kleinen Wesens besserte.

»Du wolltest mir von einem Tier erzählen«, erinnerte ihn Diane lächelnd, ohne die Hand von seinem Arm zu nehmen. »Was für ein Tier meintest du?«

Brenner hatte nur Anna damals von dem Hirsch erzählt und – vielleicht auch wegen ihrer Reaktion – sonst keinem wieder, selbst Mene nicht, obwohl sie sich natürlich sehr über Luchs' plötzliche Genesung gewundert hatte. Eigentlich war er fast davon ausgegangen, dass nur er das geisterhafte Tier sehen konnte, ähnlich wie der heilige Hubertus den Hirsch mit dem leuchtendem Kreuz im Geweih. Dass auch Lenz ihn gesehen haben könnte, und dann sogar einen ganzen Reigen aus rätselhaften Figuren um ihn gruppierte, verwirrte Brenner und weckte erneut das Bedürfnis in ihm, der Sache weiter auf den Grund zu gehen.

Vielleicht hatte er sich in Wirklichkeit auch nur deshalb zu dem Ausflug mit dieser klugen jungen Frau bereit erklärt, die so viel über alles zu wissen schien. Denn Lenz selbst zu fragen, wäre nach dem, was sich gestern zwischen ihnen abgespielt hatte, wahrscheinlich nicht gerade einfach.

Er war auch schon drauf und dran, den Faden wieder aufzunehmen – als er im Augenwinkel plötzlich den Blick bemerkte, den der zwei Meter weiter liegende Apollon auf ihn gerichtet hatte. Wahrscheinlich sah er ihn nur an, weil seine Herrin ihn berührte; doch irgendwas an seinen Augen störte Brenner, und auch, wie nahe er und Diane sich gekommen waren, fiel ihm jetzt auf. So nahe, dass er ihren selbst irgendwie an Wald und frische Kräuter erinnernden Duft wahrnehmen konnte – der ihm alles andere als unangenehm war.

Er kniff kurz die Augen zusammen, warf einen Blick auf seine Uhr und stand auf.

»Holla, dein Zaubertrank scheint mich auch schon dazu zu bringen, wirres Zeug zu reden«, sagte er. »Der hat's wirklich ganz schön in sich. Komm, wir gehen weiter. Sonst wird's für mich wirklich irgendwann ein bisschen spät.«

5

Diane schien Brenner seinen merkwürdigen Auftritt, der ihm sofort danach selbst peinlich war, nicht übel zu nehmen und bohrte auch nicht weiter nach. Nachdem sie ebenfalls kurz einen Blick auf ihr Handy geworfen hatte, folgte sie ihm den schmalen Pfad in den Bergwald hinein, der an moosbewachsenen Steinen vorbei durch licht stehende Fichten und Buchen führte. Auch hier gab es noch ein paar steile Stellen, aber bald wurde das Gelände flacher. Gleichzeitig wurde der Wald immer dichter und wirkte mit dem üppigen Bett aus Farnen am Boden fast, als würde man durch einen tropischen Urwald laufen.

Apollon schien die Energie weiterhin nicht auszugehen, und ein paarmal lief er so weit voraus, dass sie ihn aus dem Blick verloren. Hier oben auf dem menschenleeren Weg, der nur selten von Wanderern genutzt wurde, hielt Brenner das für kein Problem. Erst als das Gelände schließlich vollkommen abflachte und sie kurz vor der großen Lichtung waren, in der vor langer Zeit die Sagereckalm gelegen hatte, runzelte er die Stirn und sagte Diane, sie solle das Tier zu sich holen.

»Nimm ihn lieber mal kurz an die Leine«, sagte er leise.

»Was ist?«, fragte Diane und blickte angestrengt zu der Biegung voraus, wo der Weg abfiel und der Wald sich wieder lichtete. »Hast du da vorne jemanden gesehen?«

Brenner verneinte mit dem Finger, legte ihn kurz an die Lippen und winkte sie voran. Diane runzelte nun selbst flüchtig die Stirn, folgte ihm dann aber mit Apollon an der Leine und einem neugierigen Lächeln im Gesicht.

Auf leisen Sohlen legten sie die letzte Biegung zu der großen, im friedlichen Mittagslicht daliegenden Lichtung zurück. Doch bevor sie aus dem Schatten traten und sich die grünen Wiesen vollends öffneten, winkte Brenner Diane seitlich zu einer Stelle, wo sie sich in den Schutz einiger vorstehender Felsen und Sträucher ducken konnten. Dann zeigte er durch eine Lücke im Gestrüpp auf die Mitte der Lichtung.

»Oh mon Dieu«, flüsterte sie mit entzücktem Gesicht. »Une biche avec son faon!«

Die junge Hirschkuh und ihr Kalb ästen in stiller Eintracht nebeneinander, die Köpfe so nah, dass sie sich fast berührten. Das gefleckte Kälbchen konnte vor höchstens ein paar Wochen gesetzt worden sein und wirkte noch eine Spur unbeholfen. Auch die Mutter, deren Fell fast so hellbraun war wie Dianes Augen, machte einen noch beinahe jugendlichen Eindruck, und wahrscheinlich war es sogar ihr erstes Junges. Während es mit kindlichem Eifer an Gräsern und Kräutern zupfte, die bisher eher als Zubrot denn als wirklicher Ersatz für die Milch der Kuh dienten, leckte diese ihm immer mal wieder zärtlich über Flanke und Schultern.

»Oh, ist das schön«, flüsterte Diane und sah ihn mit strahlender Miene an. »Oh, ist das wunderschön.«

Einen Moment blieben sie noch unbemerkt. Doch schließlich hob die Mutter den Kopf, nahm die Witterung auf und blickte in ihre Richtung. Dann sprang sie mit dem Kalb ins schützende Dickicht davon.

Brenner und Diane traten aus ihrem Versteck und sahen den beiden hinterher. Für Brenner war es kein allzu ungewöhnlicher Anblick, doch durch das beglückte Lächeln seiner Begleiterin hatte auch er Freude daran. Schließlich runzelte diese jedoch die Stirn, drehte sich zur Öffnung des Bergwalds um, aus der sie gekommen waren, und sah ihn verwirrt an.

»Aber … aber, woher hast du gewusst, dass sie hier sind?«, fragte sie. »Von dort, wo wir waren, konnte man sie doch unmöglich sehen. Oder ist das ihr Stammplatz und sie sind immer hier?«

Brenner überlegte, ob er die junge Frau anlügen sollte.

Dann aber dachte er an seinen peinlichen Auftritt von vorhin und entschied sich dagegen.

»Ich habe sie gerochen«, sagte er.

Diane zog die Brauen hoch.

»Gerochen?«

»Ja«, erwiderte Brenner lächelnd. »Ich konnte ihr Duftband riechen.«

»Ihr Duftband?«

»Das Kuh und Kalb verbindet, damit sie sich immer wiederfinden können. Sie haben Drüsen vorne an den Augen, die sie bei Gefahr schließen können. Wir hatten Glück, dass der Wind günstig stand.«

Diane hörte seinen Erklärungen geduldig zu. Dann legte sie jedoch erneut die Stirn in Falten und blickte auf Apollon hinab.

»Aber nicht mal er hat ja etwas gerochen«, sagte sie. »Wie konntest du da …?«

»Tja, ich hab eben eine sehr gute Nase.«

Diane sah ihm aufmerksam ins Gesicht. Obwohl er zuvor schon gemerkt zu haben glaubte, dass sie ihm ein gewisses Interesse entgegenbrachte, schien sich dieses jetzt noch mal zu steigern.

»Menschen haben aber normalerweise nicht so gute Nasen«, sagte sie. »Nicht besser als Hunde.«

»Nein, normalerweise nicht«, pflichtete er ihr bei. »Ich aber schon.«

»Ja, ja«, murmelte sie schließlich mit nachdenklichem Nicken. »Du bist tatsächlich ein Tierflüsterer. Wie Monsieur Hirlinger gestern gesagt hat.«

Brenner zuckte unschuldig mit den Schultern. Diane zog die Brauen zusammen, schien kurz nachzudenken und sah ihn forschend an.

»Und … und als du mich vorhin gefragt hast, ob sich diese … diese Anomalie auch auf Menschen auswirken könnte. Meintest du da …?«

Brenner sah ihr noch einen Moment länger in ihr hübsches Gesicht, das ihm in der kurzen Zeit schon erstaunlich vertraut geworden war. Dann gab er sich einen Ruck und begann gleichzeitig, ihren Weg fortzusetzen, der nun quer über die mit bunten Frühlingsblumen gesprenkelten Wiesen der ehemaligen Alm führte.

»Was weißt du über Hirsche?«, fragte er.

»Was meinst du?«, fragte sie zurück, während sie sich auf dem etwas breiter gewordenen Pfad an seine Seite gesellte. »Solche wie die eben da?«

»Ja, nein – eher ausgewachsene alte Männchen, mit mächtigem Körper und großem Geweih. So wie man sie auf alten Gemälden sieht oder … oder vielleicht auch als Figuren, die nicht ganz wirklich sind. Sondern eher so was wie ein … wie eine …«

»Wie etwas Religiöses?«, fragte Diane. »So wie der cerf de saint Hubert? Wie heißt er noch gleich bei euch?«

»Meinst du den Hubertushirsch?«, fragte Brenner zurück. »Ja, so ähnlich, aber nicht so …«

»Nicht so christlich?«, fragte Diane lächelnd.

»Genau, nicht so christlich«, bestätigte Brenner – obwohl er zugeben musste, dass er sich über diese Frage noch nie recht Gedanken gemacht hatte. »Aber trotzdem auch so … auch so …«

Diane hatte sich die bunte Leine lässig um den Bauch gebunden, als sie losgelaufen waren, und dann wieder ihren Flachmann aus der Tasche geholt. Jetzt genehmigte sie sich im Gehen einen Schluck und reichte das Fläschlein wie selbstverständlich an Brenner weiter.

»Auch so was?«, fragte sie.

»Auch so eindrucksvoll und stolz«, erklärte Brenner, bevor er ebenfalls einen weiteren Schluck der bitteren Mixtur runterkippte. »Mit einem so riesigen Geweih, dass es fast aussieht wie die Äste eines Baums. Als … fast, als würde auch dort besonders viel von dieser tierischen Kraft hindurchfließen, von der du gesprochen hast.«

Brenner durfte nicht zu lange darüber nachdenken, was er ihrem berühmten Besuch aus Frankreich da auftischte, und es stimmte: Gegenüber Mene mit ihrer vernünftigen Denkweise wäre es ihm wahrscheinlich unmöglich gewesen. Aber wenn Diane dachte, er habe nicht mehr alle Tassen im Schrank, dann wusste sie es zumindest gut zu verbergen.

Zwar schaute sie ihn wie vorhin kurz überrascht an, schien sich dann aber genauso ernsthaft mit seinen Worten zu befassen wie bei ihren vorigen Gesprächen. Sie hatte ja offenbar selbst ein bisschen was für abseitige Themen übrig – und auf seltsame Art hatte Brenner sogar das Gefühl, mit seinen Fragen bei ihr genau an der richtigen Adresse zu sein. Auch dass unmittelbar nach seinem Rückzieher vorhin plötzlich die Hirschkuh aufgetaucht war, was für dieses Gebiet eigentlich ziemlich ungewöhnlich war, hatte er als eine Art Zeichen aufgefasst.

»Na ja«, sagte Diane. »Es gibt, glaube ich, auch in vielen anderen Religionen so eine Figur, zum Beispiel früher bei den Kelten in Irland, wenn ich mich recht erinnere – wo ich meine Kappe herhabe. Ein mächtiger Hirsch, so wie du sagst, oder eine männliche Gestalt mit einem Hirschgeweih, die über den Wald herrscht und über Leben und Tod und all solche Dinge. Die gab's, glaube ich, nicht nur bei den Kelten in Großbritannien, sondern überall in Europa, schon ziemlich früh, und auch bei vielen anderen Völkern. Wenn ich nicht vollkommen falschliege, hat der cerf de saint Hubert – der Hubertushirsch – sogar diese Figur irgendwie zum Vorbild.«

»Unser Hubertushirsch, ja?«, fragte Brenner interessiert. »Irgendeinen ... einen mächtigen Hirsch im Wald?«

»Ja, wenn ich mich nicht irre«, erwiderte Diane in leicht amüsiertem Ton. »Aber große alte Hirsche sind ja auch sehr beeindruckend. Da dichtet man ihnen wahrscheinlich leicht alles Mögliche an.«

Brenner warf ihr einen flüchtigen Blick zu, konnte aber keinen Spott in ihrem Gesicht erkennen – zumindest keinen sehr bösartigen. Wie von selbst setzte er noch mal den Flachmann an, den er, wie er jetzt merkte, die ganze Zeit in der Hand behalten hatte. Dann gab er das Fläschlein seiner Besitzerin zurück. Obwohl nicht gerade ein kleines Modell, hatten sie seinen Pegel inzwischen schon gehörig gesenkt.

»Und war das eine positive Gestalt, dieser Hirsch?«, fragt er. »So wie der Hubertushirsch?«

»Wie der Hubertushirsch?«

»Ja, war das nicht in Wirklichkeit der Herr Jesus? Und hat er Hubertus nicht dazu gebracht, nicht so viele Tiere zu töten und die, die er tötet, auf möglichst humane Weise zu erlegen – so wie es Jäger heute noch tun?«

Als er diesmal zu Diane hinüberblickte, funkelte in ihren Augen echter Spott, und zum ersten Mal erkannte er so etwas wie einen harten Zug um ihren Mund. Vielleicht lag es am Thema Religion – damit konnten Künstler ja wohl selten was anfangen. Und hatte sie nicht gestern schon Bemerkungen in diese Richtung gemacht?

Auch Brenner war alles andere als ein Kirchgänger, und wenn er vom »Herrn Jesus« redete, dann einfach, weil man hier eben so sprach. Zum Glück entspannte sich die Miene der jungen Frau schnell wieder, und es blieb höchstens ein leicht ironischer Ton in ihrer Stimme zurück.

»Ja, so ähnlich war es, glaube ich, auch mit dem Hirsch davor«, sagte sie. »Er schützte den Wald und die Tiere – so wie du und deine Kollegen vom Nationalpark heute. Allerdings …«

»Allerdings was?«

»Allerdings gibt es da auch noch eine ganz andere Tradition«, sagte seine Begleiterin mit neckischem Grinsen.

Von den hellen Wiesen waren sie mittlerweile in das kleine Waldstück gelangt, das zwischen der ehemaligen Alm und ihrem Ziel lag. Gerade als Diane den letzten Satz sagte, erreichten sie eine Stelle, an der die Bäume so dicht den wieder schmaler gewordenen Pfad säumten, dass man das Gefühl hatte, man tappe in eine Höhle. Obwohl Brenner wusste, dass sie im Grunde nur über irgendwelche alten Aberglauben und Götzenbilder sprachen, bekam er ein eigenartiges Gefühl im Bauch.

»Was für eine Tradition?«, fragte er.

»Es gibt eine noch frühere hirschartige Gestalt«, erklärte Diane und schlug einen geheimnisvollen Ton an. »Es ist eine tierische, vielleicht auch menschliche Figur mit einem Geweih, die in Südfrankreich in der grotte des trois frères – der Höhle der drei Brüder – gefunden wurde. Sie stammt aus der Steinzeit, also aus einer Zeit noch lange vor den anderen Figuren, und wird le dieu cornu – der Gott mit den Hörnern – genannt. Vielleicht war sie Vorbild für die keltischen Figuren, vielleicht auch für bestimmte ägyptische Götter, den Bocksgott Pan und den Minotaurus. Jedenfalls gibt es die Theorie, dass sich daraus dann der Teufel entwickelt hat.«

»Der Teufel?«, fragte Brenner und blieb stehen.

»Oui, le diable«, sagte Diane, der es – ähnlich wie gestern – ein gewisses Vergnügen zu bereiten schien, ihm ihre unheimlichen Geschichten aufzutischen. »Es gibt ein sehr schönes altes Bild von einem berühmten spanischen Maler aus der Zeit der Inquisition. Da sitzt dieser Gott in einem Kreis von Hexen, die ihm ihre Kinder zu fressen geben. Und aus seinen Hörnern sprießen Blätter, als wären es die Äste eines Baums.«

»Blätter?«

»Ja, so ähnlich wie du vorhin gesagt hast«, fuhr die junge Frau fort, die ebenfalls im Halbschatten der Zweige stehen geblieben war. »Es gibt einen modernen Hexenkult, der diesen gehörnten Gott immer noch verehrt. Und die Templer und Freimaurer, die bei dieser Art von Geschichten irgendwie auch nie fehlen dürfen, sollen eine ähnliche Figur anbeten. Allerdings ist es da mehr so etwas wie ein Ziegenbock, mit einem Kreuz auf der Brust und einem Pentagramm auf der Stirn. Die wird auch von Satanisten und anderen Anhängern des Okkulten verehrt – womit wir wieder bei euren verrückten Nazis auf dem Ufoberg da drüben wären.«

Diane schien das alles als amüsanten Humbug zu empfinden, womit sie ja wahrscheinlich auch recht hatte. Trotzdem schwirrte Brenner der Kopf.

Er musste an die Drudenfüße denken, die ihr hiesiger Alpenschamane so gerne überall in die Bäume hängte und von denen sie bei der Treibjagd im vorletzten Herbst einen gesehen hatten, kurz bevor einer ihrer Hunde vom »Ungeheuer vom Untersberg« zerrissen worden war.

Auch das »satanische« Ritual des Jungen, den der übereifrige Beamte vom BKA damals für dieses Ungeheuer gehalten hatte, fiel Brenner wieder ein, dann das große zweibeinige Ungetüm auf Lenz' Tisch – hatte das nicht auch etwas von einem Bock gehabt? Er versuchte, sich die anderen Figuren aus dem seltsamen Arrangement ins Gedächtnis zu rufen, merkte aber, dass er dafür zu viel von diesem komischen Kräuterkram intus hatte.

Stattdessen spielte sich jetzt in seinem Innern mit noch größerer Deutlichkeit als vorhin wieder die Szene von jenem Herbst ab, als er auf der anderen Seite des Untersbergs, den auch viele für eine Art Teufelsberg hielten, dem jungen wehrlosen Kerl fast die Kehle durchtrennt hätte. Eine unbändige Lust dazu hatte er damals gespürt, und von Boden und Bäumen schien ihm die geheimnisvolle Kraft des Waldes wie elektrische Energie in den Körper zu fließen – ganz ähnlich, wie sein verrückter Vater es vor seiner eigenen grausamen Tat beschrieben hatte. Und hatte nicht sogar sein Name, den ihm dieser oder sein anderer Vater gegeben hatte, irgendwas mit dem Teufel zu tun?

»Veit? Veit? Ist alles in Ordnung? Du bist blass wie ein Gespenst. Habe ich etwas Falsches gesagt? Ich wollte dir keine Angst einjagen.«

Wieder legte sie ihm die Hand auf den Arm. Und wieder schien auch von dieser eine elektrische Strömung auszugehen, die direkt in seinen Körper floss.

»Woher um Himmels willen weißt du all dieses Zeug?«, fragte er.

»Von einer sehr guten Bekannten von mir. Die hält sich auch für eine Hexe. Oder so was Ähnliches. Geht's dir wieder besser? Komm, hier, nimm noch einen Schluck.«

Brenner gehorchte, kniff dann kurz die Augen zusammen und blickte auf die Uhr. Es waren erst ein paar Stunden vergangen, trotzdem hatte er das Gefühl, schon Ewigkeiten unterwegs zu sein. Normalerweise kam er gut damit zurecht, tagsüber zu trinken. Aber diesmal schien es ihn ein wenig aus dem Tritt zu bringen.

»Ist das eigentlich ein echter Hirsch, über den wir die ganze Zeit reden?«, fragte Diane mit forschendem Blick.

»Das wüsste ich ehrlich gesagt auch gerne«, antwortete Brenner erschöpft.

»Vielleicht solltest du ihn mir mal zeigen«, sagte seine Begleiterin mit keckem Lächeln. »Wenn ich ihn auch sehen kann, dann ist er wahrscheinlich echt.«

»Ja, vielleicht sollte ich das«, antwortete Brenner. »Vielleicht sollte ich das wirklich.«

Einen kurzen Moment noch sah er ihr nachdenklich nickend ins Gesicht. Dann riss er sich zusammen, fasste sie am Handgelenk und führte sie seitlich in den Wald.

»Aber jetzt zeig ich dir erst mal etwas anderes«, sagte er.

»Ach ja, und das wäre?«, erwiderte sie in einem Ton, der, wie er sich leider eingestehen musste, ebenfalls eine ziemlich elektrisierende Wirkung auf ihn hatte.

Sie kamen zurück in die Sonne, die durch die lichter werdenden Bäume fiel, und er zeigte durch die Stämme das erneut abfallende Gelände hinab.

»Oh, ist der hübsch!«, sagte Diane, während sie in die angezeigte Richtung sah und Apollon ihnen aufmerksam an ihren Aussichtsplatz folgte. »Der ist ja noch schöner als die unten im Tal!«

6

Im strahlenden Mittagslicht bot der Grünsee wirklich einen prächtigen Anblick. Überragt von steilem Karst und eingefasst in saftige grüne Hänge, die hier und da mit gelben Trollblumen gesprenkelt waren, glitzerte das kleine Gewässer selbst tiefgrün wie eine Alpenmatte, wirkte dabei aber so klar und frisch, wie nur Bergseen es konnten. Wie der nahe Schwarzensee war der Grünsee nicht unbedingt ein Geheimtipp, aber doch weit weniger frequentiert als der eine Gebirgsmulde weiter liegende Funtensee. Und wie es der Zufall wollte, schienen sie ihn sogar vollkommen für sich allein zu haben.

»Wie heißt das Gebiet hier?«, fragte Diane, während sie sich eilig einen Weg durch die schmalen Lärchen und vereinzelten Kolonien aus Erlen- und Alpenrosenbüschen bahnte, die im oberen Teil der Hänge wuchsen. »An welche verwunschene Quelle hast du mich geführt?«

»Die Gegend gehört schon zum Steinernen Meer«, erwiderte Brenner. »Diese Senke nennt sich die Halsgrube.«

»Die Halsgrube?«, wiederholte sie, drehte sich um und fasste sich an den Ansatz ihrer eigenen wohlgeformten Kehle. »Wie aufregend!«

Brenner hatte ihre Hand losgelassen, als sie sich aus dem dichteren Bergwald aufgemacht hatten, der die Höhen des Seekessels bedeckte. Als sie jedoch das Ufer erreichten, das sich gegenüber einer großen Geröllzunge sanft an den See schmiegte wie ein grüner Strand, merkte er, dass er noch lange nicht am Ende seiner Prüfungen angelangt war.

Mit den gleichen selbstverständlichen Gesten, mit denen sie am Vorabend zu Beginn ihres Auftritts die Stiefel von den Füßen gestreift hatte, begann Diane sich auszuziehen.

»Tut mir leid«, sagte sie lächelnd, als sie seinen Blick bemerkte. »Wenn ich an einen so schönen See komme, muss ich darin schwimmen. Das wäre sonst eine Sünde.«

»Aber der ist eiskalt«, stammelte Brenner, während sie sich neben ihre Tasche setzte und in Windeseile Schuhe und Wandersocken, Top und BH loswurde. »Und hier können auch jederzeit Wanderer auftauchen.«

»Aber ihr Deutschen seid doch so fürs Nacktsein. War das nicht sogar schon bei den Nazis so?«

»Keine Ahnung«, erwiderte Brenner – wie er fürchtete mit passend stumpfsinnigem Gesichtsausdruck. »Ich kenn mich mit dem ganzen Kram nicht aus.«

Während der ein Stück hinter seiner Herrin liegende Apollon Brenner mit einem Blick bedachte, den er nicht anders als ironisch deuten konnte, funkelten die Augen der jungen Frau so übermütig wie das mit kleinen Sternen und Sicheln behangene Fußkettchen, das wieder an ihrem schlanken Knöchel zum Vorschein kam. Selbst der dünne Stoff ihres aus kaum mehr als einem kleinen Dreieck bestehenden Slips schimmerte silbrig, als sie wieder aufstand und ihre Shorts auszog.

»Und wenn der See kalt ist, müssen wir uns eben vorher ordentlich aufwärmen.«

Einmal mehr holte sie ihren Zaubertrank aus der Tasche und gab ihren schönen Körper zur Bewunderung frei, während sie mit geschlossenen Augen den Kopf in den Nacken kippte. Dann stellte sie sich vor Brenner und hielt ihm das Fläschlein hin.

»Was ist mit dir, kommst du mit?«

»Der ist wirklich brutal kalt«, sagte Brenner mit einem zögernden Blick auf das Getränk, dessen bitterer Kräuterduft ihm verlockend in die Nase stieg. »Das ist nicht wie an der Côte d'Azur. Da kann man genauso in ein Eisloch steigen.«

»Dann müssen wir uns danach halt noch mal aufwärmen.«

Brenner wusste nicht genau wie, doch Dianes ursprüngliche Zurückhaltung – und wohl auch seine – hatte sich im Laufe der Wanderung immer mehr in Wohlgefallen aufgelöst. Sicher hatte es etwas damit zu tun, dass sie sich hier am helllichten Tag zusammen einen anzwitscherten, vielleicht auch mit der ungewöhnlichen Frühlingshitze, ihren intensiven Gesprächen und dem trotzdem irgendwie unbeschwerten Ausflug – der so wenig mit dem zu tun haben schien, was Brenner gestern alles erlebt und erfahren hatte.

Das Fläschlein konnte inzwischen höchstens noch einen winzigen Schluck enthalten. Und obwohl sie immerhin ihren Slip anbehalten hatte, schienen Miene und Blick der jungen Künstlerin auch ziemlich eindeutig zu sagen, dass sie diesmal nicht den Brand meinte, wenn sie von »aufwärmen« sprach.

Scheiße, dachte Brenner, während sich seine Hand – wie von einem unsichtbaren Marionettenfaden gezogen – zu dem silbern in der Sonne glänzenden Gefäß hob.

Scheiße, ich bin gerade dabei, ganz gewaltigen Mist zu bauen …

Da sprang plötzlich ein großes getüpfeltes Tier zwischen ihnen hindurch, schlug Brenner die Flasche aus der Hand – und wendete sich dann sofort um, um fauchend auf seine halbnackte Begleiterin loszugehen.

»Luchs!«, rief Brenner entsetzt. »Luchs – bist du nicht ganz dicht? Hör sofort auf damit!«

Brenner war im ersten Moment zu perplex – und vielleicht auch wirklich zu besoffen –, um zu reagieren. Luchs drang mit wildem Fauchen und Zischen auf die junge Frau ein, und schon stolperte sie vor Schreck und lag unmittelbar vor dem grünen Wasser rücklings im Gras.

Vielleicht wäre Luchs ihr tatsächlich an die Kehle gegangen – *an die Halsgrube*, dachte Brenner wie in einem bösen Traum –, wenn in diesem Moment nicht ein noch größerer schwarzer Tierkörper von der Seite in den gelben geschossen wäre wie ein Rammbock.

Als er die zwei mit scharfen Zähnen bewaffneten Muskelpakete im hitzigen Kampf über die Wiese rollen sah, erwachte Brenner endlich aus seiner Starre und warf sich dazwischen.

Er packte Luchs an seinem breiten Senderhalsband und schleuderte das schwere schwarze Ungetüm mit einem beherzten Griff unter die Brust und einer raschen Drehung der Schultern in Richtung seiner Herrin. Breitbeinig und geduckt wie ein Ringer baute er sich dann schützend vor seinem Gefährten auf, während Apollon sich mit gefletschten Zähnen, zurückgelegten Ohren und rotglühenden Augen knurrend zum nächsten Angriff bereit machte.

»Veit! Veit, pass auf!«, schrie da die immer noch am Boden liegende Diane – und hatte ihr Ausflug eben schon eine unerwartete Wendung genommen, so drehte sich jetzt der scheinbar friedliche frühe Nachmittag an diesem idyllischen Fleckchen vollständig ins Absurde.

Als Brenner in die Richtung sah, in die Diane mit erschrockenem Gesicht zeigte, sah er Lenz auf einer aus dem Hang ragenden Felsengruppe stehen. Wieder trug er eine graue Tarnhose und ein schwarzes langärmeliges Shirt, und wieder hatte er seine seltsame Sadomaso-Maske an – die ihn wie einen aus dem Nichts aufgetauchten Verbündeten ihres hündischen Gegners wirken ließ.

Tatsächlich zielte Lenz in Brenners und Luchs' Richtung. Bewaffnet war er diesmal nicht mit einem Bogen oder Schrotgewehr, sondern mit einer Art Pfeilpistole – deren kurzes, rot gefiedertes Geschoss im nächsten Moment bereits sirrend durch die Luft sauste.

Anomal wie Berchtesgadens Magnetfeld waren an Brenner nicht mehr nur seine Sinnesleistungen, Körperkraft und Ausdauer. Auch schien sich für ihn in gewissen Situationen die Zeit zu verlangsamen, sodass er seine Bewegungen präziser als normal darauf abstimmen konnte.

Lenz stand ziemlich weit weg und hatte den Pfeil leicht lupfen müssen, damit er treffen konnte, sodass es vielleicht auch einem Sportler mit sehr guten Reaktionen gelungen wäre, ihn zu fangen. Brenner jedenfalls pflückte das für Luchs bestimmte Geschoss mit einem Sprung aus der Luft, rollte sich ab und schleuderte es wie ein wütender Zeus direkt wieder auf den Schützen zurück.

Brenner hatte gut genug gezielt, dass Lenz' sich in seiner albernen Hundemaske ducken musste (ohne jedoch sein übriges Auge ernsthaft in Gefahr bringen zu wollen). Wie bei ihrer letzten Begegnung ergriff sein alter Bekannter daraufhin sofort die Flucht, sprang von den

Felsen und rannte an ihnen entlang zum Ufer hinab, um in die entgegengesetzte Richtung entkommen zu können.

»Luchs – lauf da lang!«, befahl Brenner seinem Schützling in gebieterischen Ton und zeigte zu dem Waldstück hinauf, aus dem er und Diane gekommen waren.

Dann wendete er sich schnell seiner Begleiterin zu, die neben ihrem vierbeinigen Beschützer hockte und einen Arm um seinen Rücken gelegt hatte, zum Glück aber einigermaßen gefasst wirkte.

»Bleib hier und behalt deinen Hund bei dir«, sagte er. »Ich muss da hinterher.«

Durch den fast bis zum See reichenden Karstausläufer, den Lenz umrunden musste, wurde dessen Vorsprung geschmälert. Brenner holte schnell auf, doch als er den Fliehenden fast erreicht hatte, schlüpfte dieser in eine große Kolonie aus brusthohen Grünerlensträuchern, die hier wie überall sofort die Landschaft verbuschten, wenn sie nicht mehr beweidet oder anderweitig genutzt wurde.

Brenner schlüpfte etwas weiter oben in das Gestrüpp, um Lenz den Weg abschneiden zu können und nicht direkt in eins seiner gefiederten Geschosse zu laufen. Gebückt schlich er durch die dünnen braunen Stämme, die sich unter dem Dach aus runden Blättern in die Höhe bogen wie die Rippen eines großen Tiers, den Hang hinauf.

»Lenz!«, rief er, als er einen gewissen Abstand zwischen sich und seinen Gegner gebracht zu haben glaubte. »Lenz, hör auf mit dem Scheiß und red mit mir! Ich hab keine Ahnung, worum es hier geht. Aber glaub mir, ich will dir weder wegen der Steinböcke ans Leder noch sonst irgendwie was wegnehmen.«

In dem dichten Gestrüpp stand die Luft zu sehr, als dass Brenner seine Nase viel gesagt hätte. Einen Moment länger harrte er bewegungslos in der Hocke aus. Dann streckte er vorsichtig den Kopf aus den Blättern.

»Lenz, was ist hier los?«, sagte er, während er seinen Blick aufmerksam über die Miniaturlandschaft aus struppigen grünen Wogen schweifen ließ, die sich hinunter bis zum See zog. »Wenn das alles mit Mene zu tun hat, dann lass uns wie Erwachsene darüber sprechen!«

Für einen vernünftigen Erwachsenen hielt Brenner seinen alten Schulkameraden im Grunde genauso wenig wie sich selbst – doch irgendwie war das ja wohl, was man in so einer Situation sagte. Erneut würdigte ihn Lenz allerdings keiner Antwort und schien sich auch sonst vollkommen still zu verhalten.

Bis plötzlich ein lauter Pfiff hinter Brenner ertönte, er sich umdrehte – und sich diesmal selbst schnell zurück ins Gebüsch ducken musste, um keinen in seine Richtung zischenden Pfeil abzukriegen.

Wie zum Teufel ist er so schnell da hochgekommen?, dachte Brenner verblüfft. *Er war doch gerade noch da unten.*

War Lenz am Fuß der großen Erlenkolonie in Sicherheit geschlüpft und Brenner etwa bis zu ihrer Mitte hinaufgeschlichen, so hatte der maskierte Wilderer eben vom oberen Rand des Gestrüpps auf ihn angelegt, das sich fast bis zur Kuppe des Hangs zog.

Was zum Henker geht hier vor?, dachte Brenner, während er sich verwirrt zwischen den rippenartigen Stämmen umschaute, die – wie ihm jetzt auffiel – ziemlich genau die richtige Größe hatten, um zu einem so mächtigen Tier wie seinem Geisterhirsch zu passen.

Er kann mich doch unmöglich in so kurzer Zeit in diesem Dickicht umrundet haben. Und dann müsste ich ja auch etwas gehört haben. Oder habe ich mir so viel von diesem verdammten Zeug eingeflößt, dass ich schon alles nicht mehr richtig mitbekomme?

Wieder kniff er kurz die Augen zusammen, schüttelte den Kopf – und sprang dann halb auf allen vieren und so geschickt, als sei er selbst eine in den Bergen ausgewilderte Dschungelkatze, durch das schattige Labyrinth aus hölzernen Rippen hangaufwärts. Auf halbem Weg flogen mit lautem Flattern zwei Haselhühner auf, die in dem Dickicht brüteten, was leider seine Position verriet. Trotzdem war er so schnell, dass sich Lenz eigentlich noch nicht weit entfernt haben konnte, als Brenner die Stelle erreichte, von der sein Gegner kurz zuvor auf ihn geschossen hatte.

Erneut jedoch sah Brenner nichts, roch nichts und hörte auch nichts, als er mit gespitzten Sinnen im Gestrüpp hockte. Ihm fiel wieder ein, wie er bei ihrer gestrigen Begegnung kurz gedachte hatte, er und Lenz würden sich wie Katz und Maus um Lenz' Hütte jagen – und die Situation jetzt kam ihm kaum weniger widersinnig vor.

»Lenz, das ist doch alles Schmarrn!«, rief er. »Ich merk doch, dass du mir nicht wirklich was tun willst. Ich steh jetzt auf. Und wenn du nicht vollkommen den Verstand verloren hast oder ein komplett anderer Mensch geworden bist, seitdem wir uns das letzte Mal begegnet sind, dann stehst du auch auf, lässt das komische Ding unten – und verrätst mir endlich, was der Unfug soll!«

Brenner hatte ja schon gestern zu Mene gesagt, Lenz schien es nicht ernst zu meinen, als er auf ihn schoss, und auch jetzt hatte er das seltsame Gefühl, sie würden nur auf etwas heftigere Art miteinander balgen – ähnlich wie er und Luchs es manchmal gerne machten.

Trotzdem rechnete er halb damit, einen dieser bescheuerten kleinen Pfeile in die Brust zu kriegen, als er sich langsam aus dem Gestrüpp erhob – und lag damit nicht weit von der Wahrheit entfernt.

Statt unmittelbar in seiner Umgebung, wo er sie erwartete, ragte die menschliche Hundegestalt allerding wieder ein ganzes Stück hangabwärts aus dem Gestrüpp, ziemlich genau an der Stelle, von der Brenner eben losgestürmt war.

Der Arm mit dem eigenartigen Schussgerät zeigte jedoch erneut zielgenau in seine Richtung. Und diesmal war der Pfeil mit so viel Ernst geschossen, dass eine der Federn Brenner einen brennenden Schmiss am Hals verpasste.

Brenner fasste sich an die Stelle, sah das Blut an seinen Fingerkuppen und merkte, dass er auch innerlich allmählich Rot zu sehen begann.

»Das ist ja hier wie bei Hase und Igel«, zischte er wütend und blickte zu dem Fleck, wo der schwarze Hundskopf sofort zurück ins dichte Grün abtauchte. »Das wollen wir doch mal sehen.«

Alle Vorsicht fahren lassend und vielleicht auch darauf bauend, dass sein Gegner einen Moment brauchen würde, um nachzuladen, begann er wie ein Bock in mächtigen Sätzen durch das Gestrüpp zu springen, statt darunter durchzuhechten wie ein Tiger.

Äste und Zweige fügten ihm bei jedem Sprung ähnliche Schmisse an Armen und Oberkörper zu wie eben der Pfeil, und ein wenig fühlte er sich wie einer jener fanatischen Geißelbrüder, von denen er als Kind noch einen mit einer Osterprozession durch die Gassen der Berchtesgadener Altstadt hatte ziehen sehen, der gemarterte Leib mit unzähligen roten Striemen übersät. Doch das feuerte seine Wut nur weiter an, und hätte er Lenz zu packen bekommen, er hätte ihn vielleicht wirklich in Stücke gerissen wie ein Raubtier – ihm aber auf jeden Fall seine dämliche Maske vom Kopf gezerrt und einen ordentlichen Schwinger aufs Kinn versetzt.

Doch als er sein Ziel erreichte, war der Igel schon wieder auf und davon, und statt Rascheln in den nahen Zweigen hörte Brenner nur einen vertrauten Pfiff.

Nun stand Lenz bereits auf der Kuppe vor den Felsen, die zum Feldkogel hinaufführten – sollte der göttliche Hirsch auch ihn auf irgendeine Weise in seine Dienste genommen haben, dann hatte er ihn mit noch ungewöhnlicheren Kräften ausgestattet als Brenner selbst!

Zum zweiten Mal in zwei Tagen hatte Lenz ihn an der Nase herumgeführt. Höhnisch winkte er mit seiner Pistole, bevor er mit raschen Sprüngen zwischen Karst und Lärchen verschwand.

7

»Mein Gott, was ist dir passiert? Bist du verletzt?«

»Nein, das sind nur Kratzer. Ich hab da hinten so was wie Verstecken gespielt. Entschuldige, dass ich dich allein gelassen habe.«

Diane hatte sich in der Zwischenzeit wieder angezogen und schien zum Glück nicht zur Hysterie zu neigen. Im Gegenteil: Für das, was gerade passiert war, wirkte sie erstaunlich gefasst. Aber vielleicht war sie auch einfach nur eine gute Schauspielerin.

»Wer war dieser unheimliche Typ?«

»Jemand, den ich von früher kenne. Tut mir leid, dass er dich so erschreckt hat. Aber er hatte es auf mich abgesehen – und es war wahrscheinlich auch nicht wirklich ernst gemeint.«

»Und davor? War das dein Luchs?«

»Ja, das tut mir auch sehr leid. Ich weiß nicht, was in ihn gefahren ist. Normalerweise ist er zahm wie ein Miezekätzchen.«

Diane lächelte und zog die Brauen hoch.

»Oh, là, là – das wirkte aber gar nicht so.«

»Nein, ich weiß. Ich kann mir eigentlich nicht vorstellen, dass er dir wirklich was getan hätte. Trotzdem bin ich froh, dass dein Wachhund so gut auf dich aufgepasst hat.«

Ruhig wie eine Statue neben seiner Herrin stehend, blickte Apollon ihm wieder die ganze Zeit auf seine merkwürdig unhündische Art ins Gesicht. Er mochte ja perfekt erzogen und abgerichtet sein, trotzdem machte Brenner der verdammte Köter nervös. Beobachtete dieser ihn einfach nur noch misstrauischer, nachdem er ihn ein bisschen durch die Gegend geschubst hatte? Oder machte sich das schwarze Monstrum genauso über ihn lustig wie sein zweibeiniges Gegenstück kurz zuvor?

»Vielleicht war er eifersüchtig.«

»Wie bitte?«

»Vielleicht war er eifersüchtig, dein Luchs.«

Brenner sah Diane an. War in ihrer Miene so etwas wie ein Eingeständnis oder sogar eine Entschuldigung dafür zu lesen, dass sie so heftig mit ihm geflirtet hatte? Vielleicht – und ja, es stimmte: Eigentlich konnte Brenner seinem getüpfelten Gefährten sogar für seine seltsame Aktion dankbar sein. Jetzt, wo die Ereignisse und Anstrengungen der letzten Minuten ihn wieder etwas nüchterner gemacht hatten, war ihm noch klarer, dass er kurz davor gestanden hatte, einen großen Fehler zu begehen.

Trotzdem schüttelte er unmerklich den Kopf.

»Nein, so ist er nicht«, sagte er. »Er hat … er hat, wie soll ich sagen, ein sehr reines Wesen. Er vertraut mir, und ich vertraue ihm. Und eigentlich tut er nie etwas, das …«

»Auch nachdem du ihn jetzt wieder in die Wildnis entlassen hast?«

»Was?«

»Na ja, der gute Apollon ist auch ein guter Junge und hat sich eben mal wieder eine Belohnung verdient. Aber ich füttere ihn auch jeden Tag und kümmere mich um ihn. Wenn das nicht mehr so wäre, ich weiß nicht. Wirklich in seinen Kopf sehen kann ich ja nicht.«

»Nein, nein, das ist etwas anderes«, sagte Brenner abwehrend – tatsächlich etwas unangenehm berührt, seinen Gefährten mit diesem undurchsichtigen Mischwesen verglichen zu sehen. »Vielleicht war er verwirrt. Oder vielleicht ist da draußen irgendwas passiert, während ich nicht da war, was … Oh Gott, ich Idiot!«

»Was ist los?«, fragte Diane mit beunruhigtem Gesichtsausdruck.

Die Ereignisse hatten sich dermaßen überschlagen und waren so bizarr gewesen, dass Brenner nicht dazu gekommen war, eins und eins zusammenzuzählen. Als er es nun tat, wünschte er einmal mehr, der gehörnte Herr des Waldes hätte ihm statt besonderer Körperkräfte (von denen er anscheinend nicht mal die Luxusausgabe bekommen hatte) lieber ein bisschen mehr Hirn zuteil werden lassen.

»Hör mir zu, Diane, es tut mir leid, aber ich muss noch ganz schnell etwas erledigen, bevor ich dich nach Hause bringe. Folge mir mit Apollon oben in den Wald zurück und wartet dann dort auf mich. Dieser Typ wird nicht noch mal auftauchen, und wie gesagt: Er ist nur an mir interessiert.«

Brenner war sich ziemlich sicher, dass er mit dieser Einschätzung richtiglag. Trotzdem nahm er sich die Zeit, die beiden zu einer Stelle abseits des Wegs oberhalb des Grünsees zu führen, wo sie einigermaßen versteckt waren.

»Was hast du vor?«, fragte Diane verwirrt.

»Ich bin gleich wieder da«, antwortete er nur.

Er joggte zu der Stelle zurück, wo der Wald in das Gebiet mit kleineren Lichtungen überging, das an die Sagereckalm grenzte. Dann fing er an, seine Sinne zu spitzen.

»Luchs!«, rief er und pfiff laut durch die Finger. »Luchs! Bist du noch hier?«

Während er über eine der kleinen, mit bunten Frühlingsblumen und einzelnen Büschen bewachsenen Freiflächen nach der anderen lief, merkte er, dass er trotz seiner guten Kondition inzwischen etwas erschöpft war – vielleicht seelisch noch mehr als körperlich. Möglicherweise hatte es mit dem ganzen Alkohol zu tun, der ihm immer noch im Körper steckte, aber jetzt nicht mehr aufgefrischt wurde. Wenn man da nicht den Pegel hielt und auch sonst nichts in den Magen bekam, konnte das gerade tagsüber manchmal ein komisches Gefühl verursachen.

Als sich dann noch eine Wolke vor die Sonne schob und er in einen Abschnitt kam, wo Borkenkäfer die Bäume auf weiter Flur in tote graue Pfähle verwandelt hatten, sank seine Stimmung endgültig.

Was waren das eigentlich schon wieder alles für Geschichten?, dachte er ärgerlich. Konnte man denn nie seine Ruhe haben!

Was sollten diese merkwürdigen Aktionen von Lenz? Und was hatten sie mit Mene und den Gefühlen zu tun, die sie anscheinend bereits länger für ihn hegte? Er mochte sie sehr, liebte sie vielleicht sogar, trotzdem war er schon so lange als Einzelgänger unterwegs, dass ihm diese Art von Verwicklungen eigentlich zuwider waren. Wie das enge Leben in den Niederungen waren sie ihm stets vorgekommen, dem er die freie Luft der Berge im Grunde vorzog.

Obwohl er wusste, wie ungerecht es war, machte er Mene Lenz' Verhalten sogar ein bisschen zum Vorwurf. Hätte sie damals nicht angefangen, sich nach »einem anderen« umzusehen, wäre Lenz vielleicht auf dem rechten Weg geblieben – schwierig genug dorthin zu finden war es ja bestimmt gewesen, nach seinen Erlebnissen damals und dem Leben, das er schon davor geführt hatte.

Auch an die eigenartige Konstellation, die seine eigenen

frühen Jahre unwissentlich geprägt hatte, musste Brenner denken (ja, eigentlich schon seine Geburt), und dann an die mysteriösen Ereignisse, durch die er sein »zweites Leben« erhalten hatte. Nach dem, was mit Luchs geschehen war, hatte er dieses Geheimnis eigentlich wieder als etwas Gutes in seinem Leben akzeptiert – so wie er die Natur hier, die Adler, den Wald und die Berge ja immer als etwas Gutes und Erhabenes betrachtet hatte.

Wenn dieses Geheimnis aber wirklich auch in Lenz wirkte, und vielleicht so ähnlich wie seinerzeit in Brenners leiblichem Vater, dann war eben alles doch nicht so klar, wie er es gerne hätte. Und er müsste seine Position und Haltung zu der rätselhaften Instanz, die es da zu geben schien, vielleicht neu überdenken.

Wie einfach und schön es gewesen war, mit Diane vorhin die Hirschkuh mit ihrem Kalb zu beobachten, dachte er, als er aus dem toten Wald schließlich wieder auf eine Lichtung zukam, und auch die Situation am See fiel ihm erneut ein (bei der er zu anderen Zeiten bestimmt nicht so lange gezögert hätte). Dann verscheuchte er diese Gedanken jedoch schnell und konzentrierte sich auf seine Suche nach Luchs – mit dem er einfach wieder unbeschwert durch die Landschaft ziehen wollte, wenn dieser ganze Wirrwarr vorbei wäre.

In der Mitte der Lichtung, die etwas abseits der alten Sagereckalm lag, stieß er auch tatsächlich auf ihn. Allerdings nicht ohne eine weitere unangenehme Überraschung zu erleben, die ihm gerade in seiner jetzigen Stimmung einen schmerzlichen Stich versetzte.

»Oh, Mann«, sagte er leise. »Ausgerechnet.«

Während Luchs ihm kurz sein blutverschmiertes Gesicht zuwendete, zog Brenner das kleine Jagdmesser aus der Scheide, das hinten an seinem Gürtel befestigt war (und das er vorhin bei seiner Auseinandersetzung mit Lenz wohlweislich dort stecken gelassen hatte). Mit langsamen, kraftlosen Schritten und dem Gefühl, dass der Tag nun endgültig seinen Tiefpunkt erreicht hatte, ging er zu seinem Gefährten hinüber.

»Na, das konntest du dir wohl nicht entgehen lassen«, sagte er, während er auf das leblose Mahl niederblickte, dessen besten Stücke sein jagdtüchtiger Freund in der kurzen Zeit bereits aus dem geöffneten Bauch gezerrt hatte. Dann beugte er sich hinab und schnitt Luchs das Senderhalsband vom Nacken: Wenn nicht auch ein übermenschlicher Spürsinn zu Lenz' neuen Fähigkeiten gehörte, hatte er das Band mit Sicherheit benutzt, um Brenners Schützling in der weitläufigen Berglandschaft zu finden.

Wie Brenner jetzt bemerkte, stand auch die Mutter noch am Rand der Lichtung und sah dem grausamen Schauspiel mit einem verzweifelten Blick in ihren großen dunklen Augen zu. Wahrscheinlich würde sie sogar später, wenn Luchs satt und vollgefressen von dannen gezogen war, zu dem zerrissenen Leib zurückehren und noch einige Zeit in seiner Nähe ausharren.

Brenner wusste so gut wie kein anderer, dass das eben der Lauf der Dinge war, und es war beileibe nicht der erste Riss, den er Luchs verspeisen sah – er selbst hatte ihm ja geholfen, die Jagd auch ohne die Unterstützung seines Muttertiers erfolgreich zu lernen. Trotzdem wünschte er, er hätte diese Beute lieber verschont. Das Kälbchen war irgendwie bereits zu seinem und Dianes gewordenen, in der kurzen Zeit, in der sie es beobachtet hatten. Wenn er sich erinnerte, wie die Augen der jungen Frau geleuchtet hatten und die Kuh ihrem Kind immer wieder zärtlich übers Fell geleckt hatte, dann konnte er fast böse auf seinen pinselohrigen Freund werden.

Apollon, dachte er tatsächlich, als er noch mal kurz den Kopf schüttelte und sich dann mit dem Band in der Hand auf den Rückweg machte, *hätte sich bestimmt nicht daran vergriffen.*

8

Brenner erzählte Diane nicht, was passiert war. Bevor er sie erreichte, warf er das blutige Band in den Wald und rieb sich mit feuchter Erde und Gras das Blut von den Fingern. Dann teilte er trotz seines flauen Magens die Portion Landjäger mit ihr, die er am Morgen vorsorglich in einer seiner Cargotaschen verstaut hatte und zu der Diane statt des Absinths ein Fläschchen Wasser aus ihrem Beutel zauberte. Anschließend führte er seine Begleiterin auf dem schnelleren und einfacheren Weg über die Saugasse zurück ins Tal und lieh sich das Motorboot der Gastwirtschaft auf St. Bartholomä, um möglichst rasch zur Seelände zurückzukommen.

Auch dabei schilderte er der jungen Künstlerin nur gerade so viel von dem, was hinter der eigenartigen Pfeilattacke zu stecken schien, um sie überzeugen zu können, damit nicht zur Polizei zu gehen. Als sie aber am Ende ihres langen Ausflugs, der statt des halben Vormittags nun fast bis zum Anbruch der Dämmerung gedauert hatte, in Brenners Jimmy vor dem Hotel auf dem Obersalzberg ankamen, zögerte Diane auszusteigen.

»Oh, es ist spät geworden«, sagte sie nach einem Blick auf ihr Handy und dann, mit ungewöhnlich schüchterner Miene: »Du hast gesagt, du hast noch zu tun, oder?«

Brenner schaute selbst kurz auf sein Telefon. Vom Nationalpark hatte den ganzen Tag über niemand angerufen, und auch Mene hatte sich bisher noch nicht gemeldet – sie hatte wohl immer noch mit ihren Wurmkuren und Abszessen zu tun, das konnte sich manchmal bis in den späten Abend ziehen. Für einen Besuch bei seiner Mutter war es inzwischen zu spät, also blieb eigentlich nur, sich mit der seltsamen Geschichte mit Lenz zu befassen.

Brenners Lust dazu hielt sich allerdings in Grenzen. Und was er Lenz als Nachricht schreiben sollte, nachdem dieser ihn oben am Grünsee dastehen lassen hatte wie einen dummen Jungen, wusste er auch nicht genau.

»Tja, ich … also …«

»Es ist nur, weil die Zwillinge geschrieben haben, dass sie noch einen Moment brauchen«, erklärte Diane mit verlegenem Lächeln. »Ich glaub, das Ganze hat mich doch ein bisschen mitgenommen. Ich habe ja Apollon, aber …«

»Klar, ich warte mit dir oben auf sie. Geht ihr schon hoch. Ich stelle nur schnell das Auto ab.«

Brenner war noch nicht oft in dem Nobelhotel auf dem Eckerbichl gewesen, schon gar nicht in den Suiten im ersten Stock, die größer waren als seine ganze Wohnung und freien Blick über den gesamten Berchtesgadener Talkessel boten. Das war allerdings nicht das Erste, was ihm auffiel, als Diane ihm die Tür aufmachte: Statt ihres Wanderoutfits trug diese nun nur noch ein leichtes weißes Hemdchen, das kaum den oberen Teil ihrer Schenkel bedeckte.

»Entschuldige«, sagte sie, als sie seinen Blick sah. »Ich wollte aus diesen Sachen raus. Irgendwie hatte ich das Gefühl, dass …«

»Nein, nein, schon okay«, erwiderte Brenner, während er eintrat. »Kann ich gut verstehen. Mir macht das nichts aus.«

»Willst du was trinken? Ich weiß, es wäre eher Zeit fürs Abendessen, aber ich hab hier noch was von meinem Künstlergetränk. Ich glaube, nach dem Tag heute brauch ich einen Schluck.«

»Noch ein Schlückchen von der grünen Fee? Ja, sicher, warum nicht.«

Trotz der modernen Einrichtung hatte auch das geräumige Zimmer etwas von einem Künstleratelier – vor allem wahrscheinlich wegen der großen silbernen Harfe, die vor den bis zum Boden gehenden Panoramafenstern stand. In einer Ecke ragte der dazugehörige Koffer wie ein ungewöhnlich geformter schwarzer Schrank in die Höhe, und überall herrschte eine gewisse Unordnung aus Büchern, Notenblättern und achtlos über Möbel geworfenen Kleidern, die das Hotelpersonal anscheinend auch nicht beseitigen sollte. Im ebenso großen Raum, der durch eine geöffnete Schiebetür mit Dianes verbunden war und wohl von ihren Kollegen bewohnt wurde, sah es ähnlich aus. Nur verteilten sich hier Klettersachen, Fitnessgeräte und mit Frachtaufklebern übersäte Ausrüstungstaschen über

Boden und Möbel. Selbst das Bett in Dianes Schlafzimmer, das auf der anderen Seite von dem großzügigen Wohnbereich abging, war nicht gemacht.

Im ganzen Zimmer lag der frische Duft, den Brenner bereits bei dem Ausflug an seiner Begleiterin bemerkt hatte, vermischt mit den köstlichen Noten eines unaufdringlichen Parfums. Obwohl sie gesagt hatte, sie stelle ihn selbst her, bemerkte Brenner auch auf der Flasche, aus der seine Gastgeberin den Absinth eingoss, ein edel wirkendes Etikett mit zwei großen roten Ds, einem lateinischen oder griechischen Schriftzug und einer leicht bekleideten Bogenschützin, die Brenner an eine der Figuren erinnerte, die er auf Lenz' Tisch gesehen hatte. Diane holte extra Eis aus der Minibar und musste sich dabei so weit runterbeugen, dass der ohnehin fast durchsichtige Stoff ihres Hemdchens ein Stück über ihre Pobacken rutschte. Das Eis knackte laut, als sie den scharfen Brand darübergoss, und als sie aus einer bereitstehenden Karaffe Wasser dazugab, bildeten sich tatsächlich sofort die hübschen Schlieren, von denen sie geredet hatte. Sie hatten die gleiche leuchtende Farbe wie der in der Sonne funkelnde Grünsee, in dem sie vorhin mit ihm schwimmen wollte.

»À santé!«, sagte Brenner, nachdem Diane ihm das Glas gereicht hatte – in der Hoffnung, dass er ihren Trinkspruch von heute Morgen halbwegs richtig in Erinnerung hatte.

»Prost«, erwiderte sie und lächelte so vergnügt, dass sich ihre hübschen »französischen« Grübchen bildeten.

Hatte es beim ersten Schluck heute Vormittag geschienen, als reaktiviere er die alkoholischen Reserven in Brenners Blut, so war es nun das Gleiche mit jenen des hochprozentigen Destillats, das er den halben Tag in sich hineingekippt hatte. Die lodernde Flamme, die sofort wieder in Brenners Innern aufschoss, war jedoch nicht eisblau. Stattdessen hatte sie die gleiche verlockende Farbe wie die im edlen Tumbler des Hotels aufgezogenen Schleier und das kleine grüne Gewässer in der Halsgrube, das ihm einfach nicht aus dem Kopf gehen wollte.

Unter dem feinen fließenden Stoff waren Dianes schöne Brüste fast genauso gut zu erkennen wie dort oben, und trotz des schwindenden Tages ließen die großen Panoramascheiben noch so viel Gegenlicht herein, dass auch sonst von ihren Konturen nur wenig verborgen blieb. Das silberne Metallkettchen an ihrem Fuß machte die leichte Bekleidung noch reizvoller, und in ihren Augen glaubte Brenner ein ähnlich unternehmungslustiges Funkeln zu erkennen wie in jenen kritischen Sekunden.

»Hui, hat immer noch ganz schön Power«, sagte er ungelenk – ein verrückt spielender Luchs, der auf andere Weise für Ablenkung sorgte, war hier ja leider nicht zu erwarten. Einen bewussten Bogen um Diane machend, dabei aber unwillkürlich ihren köstlichen Duft einsaugend, ging er zum Fenster und tat so, als würde er die Aussicht bewundern.

»Was haben denn deine Kollegen heute gemacht?«, fragte er in so offensichtlich desinteressiertem Ton, dass Dianes Grübchen diesmal nicht nur Vergnügen, sondern auch eine gewisse Ironie auszudrücken schienen. (Wenigstens blieben Brenner die mitleidigen Blicke von Apollon erspart, der sich gelangweilt im Zimmer der Zwillinge auf den Boden gelegt hatte.)

»Oh, dies und das«, erwiderte Diane. »Auf Felsen geklettert, Fangen gespielt – ich weiß nicht, was sie den ganzen Tag treiben. Jetzt sind sie wohl noch mit einem Einheimischen beschäftigt, den sie hier kennengelernt haben.«

»Sind sie tatsächlich aus … was, Polen? Wie hast du sie gleich noch genannt?«

»Lolek und Bolek – weil sie immer alles zu zweit machen und jetzt mit mir überall in der Welt rumkommen. Außerdem sind diese Figuren wohl bei Schwulen sehr beliebt, und um ganz ehrlich zu sein, bin ich mir bei den beiden auch nicht ganz sicher. Sie kommen eigentlich aus der Tschechei, und ich hab sie in einem schäbigen kleinen Schuppen in Prag entdeckt, in dem sie so was Ähnliches gemacht haben wie heute. Nur hatten sie dabei sehr viel weniger an und irgendein schmierig glänzendes Zeug auf ihren Muskeln.«

Brenner lächelte verwirrt, und wenn sie ihn eben noch als Beschützer mit raufgebeten hatte, dann schien sich die junge Frau jetzt schon wieder so sicher zu fühlen, dass sie ihn auf gutmütige Art mit ihrer überlegenen Weltgewandtheit neckte – ähnlich wie zuvor mit ihrem detaillierten geschichtlichen Wissen. Um nicht ganz wie der tiefbayerische Waldschrat und Hinterwäldler zu wirken, der er im Grunde natürlich war, wies Brenner mit dem Kinn auf das große silberne Instrument neben ihm, an dem Diane gestern ihre Vorstellung gegeben hatte.

»Das ist toll, was ihr da macht«, sagte er. »Die beiden haben es wirklich drauf – das sieht sehr schwierig aus, was sie aufführen. Und wie du singst und spielst und die Leute in den Bann ziehst, das ist echt … echt wundervoll.«

Wieder lächelte Diane, und diesmal so, dass man den ehrlichen Stolz auf ihre Arbeit in ihrem Gesicht erkennen konnte, der ihr noch besser stand als Ironie und Spott.

Brenner glaubte sogar zu erkennen, dass sich die Wangen der jungen Frau leicht mit Farbe füllten, was ihm die Bescheidenheit und unabgehobene Art in Erinnerung rief, die er den ganzen Tag so sympathisch an der berühmten Musikdiva gefunden hatte.

»Dankeschön«, sagte sie leise und sah ihm mit einem Blick, in dem zum ersten Mal nicht nur Interesse und Gefallen, sondern auch eine gewisse Zärtlichkeit zu liegen schien, in die Augen. »Wenn du willst, spiele ich noch was für dich, bis die Zwillinge wieder da sind. So sind meine Hände beschäftigt und wir kommen beide nicht so schnell auf dumme Gedanken, die wir einen Tag später vielleicht bereuen würden.«

»Ja«, sagte Brenner, eine Spur enttäuscht, aber gleichzeitig zutiefst dankbar, dass sie die Spannung im Raum, gegen die ihm die elektromagnetischen Kräfte in den Berchtesgadener Alpen mittlerweile vorgekommen waren wie ein schwaches Hintergrundrauschen, mit so einfachen Worten löste. »Ja, das ist wahrscheinlich eine gute Idee.«

Sie rückte ihm einen der modernen Stühle, mit denen die Suite ausgestattet war, wie den Sitz für ein Einmannpublikum zurecht und nahm selbst auf dem Schemel hinter ihrem Instrument Platz. Wie am Vorabend spreizte sie die Beine, setzte die Füße auf die nach oben gebogenen Pedale und strich dann mit den Fingern über die stramm gespannten Saiten. Sogleich füllte sich der Raum mit den gleichen rieselnden Sphärenklängen, die ihr schon gestern als Vorspiel gedient hatten.

Es war kein klassisches Stück, das sie nach kurzem Innehalten für Brenner vortrug, sondern eine ihrer schlichten Weisen, von deren französischem Text er natürlich wieder kein Wort verstand. Trotzdem glaubte er, durch das Spiel ihrer schönen Züge und den Ausdruck ihrer Stimme der von dem Lied erzählten Geschichte auch so folgen zu können – ohne ein einziges Element konkret mit dem Geist zu begreifen. Gleichzeitig bewirkte genau diese Ausdrucksfähigkeit zusammen mit dem Anblick der Darbietenden, dass die vor dem spätblau überspannten Bergkessel veranstaltete Privatvorstellung exakt den gegenteiligen Effekt von dem hatte, der beabsichtigt war.

Während Brenner mit den gleichen regelmäßigen Schlucken aus dem Tumbler trank wie damals in der »Rose« an seinem ersten Glas Bier, hatte er das Gefühl, keinen missratenen Kirchenengel vor sich zu haben, sondern ein echtes Himmelswesen. Kaum führte Diane die ersten Tritte auf den Pedalen aus, rutschte ihr Hemd so weit hoch, dass zu erkennen war, dass sie diesmal auch ihren silbernen Slip mit den anderen Sachen abgelegt hatte, und als sie zum Höhepunkt des Lieds kam, glitt der glatte Stoff auf einer Seite herab und entblößte ihre Brust, ohne dass sie es zu merken schien. An ihrer großen gebogenen Harfe nun noch mehr der Figur auf der Flasche gleichend, die nicht weit von ihr auf einem kleinen Tisch stand, brachte sie das Stück zu Ende und sah ihn dann mit silbern funkelnden Augen an.

»Bravo«, sagte Brenner mit seltsam veränderter Stimme – im Innern von einem ähnlich machtvollen Taumel erfasst wie jenem, den Diane gestern mit Gesang und Gesten bei den Brüdern auf ihrer silbernen Scheibe anzufachen schien. »Worum ging es in dem Lied?«

»Um eine Göttin«, erwiderte Diane, während sie ihr locker aufgestecktes Haar, aus dem sich bei ihrem leidenschaftlichen Vortrag mehrere Strähnen gelöst hatten, vollends über die Schultern fallen ließ.

»Was für eine Göttin?«, fragte Brenner.

»Eine sehr mächtige Göttin, die beim Bad von einem Jäger beobachtet wird und ihn dafür, dass er sie nackt gesehen hat, in einen Hirsch verwandelt – sodass ihn seine eigenen Hunde zerreißen.«

»Ach ja«, sagte Brenner. »Das ist aber ziemlich hart. Und kann mir zum Glück nicht passieren, weil ich nur einen Luchs habe.«

»Na, wenn das so ist«, erwiderte Diane, stand von ihrem Platz auf, stellte sich vor ihn und streifte auch den anderen Träger von den Schultern, sodass der dünne weiße Stoff fließend wie ein Wasserschwall zu Boden glitt. »Dann musst du dir ja keine Sorgen machen.«

9

Als Brenner in der Nacht dieses langen Tages schließlich einschlief, plagten ihn seltsame Träume.

Natürlich jagte er noch ausgiebig Lenz in seiner Hundemaske hinterher, aus der ihm mal dessen eines grüne, mal Apollons glühend rote Augen entgegenleuchteten. Wie im Märchen vom Hase und Igel verbargen sich hinter den Masken auch bald nicht mehr nur einzelne, sondern mehrere Gegner – von den bogenbewehrten Indianern, die bei der Pressekonferenz erwähnt wurden, über die zwei falschen Polizisten, die Lenz misshandelt hatten, bis hin zu den ekelhaften Burschen, die Anna damals im Schützenstüberl belästigt hatten, und den brutalen Zuhältern, auf die Brenner jenseits des Untersbergs gestoßen war. Selbst »Schwabbel-Schulz« und Rupsi-Wupsi verfolgte er in der eigenartigen Verkleidung über den Schulhof – was fast schon wieder etwas Komisches hatte.

Überhaupt nicht komisch und so realistisch, dass er Brenner auch am nächsten Morgen noch wie etwas durch und durch Echtes im Gedächtnis haftete, war jedoch ein anderer Traum.

Er hockte mit drei anderen Luchsjungen in einer tiefen Grube, über der der erdige Wurzelteller eines umgestürzten Baums wie eine plötzlich aufgesprungene Falltür in die Höhe ragte. Seine Geschwister und er harrten schon sehr lange dort aus und wurden von einem Hunger geplagt, der sich genauso tief und bodenlos anfühlte wie das Erdloch selbst. Mehrmals hatten sie versucht, die steilen Wände zu erklimmen. Doch das konnte nur ihre Mutter, die sie vor langer Zeit der Reihe nach dort unten abgelegt hatte – und jetzt einfach nicht wiederkommen wollte.

Zwei von Brenners Geschwistern, bei denen es sich in dem Traum um Mene und Lenz handelte, waren schon sehr schwach. Wie Luchs bei seiner Krankheit lagen sie abgemagert auf dem vom Regen durchweichten Boden und konnten sich kaum bewegen. Luchs selbst hingegen, dem Ältesten und Größten von ihnen, ging es noch recht gut. Nur dass auch an seinem Bauch der Hunger nagte – und ihn bald mit entschlossenem Blick um die zwei Kleinsten und Schwächsten in der Grube schleichen ließ.

Der Kampf war diesmal kein Spiel, und anders als bei ihren freundschaftlichen Raufereien hatte Brenner keine Chance. Während er wehrlos wie damals nach dem Fußtritt vor der »Rose« auf dem Rücken lag und Luchs ihm mit seinem starken Kiefer die Kehle abdrückte, konnte er über sich den großen Hirsch erkennen. Leise wie ein Geist trat er an den Rand der Grube und beobachtete das Schauspiel mit seinen gleichmütigen dunklen Augen. An seinem Geweih hingen keine Blätter oder Bastreste, sondern die blutigen Fellfetzen von Brenners Geschwistern, die er nicht gegen den Stärksten und Gnadenlosesten unter ihnen verteidigen konnte …

Wild um sich schlagend fuhr Brenner aus dem Schlaf hoch und fand erst wieder zu unruhigem Schlummer, nachdem Diane ihm den letzten Rest der auf dem Nachttisch stehenden Absinthflasche zu trinken gegeben hatte.

Wie einfach sein Traum durch das zu erklären war, was er in den letzten zwei Tagen erlebt hatte, war ihm vollkommen klar. Dennoch wurde er das Gefühl nicht los, dass es sich um alles andere als einen Traum gehandelt hatte.

Und fast mehr noch als die trunkenen Grausamkeiten, die er sich selbst hier oben auf der Kuppe des hohlen Nazibergs hatte zuschulden kommen lassen, brachte das seltsame Gesicht wieder alles ins Wanken, was er seit seiner Zeit mit Stolls durchsichtigem Geschenk als gut und richtig erkannt zu haben glaubte.

TEIL VI: DIE HERRIN DER TIERE

1

Puh, das war vielleicht ein Tag. Wollte mich längst melden, aber draußen auf dem Hof gab's kein Netz ☹ Du scheinst auch noch beschäftigt zu sein. Hast du schon mit Lenz geredet?

Erreiche dich immer noch nicht. Mache mir ehrlich gesagt etwas Sorgen, nach dem, was du gestern erzählt hast. Weiß ja, dass du dein Handy manchmal vergisst 😐 Aber ruf mich doch bitte auf jeden Fall noch an. Oder war dein Date mit Diane doch verführerischer als gedacht ☺

Hallo Brenner, alles okay??? Bin platt und gehe jetzt ins Bett. Würde aber besser schlafen, wenn du noch ein Lebenszeichen von dir gibst …

Ich noch mal, mitten in der Nacht: Hatte einen ganz merkwürdigen Traum und erreiche dich einfach nicht.

Vielleicht hab ich dich ja auch gestern verwirrt und du hast dir einfach im Schützenstüberl einen angetrunken. Bitte melde dich trotzdem so schnell wie möglich, wenn du wach bist! Mache mir langsam echt Sorgen und bin kurz davor, selbst bei Lenz anzurufen

Als Mene in ihrer kleinen Wohnung in Stanggaß aufwachte, hatte sie das Gefühl, ein ganzer Tross Pferde sei über sie hinweggetrampelt. Das lag sicher an dem anstrengenden Außentermin auf dem Reiterhof, mehr noch aber an dem verstörenden Traum, den sie gehabt hatte, und der unruhigen Nacht. Auch jetzt steckten ihr noch die schrecklichen Bilder und Schreie in den Knochen, als hätte sie das Ganze wirklich erlebt. Benommen wie nach einer Überdosis des starken Narkosegases, mit dem sie ihre großen Patienten betäubte, griff sie nach dem Handy neben ihrem Kopfkissen.

Nein, nichts – obwohl sich ihr Körper die unruhigen Stunden schließlich zurückgeholt hatte und es schon nach zehn war. Montag war ihr Ruhetag, den sie sich nach ihren dienstlichen »Sonntagsausflügen« meist redlich verdient hatte, doch so spät, dass bereits helles Tageslicht durch die Vorhänge drang, wachte sie trotzdem selten auf. Obwohl sie sich noch nicht wirklich imstande fühlte, zusammenhängende Worte hervorzubringen, drückte sie auf Brenners Namen, aber nach viermal Klingeln sprang wieder die Mailbox an.

»Hallo, Brenner«, krächzte sie mit unsicherer, tonloser Stimme, die ihr selbst fremd vorkam. »Ich hab lang geschlafen, aber immer noch nichts von dir gehört. Verstehe nicht ganz, was los ist. Bitte ruf mich doch so schnell wie möglich an.«

Mene war normalerweise nicht leicht aus der Ruhe zu bringen. Doch als sie sich jetzt mit schweren Gliedern auf den Bettrand setzte, hatte sie ein Gefühl im Bauch, gegen das ihre nervöse Stimmung bei der Fahrt auf den Obersalzberg ein leichtes Magengrummeln gewesen war. Und wenn ihre dunkle Vorahnung an jenem Abend durch das bestätigt worden war, was Brenner ihr nach der Vorstellung erzählt hatte, worauf musste sie sich dann diesmal gefasst machen?

Okay, reiß dich zusammen, dachte sie, während sie auf die lange Liste ihrer vergeblichen Anrufe starrte. *Wahrscheinlich gibt es für alles eine ganz einfache Erklärung.*

Brenner war öfter schwer zu erreichen, weil er im Wald sein Handy auf stumm stellte und es dann vergaß – selbst bei Anrufen vom Nationalpark ging das wohl manchmal so. Aber nach ihrem Gespräch am Samstagabend war ja eigentlich klar gewesen, dass sie am Sonntag telefonieren würden, und als Mene wieder eingefallen war, dass man den Reiterhof nur über Festnetz und Internet erreichen konnte, hatte sie sogar gefürchtet, Brenner könnte vergeblich anrufen und sich Sorgen machen. Wenn er jetzt nach wie vor nichts von sich hören ließ und weder abhob noch auf ihre Nachrichten antwortete, dann konnte dafür eigentlich kaum seine übliche Achtlosigkeit der Grund sein.

Harmlose Erklärung Nummer eins: Er war mit der Sache mit den Steinböcken oder irgendeiner anderen dringenden Angelegenheit beschäftigt, ohne dass Lenz dabei im Spiel war, und einfach noch nicht dazu gekommen, sich zu melden.

Wahrscheinlichkeit: na ja.

Harmlose Erklärung Nummer zwei: Ihr Geständnis

am Samstagabend hatte ihn verwirrt, ebenso wie die Möglichkeit, Lenz könnte aus Eifersucht auf ihn losgegangen sein. Um das mit sich auszumachen, war er nach seinem Ausflug mit dem Harfenstar und vielleicht einer vergeblichen Nachricht an Lenz ins Schützenstüberl gegangen – wie es seine zugegeben nicht sehr fortschrittliche, aber übliche Art war.

Wahrscheinlichkeit: Konnte sein und ließe sich tatsächlich leicht überprüfen, indem Mene kurz im Stüberl anrief. Nur stände Ederl sicher noch nicht hinterm Tresen, und außerdem käme sie sich dann vor, als würde sie Brenner hinterherspionieren.

Schlimme Erklärung Nummer eins: Brenner hatte es irgendwie geschafft, Lenz zu stellen, und trotz seines Versprechens, einen kühlen Kopf zu bewahren, waren die beiden aufeinander losgegangen.

Wahrscheinlichkeit: Leider nicht so gering und mit einem möglichen Ausgang, der auf unangenehme Weise wieder die wütenden Szenen heraufbeschwor, die sich in Menes eigenartigem Traum abgespielt hatten.

Mene wusste von Lenz' früheren Geschäften, und heute war er ja auch kein Kind von Traurigkeit. Er konnte sehr sanft, zärtlich und einfühlsam sein, und manchmal glaubte sie eine Art Scham oder Schüchternheit in ihm zu spüren, die ihn fast ein wenig hilflos wirken ließ.

Doch sie war auch schon dabei gewesen, als er in einer Münchner Bar einen allzu aufdringlichen Möchtegern-Don-Juan mit so beiläufigen Bewegungen auf die Bretter geschickt hatte, als würde er ihm das Sakko zurechtrücken. Und jetzt hatte er sogar auf Brenner geschossen!

Nur ein Spiel, hatte Brenner gesagt und war dabei so cool geblieben wie irgendein Teufelskerl in einem bescheuerten Hollywoodstreifen. Das war vermutlich nicht mal Imponiergehabe, denn dazu hielt Mene Brenner kaum fähig. Doch wenn alles wahr war, was man sich über ihn erzählte, dann war es wohl durchaus möglich, dass bei ihm aus so einem »Spiel« tödlicher Ernst wurde.

Schon früher hatte sie von Geschichten gehört, bei denen er gewütet hatte wie ein Berserker. Seine Wut, die bestimmt etwas mit dem Selbstmord seines Vaters, dem verlorenen Hof und der Krankheit seiner Mutter zu tun hatte, schien er inzwischen besser im Griff zu haben. Und auch er hatte in seinen Augen etwas Sanftes, Gütiges und zutiefst Aufrichtiges, was Mene seit jeher an ihm angezogen hatte.

Vielleicht mehr noch als die von Lenz konnte jedoch auch seine Miene einen kalten, brutalen und unbarmherzigen Ausdruck annehmen; in letzter Zeit besonders immer dann, wenn jemand Luchs' Recht auf einen Platz in der Berchtesgadener Wildnis in Zweifel zog. Und bei der verrückten Geschichte in dem illegalen Puff bei den alten Untersberger Marmorbrüchen hatte er anscheinend tatsächlich zwei Menschen umgebracht …

Mene schüttelte überfordert den Kopf, scrollte in der Anrufliste mit dem Daumen zu Lenz hinunter, mit dem sie das letzte Mal vor etwa einem Monat telefoniert hatte, und drückte auf den Touchscreen.

Doch – es war eigentlich klar gewesen – auch hier hatte sie kein Glück. Es klingelte nicht mal, und sofort sprang die automatische Ansage der Mailbox an.

Diesmal hinterließ sie keine Nachricht; sie hätte wirklich nicht gewusst, was sie sagen sollte. Es dabei bewenden lassen wollte sie aber auch nicht, und während sie frühstückte und duschte, überlegte sie, wie sie weiter vorgehen sollte.

Am alten Holztisch in der Küche, an dem sie schon als Kind gegessen hatte, und noch mehr, als später das warme Wasser an ihr herablief, ging ihr auch Schlimme Erklärung Nummer zwei durch den Kopf, die sie bereits scherzhaft in ihren Nachrichten angedeutet hatte.

Doch trotz allem, was auch in der Hinsicht über Brenner bekannt war und getratscht wurde, hielt sie diese Möglichkeit für die unwahrscheinlichste von allen.

2

Mene war noch nie in Lenz' Hütte am Gotzentauern gewesen, hatte aus seinen Erzählungen jedoch eine ziemlich genaue Vorstellung, wo sie liegen musste. Nachdem sie ihren Kombi kurz vor der Gotzenalm am Wegrand abgestellt hatte, stiefelte sie durch den Bergwald auf den felsigen Tauernbuckel zu, der sich scharf wie auf einer Postkarte gegen den auch heute wieder strahlend blauen Frühlingshimmel abzeichnete. Nach etwa 20 Minuten Marsch erreichte sie die in helles Mittagslicht getauchte Rückseite des Tauern, die etwas oberhalb der Bärengrube anfing, und begann ihre Suche.

Nach dem Frühstück war sie zuerst bei Brenners Wohnung am Reitbichl vorbeigefahren, in der Hoffnung, er läge dort vielleicht noch verkatert und dienstsäumig im Bett. Doch weder Klingeln noch Klopfen hatten zu einer Reaktion geführt, und auch beim Blick durch die lange nicht mehr geputzten Fenster wirkte die Wohnung verlassen. Mene hatte kurz überlegt, bei Stoll oder jemand anderem vom Nationalpark anzurufen, sich aber erneut gesorgt, welchen Eindruck das bei Brenner hinterlassen könnte (vielleicht gerade auch im Hinblick auf seinen gestrigen Ausflug, zu dem sie ihn ja praktisch selbst gezwungen hatte).

Trotz seiner seltsamen Zurückhaltung und der »komplizierten« Lage, von der Brenner bei ihrer Unterhaltung auf dem Obersalzberg gesprochen hatte, war Mene im Grunde ihres Herzens überzeugt, dass er ernste Gefühle für sie hegte. Gleichzeitig war es nicht schwer zu spüren, dass er mit den üblichen kleinen Irrungen und Wirrungen zwischenmenschlicher Beziehungen nicht viel anfangen konnte – wahrscheinlich verbrachte er nicht umsonst den Großteil seiner Zeit mit einem wortkargen Vertreter des Tierreichs. Und diese Art von besorgter Nachfrage an seinem Arbeitsplatz wäre bestimmt etwas, wovon er nicht viel halten würde.

Also hatte sie auf den eigentlich vollkommen gerechtfertigen Anruf verzichtet und war stattdessen zu Lenz' Adresse im Tal weitergefahren – aller Brenner gegenüber gemachten Versprechungen zum Trotz. Doch das kleine, abgelegene Häuschen oberhalb des Frauenbergs, das sie noch gut von früher kannte, wirkte genauso verlassen wie Brenners Wohnung. So hatte sie schließlich den Weg zu Lenz' heimlichem Stützpunkt am Gotzentauern fortgesetzt.

Es dauerte auch nicht lange, bis sie das Plateau mit der alten Hütte inmitten des hohen Bergwalds entdeckte. Schon ahnend, dass es zu diesem Schritt kommen würde, hatte sie festes Schuhwerk angezogen und konnte den steilen Aufstieg der Felskanzel ohne größere Schwierigkeiten meistern. Als sie dann den Kopf über den grasigen Rand streckte, sah sie jedoch mit einem kleinen Schreck, dass die Tür zu der Hütte halb offen stand.

»Lenz, hallo? Bist du da?«

Keine Antwort, nichts zu hören. Auch hinter den trüben Scheiben der neu gedeckten Holzkonstruktion war nichts zu erkennen.

Mene hievte sich auf das Plateau und ging langsam auf die Tür zu. Natürlich konnte es sein, dass Brenner sie beim Verlassen der Hütte einfach nicht zugemacht hatte; doch diese Erkenntnis beruhigte kaum das heftige Pochen in Menes Brust. Durch den Spalt konnte sie das Chaos erkennen, das auf dem Boden der Hütte herrschte, und sah vor ihrem geistigen Auge bereits Brenner und Lenz in ihrem Blut zwischen den ausgestopften Tieren und Trümmern liegen. Wieder stiegen die schrecklichen Szenen und Empfindungen ihres Traums in ihr auf, und als sie glaubte, im Innern der Hütte ein Geräusch zu hören, blieb sie wie vom Donner gerührt stehen.

»Brenner? Lenz?«, fragte sie mit beklommener Stimme. »Seid ihr da drin?«

Doch plötzlich war es wieder so still, wie es nur an einem Tag ohne Wind hoch in den Bergen sein konnte.

»Wer auch immer da drin ist, ich komme jetzt rein.«

Menes Herz schlug ihr bis zum Hals, als sie ihre schweißfeuchte Hand nach dem alten, gusseisernen Griff ausstreckte. Während sie die Tür aufschob, zuckten ihre

Blicke angsterfüllt über die umgestoßenen Präparate auf der linken Raumseite, von denen jedes für sie im ersten Moment wie ein menschlicher Körper wirkte.

Da ertönte rechts ein lauter Knall – und wie aus dem Nichts kamen zwei große schwarze Schatten auf sie zugeschossen.

Mene fiel mit einem erstickten Schrei nach hinten, während die zwei Angreifer mit wütendem Kreischen über sie hinwegflatterten und im hellen Himmelsblau verschwanden.

Um Gottes willen, nur zwei Dohlen, erkannte Mene, während sie dem gefiederten Grund für ihren Schreck entgeistert hinterherblickte. Dann stand sie auf und betrat die Hütte.

Auf dem halb eingeknickten Arbeitstisch, der sich an der rechten Wand entlangzog, war schnell der Grund für die Anwesenheit der zwei Eindringlinge gefunden: ein halb abgezogener Alpenfuchs, an dem sie schon ausgiebig ihren Hunger gestillt hatten. Vor dem Tisch, gleich neben einem formaldehydgetränkten toten Falken, lagen die Scherben eines Glasbechers in einer frisch ausgelaufenen Flüssigkeit. Was dann auch den Knall erklärte.

Die über den Boden verteilten Präparate waren zum Glück nur das – keine menschlichen Toten. Doch die über die hintere Raumseite verteilten Elfenbeinsplitter machten auf verstörende Weise konkret, was Brenner erzählt hatte: Lenz hatte wirklich auf ihn geschossen. Selbst leichter Pulvergeruch lag noch in der Luft.

Fassungslos den Kopf schüttelnd, bückte sich Mene und begutachtete die größeren Bruchstücke: Arme, Beine, Rümpfe, mal von Menschen, mal von Tieren und wild durcheinandergewürfelt wie in einem Höllenszenario von Hieronymus Bosch. Sie fand einen in zwei Hälften gebrochenen Hirsch, aus dessen Geweih Blätter sprießten, ebenso die obere Hälfte einer schönen Bogenschützin, die genau so lag, dass sie auf das große Tier anzulegen schien. Brenner hatte nicht übertrieben: Die Skulpturen zeugten von enormem Können und künstlerischem Gespür – etwas, was sie stets in Lenz vermutet hatte.

Lenz' verborgenes Talent zu entdecken, war für Mene ein kleiner Lichtblick in dieser verwirrenden Situation – selbst wenn ihr früherer Freund seine Kunstwerke mit einer für Brenner gedachten Ladung Schrot auf einen Schlag wieder vernichtet hatte. Begierig, noch mehr Beispiele seiner Kunstfertigkeit zu betrachten, griff sie nach einem abgesplitterten Frauenkopf, der mit dem Gesicht nach unten etwas abseits der anderen Trümmer lag. Als sie ihn umdrehte, hatte sie ein weiteres Mal das Gefühl, ihr Herz setze einen Takt aus.

Es war ihr eigenes Gesicht, in das sie blickte.

Mein Gott, Lenz. Was hast du hier nur getrieben?

Erneut ließ Mene den Blick über die umgestürzten Tierpräparate und das Trümmerfeld aus weißen Körperteilen schweifen, und kurz hatte sie das Gefühl, der grauenvolle Traum, der sie gestern Nacht aus dem Schlaf schrecken ließ, habe nie wirklich geendet.

Dann entdeckte sie neben dem Ende des langen Tisches, an dem Lenz' seine Arbeiten anfertigte, noch etwas anderes, das sie interessierte. Automatisch steckte sie den Kopf in die vordere Tasche ihrer Jeans und ging zu der Stelle hinüber.

Es handelte sich um weiße Papierbögen, die bei dem Kampf vom Tisch gesegelt sein mussten. Bevor Mene sie sich ansehen konnte, musste sie die Reste einer zerbrochenen Flasche davon entfernen. Der fast schon ganz in Papier und Dielen eingetrocknete Inhalt roch nach irgendeinem hochprozentigen Kräuterdestillat; und tatsächlich lagen um die Flasche herum gesammelte Wildkräuter, die zusammen mit ihr auf den Bögen platziert gewesen sein mussten. Mene erkannte Ehrenpreis, Beifuß und Engelwurz sowie mehrere andere Gewächse, die in der hiesigen Natur nur an wenigen Stellen wuchsen.

Dann drehte sie die Blätter um und musste unwillkürlich lächeln, ein so geübter Strich und Sinn für Proportionen war auf ihnen zu erkennen.

Ein Wilderer, der ein vollendeter Künstler ist, dachte sie. *Das hat es bestimmt auch noch nicht oft gegeben.*

Mene wusste, dass Lenz gut zeichnen konnte. Wenn er besonders gut drauf war und einen Stift zur Hand hatte, hatte er abends in Restaurants oder Kneipen oft heimlich wunderschöne Blumen auf ihre Serviette oder ihren Bierdeckel gemalt, die sie dann bei der Rückkehr von Toilette oder Bar fand und deren Urheberschaft er stets standhaft leugnete. Auch wenn er morgens vor ihr das Haus verließ, war sie oft auf solche kleinen Kunstwerke in Küche oder Bad gestoßen.

Mene bewahrte all diese Zeichnungen zusammen mit anderen Erinnerungen bis heute in einer kleinen Truhe in ihrem alten Kinderzimmer im Haus ihrer Eltern auf. Wie die dicken Büttenbögen, die sie in der Hand hielt, unschwer erkennen ließen, hatte Lenz sein Können seither aber mit der ihm eigenen Disziplin noch erheblich verfeinert.

Beim ersten Blatt handelte es sich offenbar um eine Skizze für die Skulptur der Bogenschützin, deren selbstbewusste Entschlossenheit in der vollständigen Ansicht noch deutlicher zum Ausdruck kam. »Artemis/DD«, stand unter dem Bild in Lenz' locker fließender Männerschrift (die Mene trotz aller Vertrautheit ein wenig anders vorkam als früher). Eine andere Zeichnung zeigte den großen Hirsch, dessen riesiges Geweih auch hier ausschlug wie eine frisch erblühte Baumkrone. »Der Herr der Tiere«, war die Figur betitelt, während eine weitere fantastische Gestalt, deren Name »Baphomet« lautete und die Mene vage vertraut vorkam, eine Art Teufel mit Ziegenkopf, Fledermausflügeln und Pentagramm auf der Stirn darstellte.

Auf dem letzten der vier Blätter, bei denen es sich wohl nur um die Vorlagen für die zuletzt gefertigten Figuren handelte, war ebenfalls eine geflügelte Gestalt zu sehen – diesmal eine Frau. Auch bei ihr schien es sich um eine mythische Figur zu handeln, die mit der Linken einen kleinen Hirsch am Hals packte, der auf den Hinterbeinen stand, und mit der Rechten eine Art Panther, der hilflos in der Luft zappelte. Der Name der Figur lautete »Potnia theron«.

Theron, theron, theron. Als Tierärztin wusste Mene, dass »theria« ein griechisches Wort für »Tiere« war, wovon »theron« möglicherweise eine andere grammatikalische Form darstellte. Doch wofür »Potnia« stand, konnte sie beim besten Willen nicht sagen. Auch dass Lenz sich für die griechische Götterwelt und andere alte Sagengestalten interessierte, war ihr neu.

Sehr merkwürdig alles, dachte sie. *Aber wie Brenner gesagt hat, echt beeindruckend. Kein Wunder, dass es ihm leidtat, dass sie hier alles in Schutt und Asche gelegt haben.*

Als sie den Blick abermals durch den Raum schweifen ließ, entdeckte sie in der Ecke hinter dem Arbeitstisch auch das Elfenbein, aus dem Lenz die Figuren schnitzte.

Mehrere Stücke davon, die zusammen bestimmt zwei komplette Elefantenstoßzähne ergaben, lagen in einem länglichen Karton, der – offenbar mit ein paar Brettern Laminat als Tarnung – aus Frankreich nach Deutschland geliefert worden war. Aus den Frachtaufklebern ließen sich keine besonderen Schlüsse ziehen, doch auf einer Klappe prangte ein Sticker mit einem großen roten Logo auf weißem Grund: »DD«, stand dort, wie auf einer der von Lenz beschrifteten Zeichnungen.

»Wirklich sehr merkwürdig alles«, murmelte Mene, verließ schließlich den nach Tieren, Schießpulver und Chemikalien riechenden Raum und zog die Tür hinter sich zu. Während sie von beiden Seiten des Plateaus von den Dohlen beobachtet wurde, die anscheinend auf den umliegenden Baumwipfeln darauf warteten, ihr unterbrochenes Mahl fortsetzen zu können, rief sie zuerst noch mal bei Brenner und dann erneut bei Lenz an.

Doch bei beiden hatte sie wieder kein Glück.

3

Die Uhr in Menes Kombi zeigte bereits nach drei an, als sie in den Berchtesgadener Talkessel zurückkehrte. Doch obwohl Brenner immer noch kein Lebenszeichen von sich gegeben hatte, scheute sich Mene weiterhin, beim Nationalpark anzurufen. Vielleicht nun, da sie sich Brenners Rat widersetzt und sowohl in Lenz' Wohnung als auch in seiner Hütte gewesen war, sogar noch ein wenig mehr als vorher.

Hauptsächlich, weil ihr nichts anderes einfiel, fuhr sie ein zweites Mal bei Brenners Wohnung am Reitbichl vorbei. Durch die Fenster bot sich allerdings das gleiche Bild wie zuvor, und auch ein Nachbar, der im Garten gegenüber sein Beet bepflanzte, hatte Brenner nicht gesehen.

Mene wollte gerade das Auto anlassen, um der Vollständigkeit halber auch noch mal bei Lenz' Wohnung vorbeizuschauen, als endlich ihr Handy klingelte. Es waren aber weder Brenner noch Lenz, sondern Nationalparkdirektorin Stoll.

»Hallo, Frau Stoll«, sagte Mene. »Ich wollte Sie eigentlich auch längst anrufen.«

»Hallo, Mene, weswegen denn?«

»Weil ich Brenner einfach nicht erreichen kann. Wir … wir wollten eigentlich gestern schon telefonieren. Aber bis jetzt habe ich immer noch nichts von ihm gehört. Ist er … ist er denn beim Dienst?«

»Nein, er hat sich krankgemeldet, was sehr ungewöhnlich ist, weil er meines Wissens nach nie krank wird«, erklärte Stoll. »Er will höchstens mal einen freien Tag, wenn was mit seiner Mutter ist. Aber dann sagt er das normalerweise auch.«

»Okay«, erwiderte Mene mit einem komischen Gefühl im Bauch, aber gleichzeitig froh, endlich mehr zu erfahren. »Wissen Sie, ob er bei der Geschichte mit den Steinböcken weitergekommen ist? Gibt es da was Neues?«

»Nein, außer dass die Tiere wohl wirklich schon in der Nacht erlegt wurden, was das Ganze noch etwas seltsamer macht, eigentlich nichts. Aber nachdem er sich bei Rita krankgemeldet hatte, ließ er sich noch mal zu mir durchstellen. Und dann haben wir ein sehr, sehr merkwürdiges Gespräch geführt.«

»Okay«, erwiderte Mene mit tonloser Stimme, während sie Brenners Nachbar beim Pflanzen seiner Rosen zusah. »Was meinen Sie damit?«

»Ich wollte dich eigentlich schon früher anrufen, kam aber nicht dazu«, antwortete Stoll. »Du kannst dich doch noch erinnern, wie Luchs gefunden wurde.«

»Ja, in einer Grube unter einem Wurzelteller«, sagte Mene leise, während sie das Gefühl hatte, die Handgriffe des unter einen breiten Strohhut gebückten Mannes – das Buddeln, das Einsetzen, das Festdrücken – würden mit jeder Bewegung etwas langsamer. »Mit seinen ... mit seinen Geschwistern.«

»Und du erinnerst dich auch, dass es Tierfraß an den toten Jungen gegeben hatte«, fuhr Stoll fort. »Nur Luchs war heil, wenn auch mit ein paar Verletzungen an Maul und Tatzen. Bei den anderen hatte man sich ziemlich ausgiebig bedient.«

»Ja, Füchse, Marder, Raben und andere Tiere wahrscheinlich«, betete Mene herunter, als würde sie wie früher im Kommunionsunterricht einen Rosenkranz aufsagen. »Vielleicht auch aus Verzweiflung Luchs selbst, nachdem die anderen schon an Hunger und Schwäche gestorben waren. Aber das hielten wir für eher unwahrscheinlich.«

»Genau«, sagte Stoll. »Trotzdem haben wir Brenner bewusst nichts davon gesagt, weil ich Angst hatte, in seiner düsteren Stimmung damals bringt ihn das vielleicht durcheinander. Bei den Adlern, auf die er aufpasst, ist es ja manchmal so, wenn die Nahrung knapp ist …«

»Kainismus, natürlich«, trug Mene wieder wie automatisch vor, als sei sie diesmal nicht in der Kirche, sondern bei einer Prüfung an der Uni. »Genetisch angelegter Brudermord. Nach dem Brudermörder aus der Bibel, dem ersten Mörder überhaupt. Für Gläubige der Urheber alles Bösen.«

»Ja, genau«, bestätigte Stoll, vielleicht eine Spur irritiert, dass Mene ihr auf jede Frage mit einem kleinen Referat antwortete. »Aber bei Luchsen nicht bekannt, weswegen ich Angst hatte, Brenner könnte einen falschen Eindruck von seinem Schützling bekommen. Trotz seiner harten Schale ist er ja viel sensibler, als man denkt. Und dich habe ich damals auch gebeten, diesen Teil von Luchs' Herkunft zu verschweigen.«

»Ja, und ich habe ihm auch nie etwas davon gesagt. Und … und jetzt?«

»Jetzt hat mir Brenner aus dem Nichts genau danach Fragen gestellt«, erwiderte Stoll in verwundertem Ton. »Er wollte wissen, wie Luchs damals gefunden wurde. Und ob es möglich sei, dass er seine Geschwister getötet habe?«

»Luchs … seine Geschwister?«

»Ja – ich habe keine Ahnung, wie er plötzlich darauf kommt. Ehrlich gesagt klang er ziemlich fahrig und seltsam. Als sei er so aufgewühlt, dass er nicht genau weiß, was er redet. Habt … habt ihr beide über irgendwas in der Art gesprochen?«

»Nein, haben wir nicht«, antwortete Mene. »Noch nie.«

»Auch nicht, als … Mir ist nur aufgefallen, dass ihr euch bei der Pressekonferenz ziemlich intensiv unterhalten habt. Ist dir dabei vielleicht was rausgerutscht, ohne dass du es gemerkt hast? Vielleicht wegen der Auswilderung?«

»Nein, wir haben über etwas anderes geredet. Da ging es nicht um Luchs.«

»Okay. Ich will auch nicht neugierig erscheinen oder so. Ich dachte nur vielleicht … aber dann nicht. Jedenfalls …«

»Jedenfalls?«

»Jedenfalls wollte er auch wissen, ob du davon gewusst hast.«

»Ich?«

»Ja, und ich wollte ihn ungern anlügen.«

»Was … was haben Sie ihm gesagt? Dazu, wie Luchs gefunden wurde, meine ich.«

»Das Gleiche, was du eben gesagt hast. Andere Tiere wahrscheinlich, Luchs eher unwahrscheinlich. Und Geschwistermord praktisch außer Frage.«

»Und was hat er dazu gesagt?«

»Er hat nur darauf beharrt, dass ich es aber eben nicht genau wisse.«

»Okay.«

»Da ist mir dann der Kragen geplatzt, und ich habe versucht, ihm den Kopf zu waschen. Selbst wenn Luchs zum Überleben an seinen Geschwistern gefressen hätte oder wenn er sogar eins von ihnen auf dem Gewissen haben sollte – so ist die Natur halt. Luchs ist kein Mensch, sondern ein Tier. Ich habe das Gefühl, Brenner scheint das manchmal zu vergessen. Und im Tierreich gibt's nun mal keine Gnade. Die ist eine Erfindung von uns Menschen.«

»Was hat er darauf geantwortet?«

»Das war eigentlich der verrückteste Teil«, erwiderte Stoll, wobei Mene praktisch vor sich sehen konnte, wie sie ihr weises Haupt schüttelt. »Er habe schon Gnade von einem Tier erfahren, hat er gesagt, und Luchs auch. Die Frage sei nur, was genau dahinterstecke.«

»Was dahinterstecke? Okay …«

»Ja, und dann hat er einfach aufgelegt. Kannst du damit etwas anfangen?«

»Mit Gnade und einem Tier? Nein, auf Anhieb ehrlich gesagt nicht.«

»Du hörst dich offen gesagt auch nicht vollkommen auf dem Damm an, Mädchen. Ist alles in Ordnung mit dir?«

»Ja, ich hatte nur einen anstrengenden Tag gestern und eine unruhige Nacht. Aber sonst … sonst ist alles okay.«

»Na gut, dann will ich dich nicht länger an deinem freien Tag stören. Tut mir leid, wenn ich dich mit Brenner irgendwie in Schwierigkeiten gebracht habe. Das Klügste wäre gewesen, ihm gleich von Anfang an die Wahrheit zu sagen. Lügen haben nun mal kurze Beine.«

Stoll seufzte bedauernd und fuhr dann fort:

»Wenn du ihn sprichst, sag ihm, wenn ihn die Auswilderung und vielleicht auch die Tatsache, dass irgendwelche Möchtegernindianer im Park ihr Unwesen treiben, zu schaffen macht, dann kann er gerne eine Woche freinehmen. Die Sache mit den Steinböcken ist streng genommen sowieso Aufgabe der Polizei, und in so einem Zustand wäre es besser, wenn er es dabei belässt. Am liebsten wäre mir, er würde die Tage noch mal reinkommen, vielleicht wenn er sich ein bisschen beruhigt hat, und wir würden über alles in Ruhe reden – gerne auch mit dir zusammen.«

»Okay, das sag ich ihm. Einen schönen Tag noch, Frau Stoll.«

»Einen schönen Tag, Mene.«

Mit zitternden Fingern drückte Mene auf den Beenden-Button und ließ das Handy in den Schoß sinken. Mit den seltsamsten Gefühlen kämpfend, starrte sie einen Moment lang auf den bunten Touchscreen. Dann scrollte sie zu Brenners Nummer zurück und wartete, bis wieder die Mailbox anging.

»Hallo, Brenner«, sagte sie. »Ich habe eben mit Stoll gesprochen und gehört, worüber ihr geredet habt. Vielleicht rufst du ja deshalb nicht bei mir an, auch wenn ich das nicht wirklich verstehen kann. Es gibt … es gibt da aber noch was anderes bei der Sache, was wirklich komisch ist. Ehrlich gesagt macht es mir ein bisschen Angst, deshalb bitte ich dich jetzt noch mal, mich unbedingt zurückzurufen. Ich … ich war auch oben in Lenz' Hütte und habe mich dort umgesehen. Jetzt stehe ich bei dir vor der Tür und fahre als Nächstes bei Lenz' Haus überm Frauenberg vorbei, an der ersten Biegung im Wald. Bitte melde dich endlich bei mir – es ist mir wirklich ernst.«

Mene stand eigentlich nicht mehr der Sinn danach, Privatdetektiv zu spielen, andererseits wollte sie sich irgendwie beschäftigen. Wenn Brenner mit Stoll telefoniert hatte, hatten er und Lenz sich zumindest nicht gegenseitig die Gurgel umgedreht; so wie es sich anhörte, schien sich Brenner ja nicht mal wirklich mit dem Fall zu beschäftigen. Wie er ausgerechnet jetzt auf diese Fragen zu Luchs kam und warum ihn das so umtrieb, wusste sie genauso wenig wie Stoll. Für sie selbst allerdings war das alles noch weitaus seltsamer als für die Parkdirektorin.

Mene starrte mit verwirrtem Gesicht die Straße hinab, bis der gärtnernde Nachbar ins Haus ging, sie immer noch vor Brenners Wohnung stehen sah und freundlich winkte. Mit langsamen Bewegungen, die ihr genauso zeitversetzt und unwirklich vorkamen wie seine vorhin beim Pflanzen, winkte sie zurück.

Komischerweise ging ihr der Begriff »Berchtesgadener Anomalie« nicht aus dem Kopf. Wohl weil das Gefühl, das sie gerade hatte, jenem unheimlichen Schauer ähnelte, der durch ihr Inneres gerieselt war, als Diane von den okkulten Beschäftigungen der Nazis und der Störung im hiesigen Magnetfeld erzählt hatte, die dann später tatsächlich gefunden wurde. Nur betraf der höchst merkwürdige Zufall sie diesmal ganz persönlich und ließ sich nicht so einfach als im Internet zusammengebraute Verschwörungstheorie oder kurioses historisches Detail abtun.

In dem Traum, der sie gestern Nacht so verstört hatte, hatte sie zusammen mit drei anderen Luchsjungen in der Grube unter einem Wurzelteller darauf gewartet, dass ihre Mutter wiederkam. Bis schließlich der rasende Hunger, der sich wie ein aus der regenfeuchten Erde aufsteigender Dunst dort unten ausbreitete, zur Katastrophe führte. Noch jetzt konnte sie spüren, wie die große Pranke auf ihrer Kehle lag, und ihr Gegner begann, große Stücke aus ihr herauszureißen, noch bevor es wirklich mit ihr zu Ende war.

Unwillkürlich blickte sie auf ihren Bauch hinab und erwartete halb, statt des fröhlichen bunten Aufdrucks der »Vétérinaires Sans Frontières«, den ihr T-Shirt trug, eine klaffende Wunde zu sehen, aus der sich Blut und Gedärme über ihren Schoß ergossen. Mit beiden Händen packte sie fest das Lenkrad und atmete mehrmals tief durch, bevor sie den Wagen startete.

Was sie alles bei Lenz oben in der Hütte gefunden hatte, war merkwürdig genug; doch die unheimliche Verbindung, die zwischen ihrem entsetzlichen Traum und der Realität zu bestehen schien, fand sie noch viel eigenartiger. Nach Hause zurückkehren und in der Stille ihrer Wohnung über diese Dinge nachgrübeln, wollte sie auf keinen Fall. Aber vermutlich fuhr sie auch bei Lenz vorbei und hatte Brenner dieses Vorhaben so genau angekündigt, weil sie hoffte, das könnte ihn veranlassen, dort ebenfalls hinzukommen. Denn mehr als alles andere in der Welt wünschte sie sich jetzt, endlich mit ihm zu reden.

Als Mene losfuhr, trat der Nachbar erneut aus dem Haus; er hatte wohl nur kurz etwas getrunken. Freundlich wie er war, winkte er nun auch noch mal zum Abschied, was sie mit gezwungenem Lächeln erwiderte.

So war es Mene noch unmöglicher als ohnehin schon in ihrem Zustand, den Verfolger zu bemerken, der sich an ihre Fersen heftete. In einigem Abstand der gut sichtbaren Karosse ihres weißen Kombis folgend, setzte er alles daran, sie auf dem schmalen, sich abwärts durch offene Wiesen schlängelnden Schablweg nicht aus den Augen zu verlieren.

4

Lenz' Häuschen, das etwas zurückgesetzt an einer waldigen Biegung oberhalb des Frauenbergs lag, war genauso verlassen wie vor ein paar Stunden, und auch Brenner tauchte dort nicht auf. Mene lehnte in der Einfahrt an der Haube ihres Autos und warf alle zwei Minuten einen Blick auf ihr Handy, obwohl sie auf volle Lautstärke gestellt hatte und eigentlich nichts verpassen konnte. Die vertraute weiße Fassade, die grün gestrichene Tür und die angeschimmelte blaue Plane über dem Motorrad neben der Einfahrt, bei dem es sich wahrscheinlich immer noch um dasselbe wie früher handelte, erinnerten sie an die vielen Tage und Stunden, die sie hier verbracht hatte.

Einmal hörte sie ein Knacken im angrenzenden Wald, worauf ihr Herz sofort einen Satz machte, als schleiche sich ein Ungeheuer an. Doch insgesamt schaffte es die vertraute Umgebung, sie etwas mehr auf die Erde zurückzuholen und die verschobenen Grenzen zwischen Traum und Realität, die sie vorhin so verstört hatten, wieder etwas zurechtzurücken. Sie war schließlich Wissenschaftlerin und wusste, dass selbst Phänomene, die auf den ersten Blick jeder Vernunft zu widersprechen schienen, am Ende meist eine vollkommen natürliche Erklärung hatten.

Luchs war gerade ausgewildert worden, seine Mutter war möglicherweise Wilderern zum Opfer gefallen, und dann platzte direkt in die Freilassung die Nachricht, dass es auch im Berchtesgadener Nationalpark wieder zu einem Akt der Wilderei gekommen war, diesmal sogar einem besonders bizarren und grausamen. Brenners Familiengeschichte und düsteren Erlebnisse, seine Konfrontation mit Lenz, dann ihr Geständnis auf dem Obersalzberg: Vielleicht hatte er sich gestern Abend tatsächlich einen angetrunken, und aus all diesen Elementen und dem anscheinend nur knapp entgangenen Angriff auf sein Leben war dann diese Frage entstanden – und bei ihr über ähnliche Wege ihr eigenartiger Traum, in dem ebenfalls ihr Leben bedroht wurde. »Verschiebung« nannte sich so etwas in der Psychologie, wenn sie sich recht erinnerte. Und obwohl sie in der Regel froh war, dass sie sich bei ihren eigenen Behandlungen auf besser greifbare Zusammenhänge und Wirkmechanismen konzentrieren konnte, klang das vom Prinzip her doch eigentlich ganz plausibel.

Blieb Lenz' erstaunliche zweite Existenz als wildernder Ausnahmekünstler, mit der sich ihre Gedanken nun wieder freier beschäftigen konnten. Obwohl sie sich besser fühlte, hatte sie immer noch keine Lust, nach Hause zu fahren, und so ging sie zum Hintereingang des vertrauten kleinen Häuschens, um auch dort noch mal durch die Scheiben zu gucken.

Die Glastür zur Küche wurde ähnlich selten geputzt wie Brenners Fenster. Doch als Mene ein kleines Guckloch freirieb, sah sie im Innern auf dem erhöhten Bartisch neben dem Eingang eine Flasche mit auffälligem Etikett.

Das Etikett trug die gleichen großen zwei roten Ds, die sie auf dem Paket mit dem Elfenbein bemerkt hatte und die Lenz unter die Zeichnung mit der Bogenschützin gesetzt hatte. Eine ähnliche Schützin, wenn vielleicht in stärker stilisierter Form, war auch hier unter den Ds abgebildet. Als weiterer Zusatz stand jedoch nicht »Artemis«

unter der Figur, wie auf dem Blatt in Lenz' Hütte, sondern, wenn Mene es richtig erkennen konnte, der andere griechische Name, der ihr vorhin schon Rätsel aufgeben hatte: Potnia theron.

Hatte Mene eben das Gefühl, zurück in der Realität angekommen zu sein, spürte sie nun wieder einen Zug in die andere Richtung. Das lag zum einen sicher an den wie in einem Krimi ausgelegten Hinweisen aus rätselhaften Kürzeln, Zeichnungen und Wörtern, auf die sie auf Schritt und Tritt stieß. Mehr noch aber an der zierlichen, zugleich aber eine enorme athletische Spannung und Energie ausstrahlenden Figur, die auf der Flasche abgebildet war.

Vorhin schon bei Lenz war ihr etwas an dieser Gestalt bekannt vorgekommen. Nicht so deutlich wie die Züge ihres eigenen, bis ins Detail herausgearbeiteten Gesichts, aber doch bemerkbar. Und jetzt hatte sie wieder diesen Eindruck.

Erneut knackte etwas hinter Mene im Wald – oder vielleicht sogar in den Bäumen? Diesmal schreckte sie nicht nur auf, sondern suchte aufmerksam mit den Augen die dichter werdenden Nachmittagsschatten zwischen den Stämmen ab.

»Hallo? Ist da wer?«

Gott, was ist nur mit mir los?, dachte sie dann nach einem Moment, als sie wieder nur Stille zur Antwort bekam. *Das hier ist Berchtesgaden. Das beschauliche kleine Berchtesgaden, Pforte zum schönen Königssee. Und ich führ mich auf, als sei ich in einem Horrorfilm gelandet.*

Trotzig schüttelte sie den Kopf und drehte den großen flachen Stein um, der wie früher am Ende des schmalen

Kiesbetts lag, das sich neben dem Eingang die Wand entlangzog. Genau wie sie erwartet hatte, versteckte Lenz dort immer noch seinen Zweitschlüssel.

5

Lenz hatte sich keine kleine Truhe angeschafft, in der er seine Erinnerungen sauber wegschließen konnte. Sie befanden sich an ihren alten Plätzen: das Foto von ihnen von ihrem Ausflug an den Gardasee, die Hasenpfote, die sie ihm vor der Prüfung zum Parkranger geschenkt hatte, selbst die ungeschickt gezeichnete Blume mit Herz und aufgedrücktem Kussmund, die sie ihm einmal als Dank für all seine kleinen künstlerischen Aufmerksamkeiten an den Kühlschrank geklebt hatte.

Mene schmerzte es zu sehen, dass Lenz immer noch so sehr an der Zeit mit ihr zu hängen schien. Gleichzeitig verstärkte es den Verdacht, sein Angriff auf Brenner könne doch etwas mit ihr zu tun haben. Hatte sie sich durch Brenners merkwürdigen Anruf bei Stoll zu leicht von der Möglichkeit, dass die beiden erneut aneinander geraten waren, ablenken lassen?

Was, wenn Lenz wieder auf Brenner losgegangen war? Und dieser ihm, diesmal auf den Angriff gefasst, genauso in Notwehr etwas angetan hatte wie jenen Verbrechern damals in Österreich? Hatte sie zu Lenz vielleicht mal etwas über Luchs gesagt, womit dieser Brenner provozieren wollte?

Was sie auch jetzt wieder schnell von solchen Gedanken ablenkte, waren die vielen Flaschen mit dem roten Logo und der merkwürdig vertraut wirkenden Bogenschützin, die überall in der Wohnung standen. In der Küche, dem Wohnzimmer, dem kleinen Essbereich, selbst im Schlafzimmer. Hier standen neben der fast vollständig geleerten Flasche, die dem Geruch nach zu urteilen den gleichen starken Kräuterbrand enthielt wie in der Hütte, auch zwei leere Gläser.

Mene nahm eins der Gläser vom Nachttisch und betrachtete die auf dem Boden eingetrockneten grünen Reste. Gleichzeitig fiel ihr Blick auf das zerwühlte Bett – sowie unwillkürlich auf gewisse Flecken, die dort ebenfalls in die weißen Laken eingetrocknet waren.

Die haben nun ganz bestimmt nichts mehr mit mir zu tun, dachte sie und bekam zum ersten Mal das Gefühl, auf unzulässige Weise in die Privatsphäre ihres Ex-Freunds einzudringen, egal, wie dieser inzwischen sein Geld verdiente und sich Brenner gegenüber verhalten hatte. Sie war schon auf dem Weg aus dem Schlafzimmer, um das Haus eilig wieder zu verlassen, als ihr Blick auf den schmalen Tisch an der hinteren Wand des Raums fiel, den Lenz offenbar nach wie vor als Schreibtisch verwendete. Wie zu der Zeit, als Mene hier ein und aus gegangen war, stand dort sein Laptop.

Es handelte sich nicht mehr um dasselbe Gerät wie früher, doch wie damals war es nur halb zugeklappt. Wie Mene an dem kleinen grünen Licht an der Seite erkannte, als sie näher trat, hatte Lenz auch seine alte Gewohnheit beibehalten, den Computer nie auszuschalten.

Mit pochendem Herzen streckte Mene die Hand nach dem Laptop aus, da ließ sie erneut ein Geräusch herumfahren – *und dort, war da nicht was am Fenster?*

»Lenz?«, rief sie laut, während sie am Bad vorbei zur halb offen gelassenen Tür in der Küche und hinaus in den Garten eilte. »Lenz, bist du hier?«

Doch nichts – höchstens ein zarter Windhauch, der jetzt zum nahenden Abend durch den Berchtesgadener Talkessel kreiste. Leise brachte er die Zweige der umstehenden Bäume zum Rascheln. Zwischen ihren schattigen Stämmen konnte Mene jedoch wie zuvor nichts Auffälliges entdecken.

Einmal mehr checkte sie vergeblich die Telefon- und Nachrichtenicons auf ihrem Handy und sah, dass es schon nach sechs war. Das war die Zeit, wenn auch Leute ohne geregelten Beruf oft von ihren Erledigungen nach Hause zurückkehrten – und was sollte sie dann sagen?

Sie war weiterhin überzeugt, dass Lenz ihr unter keinen Umständen etwas tun würde, und die rührende Art, mit der er nach so langer Zeit ihre Geschenke aufbewahrte, schienen sie in dieser Überzeugung zu bestätigen. Allerdings ging er offenbar nicht gerade sehr vernünftig mit seiner seelischen Gesundheit um, hatte sich schon gegenüber Brenner zu einem überraschenden Gewaltausbruch hinreißen lassen – und dann war da vielleicht auch noch ein neuer weiblicher Einfluss in seinem Leben …

Mene wusste, dass sie einfach nach Hause fahren sollte. Etwas zog sie jedoch mit so unwiderstehlicher Kraft in das kleine Häuschen zurück, dass ihr abermals der Begriff der Berchtesgadener Anomalie in den Sinn kam – mit ihren angeblich so machtvollen unsichtbaren Magnetstrahlen.

Hatten sich durch Brenners seltsames Verhalten und ihren heimlichen Einblick in Lenz' Seele ihre Sympathien wieder unmerklich verschoben? Und waren es am Ende die unmissverständlichen Zeichen einer neuen Frau, die sie in Lenz' Schlafzimmer entdeckt hatte, die sie so wider alle Vernunft dorthin zurücktrieben?

Nein, glaubte sie, eher war es weiterhin das Rätsel der weiblichen Gestalt auf dem Getränk, das Lenz zu jenen Bacchanalien und auch zu allen anderen Gelegenheiten zu genießen schien, das sie unbedingt lösen wollte.

Mit entschiedenen Schritten ging sie zurück ins Haus, zog die Tür hinter sich zu und setzte sich im Schlafzimmer auf den unbequemen alten Holzstuhl, den Lenz' wie so vieles andere nie ausgewechselt hatte.

Mit dem zugleich bangen und befreienden Gefühl, vielleicht endlich etwas Licht in die geheimnisvollen Geschehnisse der letzten drei Tage zu bringen, klappte sie den Laptop auf.

6

Das Erste, was Mene auffiel, war kurioserweise, dass Lenz wie sie ein Abo bei Spotify zu haben schien: Schon früher hatten sie immer gerne zusammen Musik gehört. Sie widerstand der Versuchung, das zugehörige Icon auf dem Desktop zu öffnen, und auch den brieftragenden Thunderbird-Vogel sowie das Icon mit dem rot eingekreisten Schlüsselloch direkt darunter rührte sie nicht an.

»Hushmail«, stand unter letzterem, und wenn Mene sensible Informationen finden wollte, die Aufschluss über Lenz' Geschäfte geben konnten, dann wäre dieses offensichtlich für verschlüsselte E-Mails gedachte Programm sicher der richtige Ort dafür. Doch obwohl sie eigentlich fest entschlossen war, den Dingen auf den Grund zu gehen, scheute sie sich noch vor einem so massiv die Privatsphäre verletzenden Schritt.

Lieber schaute sie sich bei den anderen Icons um, die auf dem Desktop platziert waren. Google Earth hatte sie auch, weil sie es manchmal mochte, sich irgendwelche weit entfernten Orte auf der Welt von oben anzusehen, und selbst bei den Zeitungen, die Lenz im Netz las, gab es Gemeinsamkeiten. In der rechten oberen Ecke des Desktops waren Ordner mit langweilig klingenden Namen wie »Haus«, »Steuern« und »Versicherung« versammelt. Auch ein Icon von Lenz' altem Schützenverein befand sich hier, obwohl er mit dem Menes Wissen nach nicht mehr viel zu tun hatte.

Interessanter wurde es unterhalb dieses Bereichs: Hier gab es erneut ein Icon, das einer Weltkugel ähnelte, in diesem Fall allerdings weniger stilisiert als bei Googles Satellitensoftware und mit grünen Kontinenten auf lila Grund. Unter dem Symbol stand »Tor Browser«, der, wie Mene wusste, eine verschlüsselte Verbindung zum Darknet aufbaute – einer Art anonymem Internet, das zum Umgehen politischer Zensur, aber genauso zum Handel mit Drogen, Waffen und Schlimmerem genutzt wurde. Um den Tor-Globus waren die Icons einiger der geheimen Marktplätze gruppiert, von denen Mene schon gehört oder gelesen hatte – Wall Street Market, Dream Market und Agora. Ebenso gab es dort ein Bitcoin-Wallet, also eine virtuelle Geldbörse für die digitale Währung, die in solchen Märkten meist als Zahlungsmittel diente.

Ein Icon, das zu den Links neben dem Darknet-Browser gehörte, fiel Mene jedoch besonders auf: Es bestand aus den gleichen zwei großen roten Ds, wie sie auf den überall in Lenz' Wohnung verteilten Flaschen prangten.

Neugierig klickte Mene das Icon an – wurde aber sofort in ihrem Wissensdrang gestoppt. Drei stilisierte, am Halsansatz vereinte schwarze Hundeköpfe erschienen auf dem Bildschirm, daneben der Schriftzug »Cerberus«. Unter einem kleinen Eingabefeld wurde man aufgefordert, ein Passwort einzutippen:

Sorry, this website can only be accessed by trusted members of the DD community. Please enter your personal password to proceed.

Beim Anblick des dreiköpfigen Höllenhundes, das die vorgeschaltete Sicherheitssoftware als Logo verwendete, musste Mene unwillkürlich an Dianes Wolfshund und die schwarze Hundemaske denken, die Lenz laut Brenner bei seinem Angriff getragen hatte – auch wenn der dritte Hundekopf im Bunde fehlte. Nach kurzem Nachdenken gab sie »Artemis« ein, weil das auf der Skizze in Lenz' Hütte neben den zwei Ds gestanden hatte. Doch das Einzige, was sich änderte, als sie die Entertaste drückte, war der Spruch unter dem Eingabefeld:

Sorry, your password is incorrect. You have two more tries.

Mene runzelte die Stirn und probierte es dann mit »Potnia theron«, dem rätselhaften griechischen Namen auf dem Etikett der Flaschen, von denen auch wieder eine auf dem Schreibtisch stand. Zu spät ging ihr auf, dass keine dieser Lösungen wirklich sehr persönlich war, und erneut änderte sich nur die Botschaft unter dem Feld:

Sorry, your password is incorrect. This is your last try.

Na gut, ihr Spielverderber, dann eben etwas Persönlicheres, dachte Mene und tippte als letzten Versuch »Lenz87« ein. Gerade wollte sie auf Enter drücken, da fielen ihr das Foto, die Hasenpfote und die verblasste Zeichnung am Kühlschrank ein. Sie löschte die Kombination aus Lenz' Vornamen und Geburtsjahr und gab ihren eigenen, in voller Länge ausgeschriebenen Vornamen ein, mit dem Lenz sie früher immer so gerne aufgezogen hatte: Philomene.

Und tatsächlich: Einer der Hunde gab ein kurzes Bellen von sich, und die Seite öffnete sich.

Auf dem schwarzen Bildschirm erschienen zwei große, leuchtend rote und leicht nach rechts geneigte Ds. Darunter wurden zwei kleiner geschriebene weiße Schriftzüge eingeblendet:

Diane the Divine – Godess of the Hunt

Trophies of exceptional, protected and sacred animals, pursued with passion and taken at any price.

Mene staunte noch über die Auflösung des rätselhaften Kürzels – Diane die Göttliche, Göttin der Jagd – und über die Tatsache, dass der geschützte Link ins Darkweb sie wohl tatsächlich auf eine Website leitete, auf der Trophäen von »außergewöhnlichen, geschützten und heiligen« Tieren angeboten wurden – mit Leidenschaft gejagt und um jeden Preis erlegt. Da trat aus dem schwarzen Hintergrund die professionelle Aufnahme einer Bogenschützin im Profil hervor: mit gespanntem Hightech-Bogen, knapper Tarnshorts, engem Top und – wie es sich im Darknet vielleicht gehörte – blau schimmerndem Mondlicht auf Kleidung und Haut.

Die Gestalt hatte auf den ersten Blick nur wenig mit jener antik wirkenden Figur zu tun, die Mene vorhin als zerbrochene Skulptur und Skizze in Lenz' Hütte und jetzt auf all den Flaschen in seiner Wohnung entdeckt hatte. Trotzdem löste sie dasselbe befremdliche Gefühl des Wiedererkennens aus; als das Foto schließlich vollständig aus der Dunkelheit hervorgetreten war, sogar noch intensiver als bei den anderen Gelegenheiten.

Da war wieder der zugleich zierliche und athletische Körperbau, der Ausdruck von Selbstsicherheit, Stärke und Entschlossenheit, den Lenz' so gut eingefangen hatte, und wenn auch das Gesicht mit Tarnschmiere geschwärzt und genauso wenig klar zuzuordnen war wie bei Skulptur und Zeichnungen, so gab es noch andere frappierende Details. Der hochmoderne Bogen glitzerte silbern im blauen Licht, so wie vor zwei Tagen ein anderes bogenförmiges »Instrument« im Licht der Scheinwerfer, im Haar der schönen Schützin, das wie der ganze Kopf wohl absichtlich mit Schatten belegt war, glaubte Mene trotz dieser eine kleine funkelnde Silbersichel zu erkennen – und dann war da natürlich der Name!

Diane die Göttliche. Was um alles in der Welt geht hier nur vor?

Wieder hatte Mene das Gefühl, von unsichtbaren Schlingen erfasst und in eine andere Welt hineingezogen zu werden, in der sich Traum und Realität auf unzulässige Weise vermischten und nichts war, wie – oder was – es schien. Sie hatte einen flauen Magen, und etwas in ihrem Innern fühlte sich genauso überspannt an wie die Sehne des silbernen Bogens vor ihren Augen – oder die Saiten der großen silbernen Harfe, deren rieselnde Zauberklänge sie vorgestern so in den Bann gezogen hatten. Hätte die Gestalt auf dem Bildschirm sich aus dem blau schimmernden Profil gedreht und mit höhnischem Lächeln auf sie angelegt, auch das hätte sie wahrscheinlich nicht mehr wirklich gewundert.

Gleichzeitig kam ihr das dann doch alles ein wenig zu abgedreht vor, und angesichts der bizarren Absurdität dessen, worauf sie hier gestoßen war, regten sich ihr Trotz und ihr natürlicher Hang zur Logik, der düstere Doppelgänger im Darknet ebenso wenig einfach hinnehmen wollte wie auf unheimliche Weise mit der Wirklichkeit verbundene Träume. Einen mulmigen Blick zum Fenster werfend, durch das plötzlich bereits viel weniger Helligkeit zu dringen schien als noch vor einer Minute, zugleich aber stur die Brauen runzelnd, klickte sie auf die am oberen Rand eingeblendete Menüleiste, um mehr über ihren merkwürdigen Fund zu erfahren.

Zuerst klickte sie die ganz vorne in der Leiste stehenden »Trophies« an – bei denen es sich tatsächlich um genau das zu handeln schien, was auf der Eingangsseite der Website angekündigt war. Eine Katalogseite mit vielen etwa diagroßen Fotos öffnete sich, die wie das Kuriositätenkabinett eines auf dem gesamten Globus aktiven Großwildjägers wirkte.

Der Kopf eines mächtigen Löwen war zu sehen, ebenso Kopf und Hände eines großen Gorillas, das Haupt eines weißen Nashorns, Fell und Kopf eines weißen Büffels, ein Amurleopard, seltene Antilopen, im Ganzen oder nur als Kopf präparierte Bären und Wölfe, ein prächtiger Mandrill, wahrhaftig ein Okapi und ein alter Orang-Utan, viele Tiger und weitere Löwen, ein Kondor, verschiedene weitere Büffel, Böcke und Wildschafe, ein schwarzes Nashorn, einige Elefanten, ein Puma, seltene Wolfsarten, Schakale und Luchse, ein riesiges Wildschwein, ein Eisbär, ein Tapir, und, und, und, und. Weiter unten tauchten auch Adler, Auerhähne und andere Präparate auf, die durchaus aus Lenz' Beständen stammen konnten – doch gegen das, was hier zusammengetragen war, wirkte die kleine verwüstete Sammlung oben in seiner Hütte wie das winzige Beiboot einer Queen-Mary-großen Arche Noah.

Einer Arche Noah mit ausgestopften Tieren wohlgemerkt, deren Fracht offenbar für Jäger und Liebhaber gedacht war, denen normale Trophäen von großen und gefährlichen Tieren zu gewöhnlich geworden waren. Als Mene zurück nach oben scrollte und auf das erste Foto mit dem Löwen klickte, erkannte sie, dass das Tier im vollständigen Zustand tatsächlich geradezu sagenhaft riesig gewesen war, sodass die erneut in grau-schwarze Tarnfarben gekleidete Amazone, die mit ihrem silbernen Bogen in der Hand und einem Nachtsichtgerät auf der Stirn mit einem Bein auf seinem Nacken kniete, geradezu zwergenhaft klein dagegen wirkte. Zuerst dachte Mene an eine Fotomontage, so sehr erinnerte sie die Szene an einen Trickfilm, den sie mal als Kind gesehen hatte und bei dem Kinder durch einen Schrank in eine Märchenwelt gelangten, in der auch irgendwann ein gigantischer Löwe auftauchte. Doch so, wie das erneut an den entscheidenden Stellen dunkel bleibende Mondlicht auf der Szene lag und die feinen Schatten des Steppengrases auf das helle Fell fielen, konnte das Bild nur echt sein.

Auch der stolze Preis – 26.000 Dollar – sprach für die Echtheit, ebenso wie die in einem kurzen englischen Text geschilderte Herkunft. Das riesenhafte Exemplar des Königs der Tiere stammte zwar aus keinem Märchenland, schien aber von einem Stamm in Botswana als so etwas wie eine lokale Gottheit verehrt worden zu sein, was Mene aufgrund ihrer eigenen Erfahrungen in afrikanischen Ländern leicht glauben konnte – und den eitel zur Schau gestellten Abschuss noch frevelhafter machte.

Am Ende des Texts fiel Mene zum ersten Mal ein in Klammern stehender Zusatz auf, dem sie allerdings noch keine große Beachtung schenkte, weil sie dafür nach wie vor zu verwirrt war und zu schnell zum nächsten Angebot kommen wollte. Dieses stammte ebenfalls aus Afrika, diesmal aus dem Virunga-Nationalpark in Ruanda, und stellte laut Text die Überreste des Sohnes des berühmten Senkwekwe dar, eines großen Berggorillas, dessen Foto nach seiner Ermordung um die Welt gegangen war und für viel Aufmerksamkeit gesorgt hatte. Erneut war das Tier wohl vor allem deshalb als Beute ausgewählt worden, weil ihm von der lokalen Bevölkerung eine besondere Verehrung entgegengebracht wurde – was sogar noch mehr bei der nächsten Trophäe der Fall war, dem Fell eines weißen Büffelkalbs. Von vielen modernen Indianerstämmen in den USA war das ungewöhnlich gefärbte Tier anscheinend als so etwas wie ein Heiland auf vier Beinen betrachtet worden, dem die göttliche Diane offenbar mitten auf der Ranch, auf der er gehütet wurde wie ein Augapfel, mit ihren tödlichen Pfeilen den Garaus gemacht hatte.

Vielleicht auch deshalb war der Preis noch ein ganzes Stück höher als bei dem Löwen, und wieder fand sich der in Klammern gesetzte Zusatz am Ende des Texts. Doch erneut schüttelte Mene ungläubig den Kopf und klickte hastig weiter, bevor ihr die Bedeutung der abgekürzten Ergänzung wirklich klar wurde.

Nicht bei allen Tieren schien es sich um so etwas wie eine lokale Gottheit oder Berühmtheit zu handeln, viele waren auch einfach nur besonders groß, schön, selten oder streng geschützt. Insgesamt wirkte der riesige Katalog, als wollte die unermüdliche Jägerin, die auf jedem Schnappschuss dem Betrachter mit unmissverständlichen Besitzerstolz aus ihrem geschwärzten Gesicht entgegenblickte, nicht nur schlicht die prächtigsten, ungewöhnlichsten und am schwierigsten zu erlangenden Trophäen präsentieren. Auch die Haltung, die Mene bei manchen normalen Jägern schon bemerkt hatte – den politisch inkorrekten Trotz gegen die moralische Empörung, mit der Nichtjäger ihrem Tun oft begegneten –, schien die schöne junge Frau auf die Spitze zu treiben.

Beim Anblick eines Fotos mit einem Marco-Polo-Schaf, dessen nach unten geschwungene Hörner als Schaukeln für einen halben Kindergarten hätten dienen können, erinnerte sich Mene an den Fall einer amerikanischen oder kanadischen Jägerin, die auf Schottland ebenfalls mit einer besonderen Schafs- oder Ziegenart posiert und damit einen riesigen Shitstorm ausgelöst hatte. Wenn Mene es noch richtig zusammenbekam, hatte auch diese moderne Amazone eine eigene Website betrieben – und sich sogar mit einem Spruch auf einem T-Shirt, das man dort bestellen konnte, über die naive Abscheu ihrer Kritiker lustig gemacht.

Diese selbsternannte Jagdgöttin schien aber noch mal einen anderen Eifer an den Tag zu legen – und sich noch weniger um menschliche Verbote und Regeln zu scheren. Nachdem Mene einen Steinadler gefunden hatte, der mit dem Bildtext »Austrian Alps, strictly protected« gut aus Lenz' Fundus stammen konnte und auch von der Qualität der Präparierung hinkam, klickte sie noch auf einen Tiger, bei dem es sich um ein ähnliches Ausnahmetier zu handeln schien wie bei dem Löwen am Anfang der Liste. Er stammte aus einem großen Nationalpark in Indien, den sie selbst schon besucht hatte, und wieder stand am Ende des Textes, der das besondere Ansehen des Tiers unter den örtlichen Wildhütern beschrieb, der Zusatz: »(w. casualties)«.

Erst jetzt blieb Mene an den Worten hängen und dachte über ihre Bedeutung nach. »Casualties«, dafür hatte sie genug internationale Artikel über Krieg und Terror gelesen, waren Verletzte und Tote, und das »w.« konnte nur »with« bedeuten. »Mit Verletzten und Toten« also, was bei Wilderei in geschützten Gebieten, wo bewaffnete Wildhüter auf die Tiere aufpassten, durchaus im Bereich des Möglichen lag. Aber wenn das für jede Trophäe gelten sollte, bei der der Zusatz gestanden hatte …

Wie vorhin bei ihrem Telefonat mit Stoll stellten sich die Härchen an Menes Armen auf, und plötzlich merkte sie, dass ihr in ihrem dünnen T-Shirt allmählich kalt wurde. Sie hatte schon öfter gehört, dass das Darknet ein Ort sein sollte, an dem ein Menschenleben wenig wert war – man Auftragskiller bestellen konnte, Videos von allen Gräueltaten der Welt kursierten und sogar virtuelle Räume existieren sollten, in denen man Folter und Mord live beiwohnen konnte. So direkt mit einer Seite in Kontakt zu kommen, die in diese Kategorie zu gehören schien, ließ die Schauergeschichten auf verstörende Weise real erscheinen.

Wieder warf Mene einen Blick hinter sich, wo das Tageslicht noch mehr an Kraft verloren hatte, und wieder wurde ihr bewusst, dass Lenz, der ja anscheinend auf irgendeine Weise in diese unheimliche Geschichte involviert war, jeden Moment heimkommen konnte. Kurz überlegte sie, ob sie es mithilfe des Passworts auch zu Hause schaffen würde, die Seite aufzurufen. Doch dann beschloss sie, sich noch schnell durch die anderen Menüpunkte zu klicken und anschließend schleunigst zu verschwinden.

Unter dem Menüpunkt »Wildlife Products« wurde

von Tiger- und Nashornteilen bis zu Bärengalle und Pangolinschuppen alles angeboten, was auf der Welt an illegalen Tierprodukten zu haben war – auch wenn diese Seite eher als Marktplatz für andere Händler zu dienen schien. Hinter dem Punkt »Pets« verbarg sich ein ähnlicher Umschlagplatz für illegal gehandelt exotische Tiere und hinter »Weapons & Gear« eine große Auswahl an hochmoderner und zum Teil illegaler Jagdausrüstung. Auf keiner dieser Unterseiten verweilte Mene jedoch lang, weil sie möglichst rasch zum vorletzten Menüpunkt kommen wollte: »About Diane«.

Hier war endlich ein Bild der vielgereisten nächtlichen Jägerin im normalen Licht zu sehen – das Mene aber trotzdem keine endgültige Sicherheit verschaffte. Die Aufnahme zeigte Diane in einem schwarzen, mit weißen Perlen besetzten und goldenen Sternen bestickten Kleid, das aus einem früheren Jahrhundert zu stammen schien. Auch die in komplizierte Wülste gelegte Frisur, die wieder von einer kleinen silbernen Mondsichel geziert wurde, erweckte diesen Eindruck. Leider trug die junge Frau zu dem altmodischen Outfit auch eine gefiederte Maske, die in diese Zeit passte, sodass sie genauso wenig eindeutig zu erkennen war wie auf den digital nachgedunkelten Aufnahmen im Mondlicht. Gleichzeit saß sie auf einem Schemel, hatte den silbernen Bogen aufrecht neben sich stehen wie ein Instrument – und unten aus dem langen samtigen Rock schauten sogar ihre nackten Zehen. Hätte Mene es nicht besser gewusst, sie hätte geglaubt, irgendwer erlaube sich einen bösen Scherz mit ihr und spiele absichtlich mit jenem Verdacht, der eigentlich vollkommen absurd war, sie aber trotzdem nicht mehr loslassen wollte.

In dem diesmal ziemlich langen Text zu dem Bild erklärte sich die altertümliche Aufmachung, denn hier wurde »Diane the Divine« als direkte Nachfahrin der schönen Diane de Poitiers ausgegeben, mächtige und von der Jagd besessene Mätresse am Hof Heinrichs II. im 16. Jahrhundert. Wie in ihrer berühmten Ahnin fließe in Diane daher das Blut der mächtigen Gottheit, die bei den alten Griechen unter dem Namen Artemis und bei den Römern als Diana verehrt wurde – Göttin der Jagd, der Natur und des Mondes sowie Beschützerin der Frauen und Mädchen. Bei Homer als »Potnia theron«, also als Herrin der Tiere bezeichnet, beanspruche diese Göttin – und damit Diane als ihre Nachfolgerin – das Jagdrecht auf sämtliche Tiere der Welt und lasse sich ihre Herrschaft weder von anderen Jägern und Göttern noch von modernen Naturschützern und Wildhütern streitig machen.

Selbst den großen König Agamemnon habe Diana einst bestraft, weil er sich an einem ihrer Hirsche vergriff, erklärte der Text weiter; überhaupt habe sie Männern gerne ihre Grenzen aufgezeigt, die glaubten, sich mit ihr messen zu können. In manchen Schriften werde sie mit Hekate gleichgesetzt, der Göttin der Magie und Geisterbeschwörung, die bei den Griechen über die Tore zur Unterwelt wachte und so mächtig war, dass sogar Göttervater Zeus ihre Unabhängigkeit anerkennen musste. In den Sagen des Nordens wiederum ziehe Diana als Anführerin der Wilden Jagd über den Himmel, und im Mittelalter habe man ihr nachgesagt, auch mit Hexen und anderen wilden Frauen durch die Nacht zu reiten. Auf die Jagd gehe sie am liebsten bei Mondschein und in Begleitung ihrer treu ergebenen Hunde.

Einmal mehr schüttelte Mene den Kopf und fragte sich, was sie mit all dem anfangen sollte. Die Trophäen, die Fotos, die angeblichen Todesopfer, die illegalen Marktplätze – und dann diese eigenartigen Personalien, mit der sich die schöne junge Frau wohl tatsächlich zu so etwas wie einer modernen Jagdgöttin erklären wollte, für die das Internet als neuer Olymp diente. Gleichzeitig tauchte hier im beschaulichen Berchtesgaden ebenfalls eine Diane mit französischen Wurzeln auf, nur mit einer silbernen Harfe zwar, aber von einer ähnlich überirdischen Aura und Symbolik umgeben – und in der Nacht vor ihrem Auftritt werden drei Steinböcke mit Pfeil und Bogen erlegt, mit einem Geschick, von dem Stoll bei der Pressekonferenz gesagt hatte, dass es ans »Sagenhafte« grenze.

Vollkommen verrückt alles, dachte Mene. *Was ist denn hier nur los?*

Wie von selbst las sie abermals den letzten Satz der seltsamen Vita, wo es hieß, die Göttin gehe am liebsten bei Mondschein und in Begleitung ihrer »treu ergebenen Hunde« jagen. Wie beim Einstieg in die Seite dachte sie an Dianes Hund und die Maske, von der Brenner geredet hatte, dann an Lenz' Attacke mit der Schrotflinte und die ominösen »casualties«, von denen überall die Rede war. Sich nun auch immer mehr wegen des Ausflugs sorgend, den sie Brenner aufgedrängt hatte, ging ihr Blick zu der halb leeren Flasche auf dem Tisch, dann zum letzten Menüpunkt: »Food & Spirits«. Trotz der inzwischen mehr als heiklen Uhrzeit klickte sie ihn ebenfalls noch an.

Schildkröten- und Haifischflossensuppe, echter Belugakaviar, chinesische Riesensalamander, Tigerwein, gefrorene Fettammern: Wie schon bei den Trophäen und anderen Tierprodukten schien sich Dianes Anspruch vor allem auf die angestammte Herrschaft und damit freie Verfügung über die Tiere der Welt zu beziehen, weniger auf ihre Erhaltung. Nach kurzem Scrollen fand Mene unter all den legalen und illegalen Delikatessen schließlich auch die vertraute Flasche – bei dessen bitter riechendem Inhalt es sich um Absinth handelte. Der bei ihnen auch als Beifuß bekannte Wermut, der als wesentliche Zutat diente und Mene bereits in Lenz' Hütte aufgefallen war, hatte seinen lateinischen Namen offenbar von Artemis, der griechischen Version der jagenden Göttin – und das Zeug galt Menes Wissen nach ja tatsächlich als so eine Art magischer Trank oder Hexengebräu, dem alle möglichen merkwürdigen Wirkungen auf Geist und Psyche nachgesagt wurden.

So tief war Mene in die Seite eingetaucht, dass sie sogar ihr Telefon für eine Weile vergessen hatte, das sie jetzt wieder aus der Hosentasche holte. Gemeldet hatte sich nach wie vor niemand. Doch sie selbst spürte nun das dringende Bedürfnis, Brenner noch eine Nachricht zu schreiben.

Aber was soll ich ihm schreiben?, dachte sie, während sie angestrengt auf das Display niederblickte. »*Nimm dich vor Diane in Acht« – das klingt ja nun wirklich bescheuert. »Lass dir von ihr nichts zu trinken anbieten« – noch bescheuerter. »Bitte melde dich endlich, es geht um Leben und Tod«?*

Während Mene bewusst wurde, dass sie für eine derart bizarre Situation keine passenden Phrasen parat hatte, ließ sie etwas zu dem Computerbildschirm aufblicken. Sie hatte so lange über ihre Nachricht nachgedacht, dass er in dunklen Standbymodus übergegangen war.

Zuerst hielt sie die spitzohrige Gestalt, die auf der mit dämmerndem Licht überzogenen Fläche zu sehen war, für eine Art Restbild der Website, auf der sie gewesen war – oder des vorgeschalteten »Cerberus«-Portals.

Doch dann begriff sie mit einem Gefühl, als würde der ganze Raum nach oben kippen, dass es sich um eine Spiegelung handelte.

Es war Lenz in seiner Hundemaske. Er hatte sich lautlos von hinten angeschlichen und hielt ein weißes Knäuel in der Hand.

Viel zu spät bemerkte Mene den süßlichen Geruch von Chloroform, der in der Luft hing.

7

Hatte Mene eben noch eine Website besucht, in der es fast um nicht anderes als Jagd und Tod ging, so wunderte sie sich jetzt selbst darüber, mit welcher kreatürlichen Entschlossenheit sie sich zur Wehr setzte.

Während Lenz sie von hinten packte und versuchte, ihr das mit Betäubungsmittel getränkte Tuch auf Mund und Nase zu drücken, wendete sie das Gesicht zur Seite und griff nach der Flasche, die auf dem Tisch stand.

Kurz sah sie Lenz' überraschtes grüne Auge in einem der Lederschlitze. Dann zerschellte die Flasche mit lautem Klirren an seinem Kopf und er taumelte benommen zur Seite.

Mene rannte aus dem Schlafzimmer und auf geradem Weg zur Tür – leider aus alter Gewohnheit zur falschen. Verzweifelt zog sie an der verschlossenen Pforte in die Freiheit, in der kindischen Hoffnung, sie könnte ihr vielleicht doch noch den Gefallen tun und aufgehen.

Dann besann sie sich endlich und rannte zurück zur Küche. Lenz hatte sich gerade wieder genug gesammelt, um aus dem Schlafzimmer zu kommen und nach ihr zu greifen – doch sie konnte ihm ausweichen. So langsam, wie er sich immer noch bewegte, hatte sie vielleicht tatsächlich eine Chance.

Geschickt wich Mene im vollen Sprint der in den Raum ragenden Bar aus. Dann packte und drehte sie den Schlüssel so schnell, dass sie erneut selbst von ihrer Geistesgegenwart überrascht war.

Kaum zog sie die verglaste Tür auf, trat ihr jedoch eine zweite Gestalt in den Weg. Sie war von ihrem anderen Gegner, der jetzt in aller Ruhe zu ihr aufschloss, kaum zu unterscheiden.

Auch diese Gestalt trug eine seltsame Hundemaske aus schwarzem Leder. Und auch sie war wie die jagende Amazone auf den Fotos in grau-schwarze Tarnkleidung gehüllt.

Nur einen Unterschied gab es, erkannte Mene mit Entsetzen, während sie verzweifelt von einem Angreifer zum anderen blickte und diese sie in aller Ruhe packten.

Blickte bei dem einen nur ein einzelnes grünes Auge aus der Maske, waren es bei dem anderen, der in der Tür auf sie gewartet hatte, zwei leuchtend blaue.

»Brenner«, murmelte Mene leise, während sie süßliche duftende Dunkelheit umfing.

Ob sie das Wort als Vorwurf oder Hilferuf meinte, wusste sie selbst nicht mehr genau.

TEIL VII: DER GEHÖRNTE GOTT

1

Der Abend legte sich über das Hirschbachtal und ließ nach dem hellen Frühlingstag alles in milderem Licht erscheinen.

An den Hängen des schmalen Tals, das still und kaum besucht wie ein vergessener Anhang südlich der größeren Nationalparktäler lag, zogen sich die Murmeltiere in ihre Höhlen zurück. Adler und Habicht machten sich jetzt selbst in ihrem Horst für die Nachtruhe bereit; doch Fuchs und Marder kamen gerade erst aus ihrem Bau, um ihre nächtlichen Streifzüge zu beginnen. So richteten sich auch Hasel- und Auerhühner im sicheren Dickicht in ihren Nestern ein, und noch über den Murmeltieren suchten sich die Gämsen unzugängliche Felsen, auf denen sie sich ungestört dem Schlaf hingeben könnten.

Auf einer weiten Lichtung in der Nähe des Bachs, der dem Tal seinen Namen gab und tagsüber glitzerte, als sei er selbst ein lebendiges Wesen, stand ein großer Hirsch. Seine Schultern waren so hoch, dass sie sogar einen großen Mann noch überragten, seine Brust breit und stark wie bei einem Eber und sein Geweih so mächtig, dass es einer Baumkrone glich. Er hatte friedlich auf der großen, nahezu kreisrunden Lichtung am Boden des Tals gegrast und vielleicht heimlich dem leisen Plätschern des Bachs und dem Rascheln der Blätter in den Bäumen gelauscht, als er plötzlich den Kopf hob.

Der Hirsch weitete nicht die Nüstern und spitzte nicht die Ohren, als hätte er etwas gewittert. Bei seiner Größe und imposanten Gestalt hätte man auch nicht recht gewusst, was er im Nationalpark fürchten sollte. Dennoch schien er etwas gespürt zu haben, vielleicht von weiter her und auf anderem Wege als durch Geräusche oder Geruch übertragen – aber deshalb nicht weniger bemerkenswert.

Einen Moment wendete er seinen mächtigen Kopf dem Himmel zu und schien mit seinen großen dunklen Augen den Mond zu betrachten, der noch voller und runder als in den Tagen zuvor am abendblauen Himmel hing.

Dann senkte er sein Haupt, machte ein, zwei Schritte in Richtung des Bachs, dessen fröhliches Plätschern ihm so gut gefiel, und begann wieder, zwischen den Halmen nach wohlschmeckenden Kräutern und Blüten zu suchen.

2

Lenz sah zu, wie Mene aufwachte.

Wie immer, wenn er sie direkt vor Augen hatte, merkte er, wie schön er sie immer noch fand und wie sehr ihr Anblick sein Herz bewegte. Es schien nicht leicht für ihren Körper zu sein, wieder zu Bewusstsein zu kommen. Er kämpfte wie im Schlaf, und Mene stöhnte und kniff wie unter Schmerzen die Augen zusammen. Alles in Lenz drängte ihn, ihr zu helfen. Doch das konnte er nicht.

War er an allem schuld, was gerade passierte? Ja, das ließ sich wohl nicht leugnen.

Was hatte ihn dazu gebracht, es so weit kommen zu lassen? Verletzter Stolz? Eifersucht? Wut auf die Welt?

Lenz wusste es nicht mehr genau. Alles, was zu diesem Punkt geführt hatte, schien von dichtem Nebel verhüllt – wie Berge und Wälder hier oft, bis die Sonne die Schwaden vertrieb. Nur einen lichten Moment hatte es gegeben. Doch der hatte die Geister, die er gerufen hatte, nicht mehr aufhalten können.

Endlich kam Mene vollends zu sich; sie schien keine gefährlich hohe Dosis des Chloroforms eingeatmet zu haben. Doch so sehr Lenz das erleichterte, so sehr fürchtete er den Augenblick, der jetzt folgen würde.

Mene schlug die Augen auf und schaute benommen um sich. Zuerst ging ihr Blick zu demjenigen ihrer Peiniger hinauf, der direkt vor ihr stand, dann herüber zu Lenz. Ihre Augen weiteten sich vor Entsetzen und Erstaunen –

erst recht, als sie den dritten Mann im Raum bemerkte, der wie der andere eine Hundemaske trug.

Wie gerne wäre Lenz auch jetzt zu ihr hinübergegangen und hätte ihr geholfen. Und sich dann um ihre Entführer gekümmert.

Doch wie Mene selbst war er gefesselt und geknebelt. Obwohl sie hier unten im gesperrten Teil der Salzbergbunker nun wirklich niemand schreien hören konnte.

3

Mene konnte immer noch kaum glauben, was sie sah.

Lenz saß an einen Stuhl gefesselt in der Mitte des Raums. Um ihn herum war ein Pentagramm – ein Drudenfuß – auf den staubigen Boden gemalt, in dessen Spitzen irgendwelche seltsamen Gegenstände lagen. Erst auf den zweiten Blick erkannte Mene, dass es sich um Hörner und Bezoarsteine handelte – ja, vermutlich um diejenigen, die bei dem Angriff auf die Steinböcke geraubt wurden. In den hinteren Spitzen des umgekehrt gemalten Sterns lagen die kleineren Hörner und Magensteine der zwei Weibchen. In der Spitze vor Lenz' Füßen lagen die größeren Hörner des Bocks sowie – auch das erkannte Mene erst nach einem Moment – ein Akkuschrauber.

Lenz sah voll Bedauern und, möglicherweise, Scham zu ihr herüber und schüttelte reumütig den Kopf. Im kalten, geisterhaften Licht der über den Boden verteilten LED-Laternen wirkte sein Gesicht erschöpft und ausgezehrt, und auch sonst machte er den Eindruck, als hätte er schon eine ganze Weile hier unten verbracht. Seine Hände und Knöchel waren mit Bergsteigerschlaufen an die Beine des Stuhls gefesselt, und im Mund hatte er einen an schwarzen Lederriemen befestigten roten Ball, bei dem es sich wahrscheinlich um den gleichen Fetischknebel handelte, den Mene selbst im Mund spürte. Die Beine seines Stuhls waren an den Boden geschraubt, und an der Wand hinter ihm konnte Mene einen großen bronzenen Reichsadler mit Eichenkranz und Hakenkreuz zwischen den Klauen erkennen.

Natürlich: Sie mussten sich in nicht offiziell zugänglichen Räumen der alten Bunkeranlagen im Obersalzberg befinden. Diese lagen offenbar so gut versteckt, dass sie noch nicht komplett geplündert waren – und waren vielleicht früher schon für ähnliche Zwecke genutzt worden.

Der Gedanke, dass sie jetzt tatsächlich in den alten Bunkern gelandet war, vor denen sie sich immer so gegruselt hatte, ließ Mene ihre Lage als noch unheimlicher empfinden, als sie ohnehin schon war. Das Einzige, was sie abzulenken vermochte, war die Frage, um wen es sich bei den zwei Männern in den schwarzen Hundemasken handelte, die sich mit ihr und Lenz im Raum befanden.

Der direkt neben ihr, der sie auf eine Art ansah, die ihr überhaupt nicht gefiel, hatte ein grünes und ein verdecktes Auge, wie Lenz. Die Augen des anderen, der weiter hinten auf seinem Handy herumtippte, aber eben kurz rübergesehen hatte, waren blau. Es waren die gleichen hellblauen Augen, vor denen Mene in Lenz' Küche so erschrocken zurückgetaumelt war. Aber konnte es sich bei dem Mann tatsächlich um Brenner handeln?

Nein, als Mene den zweiten Entführer genauer betrachtete, der wie der andere zu seiner eigenartigen Maske eine graue Tarnhose und ein schwarzes Langarmshirt trug, kamen ihr Statur und Haltung doch anders vor. Auch die Haut der Hände war viel heller als bei Brenner.

Der Hintere steckte das Handy weg und sagte etwas zu dem anderen in einer osteuropäisch klingenden Sprache, die Mene vielleicht noch einen weiteren Tipp hätte geben können. Doch im nächsten Moment lösten die zwei das Rätsel von selbst auf und zogen ihre Masken ab.

Erneut brauchte Mene in ihrem Zustand eine Sekunde, bis sie die zwei höhnisch grinsenden, mit ihren zarten Zügen fast weiblich wirkenden Gesichter zuordnen konnte. Aber klar: Es waren »Lolek und Bolek« – Dianes akrobatische Assistenten, die Mene vor nicht langer Zeit noch Handstände und Pirouetten zu den rieselnden Klängen ihrer Harfe hatte aufführen sehen.

Der Vordere zog jetzt auch seine Augenklappe ab, hinter der ein genauso gesundes blaues Auge zum Vorschein kam wie bei seinem Bruder. Dann griff er sich mit Daumen und Zeigefinger ins andere Auge – und entfernte die grüne Kontaktlinse, die er dort trug. Also hatte er sich offenbar absichtlich verkleidet, um Brenner zu täuschen!

Mene kam langsam nicht mehr mit, so sehr häuften sich die seltsamen Überraschungen. Aber wenn Lolek oder Bolek, oder welcher von beiden es auch war, sich heute nicht zum ersten Mal als Lenz verkleidet hatte, dann war er doch vielleicht auch derjenige, der Brenner in Lenz'

Hütte attackiert hatte – während Lenz selbst längst hier in dem alten Nazikerker saß.

Aber was für einen Grund sollten die zwei haben, Brenner auf diese Weise an der Nase herumzuführen? Ja, was sollte diese ganze eigenartige Inszenierung hier unten überhaupt?

Bolek, wie Mene den etwas bulligeren Typen neben ihr nun endgültig getauft hatte, ging vor ihr in die Hocke und grinste noch ein wenig breiter als zuvor. Dann ließ er eine Hand unter ihr T-Shirt wandern und begann, ihre in einen dünnen Sport-BH gehüllten Brüste zu kneten. Menes Hände und Beine waren wie bei Lenz mit einem Stück Kletterseil gefesselt, trotzdem versuchte sie, mit den Knien nach ihrem Peiniger zu treten. Dieser wackelte daraufhin mahnend mit dem Finger und drehte so brutal eine ihrer Brustwarzen um, dass ein greller Schmerz ihren Körper durchzuckte. Dann ließ er von ihren Brüsten ab, griff sich mit einer Hand in den Schritt und schob die andere den Bund ihrer Jeans hinab.

Mene konnte sehen, wie Lenz sich mit aller Kraft gegen seine Fesseln wehrte, doch vergebens. Sie konzentrierte sich darauf, ihren Atem unter Kontrolle zu halten, damit ihr mit diesem blöden Ding im Mund nicht die Luft wegblieb – als plötzlich ein lautes, knappes Bellen aus dem Gang herüberhallte. Sofort zog Bolek erschrocken die Hand zurück, und im nächsten Moment kam Dianes riesiger Wolfshund durch den schmalen, lukenartigen Eingang gelaufen.

Mene hatte die Bogenschützin auf Lenz' Zeichnung und den Flaschen gesehen, sie hatte sich durch die Website mit all den Fotos und der merkwürdigen Selbstdarstellung geklickt, und sie hatte schließlich zugeschaut, wie sich Lolek und Bolek als die Männer mit den Hundemasken entpuppten – ihrer Herrin wahrscheinlich »treu ergeben«, wie es auf der Website hieß. Dennoch konnte sie nicht anders, als zutiefst verblüfft zu sein, als jetzt tatsächlich Diane hinter ihrem Hund durch die Tür spaziert kam.

Sie hatte wieder ihre groben Stiefel an und eine ebenfalls ziemlich robust wirkende Lederjacke, darunter aber nur ein durchsichtiges weißes Hemdchen, das zusammen mit der hastig aufgesteckten Frisur den Eindruck erweckte, als sei sie gerade aus dem Bett gekommen. Ihr Gesicht war immer noch so faszinierend schön und ausdrucksvoll wie zwei Abende zuvor, trug nun jedoch eine vollkommen andere Miene. Als hätte sie die ganze Zeit eine Maske aufgehabt, wie ihre zwei Helfer.

Sie befahl Bolek auf Französisch, Mene den Knebel abzunehmen, was der auch sofort ohne weitere Grabschereien erledigte.

»Ich plaudere ja gerne vor der Vorstellung ein bisschen mit meinem Publikum«, erklärte sie Mene auf Deutsch, die nach wie vor zu nichts anderem in der Lage war, als sie fassungslos anzusehen. »Und hier unten kann uns sowieso niemand hören.«

4

»Was … was soll das alles?«, fragte Mene mit vom Chloroform heiserer Stimme, als sie ihr bodenloses Erstaunen halbwegs überwunden hatte. »Was zum Teufel geht hier vor?«

»Mit dem Teufel liegst du schon gar nicht so falsch«, erwiderte Diane grinsend und warf einen Blick auf das seltsam garnierte Pentagramm, in dessen Mitte Lenz saß. »Obwohl er eigentlich nur eine Nebenrolle spielt. Der Star des Abends bin natürlich auch diesmal wieder ich.«

Sie blickte weiter nach hinten, wo neben dem Reichsadler ein großer Haufen schwarzer Ausrüstungstaschen aufgetürmt war, an dem Lolek und Bolek sich inzwischen zu schaffen machten.

»Meine braven Köter haben mir erzählt, du hast Detektiv gespielt«, sagte sie. »Hast dich wohl gefragt, warum sich dein hübscher Wildhüter nicht mehr meldet.«

»Was ist mit Brenner?«, fragte Mene erschrocken – außer im Zusammenhang mit den maskierten Brüdern hatte sie gar nicht mehr an ihn gedacht. »Habt ihr ihm was angetan?«

»Nein, keine Angst – ich habe nur Dinge mit ihm gemacht, die ihm sehr gut gefallen haben. Es war noch nicht mal viel von meinem Liebestrank nötig.«

»Was? Wovon sprichst du? Was redest du da für ein Zeug?«

So offen und sympathisch Dianes Züge vor zwei Tagen gewirkt hatten, so hart und unfreundlich wirkten sie jetzt.

Auch sie ging nun vor Mene in die Hocke, und in ihren Augen blitzte ein silbernes Funkeln auf, das fast so unnatürlich wirkte wie ein Filmeffekt.

»Ach, du arme kleine Äskulapjüngerin«, flüsterte sie. »Glaubst, so ein schöner, starker Bursche sollte dir ganz allein gehören. Er liegt oben im Hotel in meinem Bett und ruht sich aus. Wir haben heute Nacht eine wichtige Mission vor uns.«

Trotz ihrer Lage versetzten Dianes Worte Mene einen Stich, und dass die junge Schönheit in ihrem zerknitterten Nachthemd so nah vor ihr hockte, dass sie die Beschäftigung der letzten Stunden praktisch noch an ihr riechen konnte, machte die Sache nicht besser. So hatte Brenners Ausflug mit ihrem illustren Gast also wahrhaftig zu dem Ergebnis geführt, auf das Mene gestern Abend in einer ihrer Nachrichten noch zum Scherz angespielt hatte. Der Betrug schmeckte bitter wie Galle in ihrem Mund – war angesichts der Umstände, unter denen sie davon erfuhr, aber wahrscheinlich ihre geringste Sorge.

Lenz saß wohl schon so lange in diesem unterirdischen Gemäuer, dessen Kälte auch Mene in die Knochen zu kriechen begann, dass man ihm wenigstens eine Decke umgehängt hatte, damit er nicht vollkommen auskühlte. Man schien ihn also noch zu brauchen; wofür jedoch, wagte sich Mene angesichts des Pentagramms, des Akkuschraubers und der von Diane erwähnten »Vorstellung« nicht auszumalen. Alles war so verrückt, dass Mene immer wieder glaubte, in einem besonders echt wirkenden Albtraum zu stecken, aus dem sie jeden Moment aufwachen würde.

»Was für ein Ausflug?«, zwang sie sich zu fragen, ohne weiter auf Dianes übrige Worte einzugehen. »Was soll das alles? Warum habt ihr Lenz gefesselt? Und warum habt ihr mich entführt? Was wollt ihr hier?«

»Was wir hier wollen, haben wir dem lieben Lenz zu verdanken«, sagte Diane, stand auf und ging zu ihrem Gefangenen hinüber – wobei sie aufpasste, weder die Kreidelinien noch die darin liegenden Gegenstände zu berühren. »Er ist nicht nur ein ganz ausgezeichneter Tiersculpteur, und übrigens ebenfalls ein superber Bettgefährte. Nachdem wir schon eine Weile miteinander im Geschäft waren und auch er schon ein fleißiger Abnehmer meines exquisiten Haustranks geworden war, hat er uns von der ungewöhnlich großen Kleinkatze erzählt, der man in diesen Gefilden über den Weg laufen kann.«

Während Diane sprach, setzte sie sich auf einen von Lenz' Oberschenkeln, rieb ihr nacktes Geschlecht daran und fuhr ihm mit der Hand über die Wange. Lenz wendete das Gesicht ab, warf Mene einen schamerfüllten Blick zu und schlug die Augen nieder.

»Ihr seid hier, um Brenners Luchs zu jagen?«, fragte Mene. »Du ... du willst eine deiner komischen Trophäen daraus machen?«

»Ja, das hätte ich wahrscheinlich sogar«, bestätigte Diane. »Er ist wirklich ein ungewöhnlich prächtiges Exemplar und hätte bestimmt einen guten Preis erzielt. Aber bei seiner Größe habe ich mir gleich gedacht, dass mehr dahinter stecken könnte. Und durch das, was unser fleißiger Wilderer hier sonst noch zu berichten wusste, wurde mir schnell klar, dass eine noch wesentlich spannendere Beute in Aussicht stand.«

»Was für eine Beute?«

Diane sah zu ihr herüber und setzte zum Sprechen an. Dann schaute sie sich aber nach ihren Helfern um, die im

Hintergrund irgendwelche Jagdgeräte zusammenbauten und auch sonst alles Mögliche aus den Taschen kramten. Sie wendete den Kopf wieder Mene zu und verzog spöttisch den Mund.

»Für dich genügt es eigentlich zu wissen, dass es sich um einen Vielender mit so vielen Enden handelt, dass jeder alte Sack mir ein Vermögen dafür zahlt, ihn sich an die Wand hängen zu können.«

»Ein Hirsch?«, fragte Mene verblüfft. »Das alles passiert nur wegen irgendeinem Hirsch?«

»Nicht wegen irgendeinem, Kindchen, das kannst du mir glauben«, erwiderte Diane. »Wenn schon Hitler und der Dalai Lama kapiert haben, dass hier das spirituelle Kraftzentrum Europas liegt, dann war es eigentlich klar, dass er sich irgendwo in der Nähe aufhalten musste.«

Wieder blitzten Dianes Augen auf so unheimliche Art, dass Mene sich tatsächlich nicht nachzufragen traute, um wen es sich bei diesem »er« genau handeln sollte.

»Aber warum holt ihr euch dann nicht euren verdammten Hirsch und lasst uns in Ruhe?«, sagte sie stattdessen. »Wozu dieser ganze Hokuspokus? Und wozu stellst du dann Brenner hinterher?«

»Weil dein Brenner noch viel mehr über unsere Beute weiß als dieser Wilddieb hier«, erwiderte Diane und fuhr dabei Lenz erneut zärtlich über die Wange. »Und weil der Wilddieb seine Abmachung mit uns gebrochen hat und uns plötzlich nicht mehr sagen will, wo wir unsere Beute finden. Wir wollten erst der großen Miezekatze einen Pfeil in den Leib jagen, damit sie uns hinführt, aber das hat dein tapferer Wildhüter leider verhindert. Wie er das gemacht hat, hat mir allerdings den letzten Zweifel genommen, dass sich unsere Anstrengungen lohnen. Und so verwenden wir jetzt einfach ihn als Führer.«

Nach einer letzten spöttischen Zärtlichkeit erhob sich Diane und ging zu ihrem Hund hinüber. Dieser stand nicht weit von Mene und beobachtete sie mit ähnlich stierem Blick, wie sie schon bei dem Konzert zu bemerken glaubte. Wie damals kraulte Diane das riesige Tier hinterm Ohr und sah Mene listig an.

»Er frisst mir schon genauso gehorsam aus der Hand wie meine anderen Köter«, sagte sie. »Außerdem ist sein Glaube an das Wahre, Gute und Schöne, glaube ich, etwas ins Wanken geraten, seit ich und die grüne Fee ihn unter unsere Fittiche genommen haben. Deshalb würde er da wohl selbst gerne ein paar Zweifel aus dem Weg räumen.«

Mene bekam nur halb mit, was Diane sagte. Ihr Blick wurde unwillkürlich von Lolek und Bolek angezogen, die begonnen hatten, brennende Kerzen an den Spitzen des Kreidesterns aufzustellen. Diane sah ebenfalls zu ihnen und Lenz hinüber, der dem Schauspiel mit scheinbar unbeeindruckter Miene folgte.

»Dass die zwei die Rollen getauscht haben, passt mir eigentlich gut ins Konzept«, erklärte sie. »Mit Brenner wird sich die Beute später besser anlocken lassen, falls es nötig sein sollte. Und Lenz eignet sich besser für das, was vor der Jagd noch stattfinden muss. Trotz seiner guten Tipps ist er schließlich im Grunde ein Wilderer, der sich an meinem Eigentum vergriffen hat. Und für Wilderer gibt es seit jeher strenge Strafen.«

Nachdem alle Kerzen verteilt waren, stellten Dianes Helfer noch andere Gegenstände neben dem Pentagramm bereit, die kaum weniger unheilvoll wirkten als der Schrauber: ein mit Edelsteinen besetzter, antik aussehender goldener Kelch, auf dem ein glänzendes Messer lag, sowie ein kleiner Plastikbeutel mit blutverschmiertem Inhalt. Diane sah Menes Blick, richtete sich grinsend auf und stemmte wie ein Feldherr die Hände in die Seiten.

»Wenn hier wirklich so viel Kraft wirkt, wie Hitler, der Dalai Lama und inzwischen auch ich denke, dann brauchen wir für die Jagd einen starken Verbündeten«, sagte sie. »Und mit dem lässt sich mit einem doppelten Verräter wie dem da als Opfer besonders gut eine Jagdgemeinschaft gründen.«

5

Mene war als Tierärztin nicht gerade zartbesaitet und hatte auch bei ihren Tätigkeiten für Naturschutzorganisationen im Ausland einiges gesehen, was aus Fernsehberichten und Dokumentationen über jene Regionen meistens lieber herausgeschnitten wurde. Doch was sie in den nächsten Minuten mitansehen musste, war so brutal, dass es sie selbst dann bis in den Grund ihrer Seele erschüttert hätte, wenn es nicht einem Menschen angetan worden wäre, der ihr immer noch viel bedeutete.

»Weißt du, wie man Wilderer früher bestraft hat?«, wurde sie von Diane gefragt, die das Ganze als düstere

Variante einer ihrer Vorstellungen zu betrachten schien – mit ihr als mitleidloser Moderatorin. »Du scheinst doch aus einem guten Stall zu kommen. Vielleicht mussten deine Vorfahren ja selbst ab und zu zu solchen Maßnahmen greifen.«

»Nein, meine Vorfahren waren Bauern«, erwiderte Mene mit wütender Miene. »Keine durchgeknallten Sadisten – so wie ihr!«

»Ach, sieh an, da steckt ja doch ein bisschen Feuer in der kühlen Denkerin«, spöttelte Diane. »Das hätte deinem Wildhüter bestimmt gut gefallen.«

Während Lolek und Bolek wieder ihre Masken anlegten und auch der echte Hund sich auf den Boden legte und dem Schauspiel zuwendete, verschränkte Diane lächelnd die Arme.

»Nun, jedenfalls wurden jene, die sich an herrschaftlichem Wild vergangen hatten, früher in eine Hirschhaut eingenäht und zu Tode gehetzt oder auf einen Hirsch gebunden und selbst gejagt«, sagte sie. »Was ganz meinen eigenen Vorlieben entspricht. Da wir aber nicht so viel Zeit haben und sie sich für unsere Zwecke ohnehin besser eignet, greifen wir auf eine andere Art der Bestrafung zurück: die Wildererkappe.«

Der bulligere der beiden Brüder legte Lenz von hinten den Arm um den Hals und hielt seinen Kopf fest. Der andere hob den Akkuschrauber auf und spannte dort eine Messingschraube ein, die Mene nur kurz in seiner Hand sah, aber auf beiden Seiten ein spitz zulaufendes Gewinde zu haben schien.

»Früher bestand so eine Kappe aus einer Metallhaube mit Geweih, die dem Wilderer an den Kopf genietet wurde«, dozierte Diane weiter seelenruhig, als befänden sie sich in einem Museum. »Aber auch da müssen wir heute ein bisschen improvisieren.«

Mene war so geschockt von dem, was nun geschah, dass sie zunächst keinen Ton rausbrachte. Lolek stellte sich über Lenz' linkes Bein, drückte mit einer Hand seinen Kopf zurück und setzte die Schraube auf. Lenz wehrte sich zuerst noch gegen die Fesseln, sodass sich die dicken Muskelstränge an seinen Unterarmen abzeichneten wie Kabelgeflecht. Als Lolek jedoch zu bohren begann, wurde er plötzlich ganz still und fixierte seinen Peiniger so ruhig, als handelte es sich um einen Zahnarzt.

»Ihr Schweine!«, brach es aus Mene hervor. »Ihr Schweine, hört sofort auf damit! Ihr verdammten brutalen Schweine!«

Diane warf ihr nur einen spöttischen Blick zu, und Lenz selbst lief zwar trotz der Kälte der Schweiß über Stirn und Wangen. Doch als Lolek mit der ersten Schraube fertig war, blickte er mit seinem gesunden Auge kurz zu ihr herüber und zwinkerte ihr gelassen zu. Mene wusste, dass er ein harter Kerl war, und hatte genug Ahnung von Humanmedizin, um sich im Klaren zu sein, dass solche Verletzungen nicht unbedingt direkt zu schweren Folgen führen mussten, selbst wenn sie bis tief in die Hirnmasse reichten. Sogar Menschen, denen sich weitaus größere Gegenstände in den Kopf bohrten, wurden sich dessen oft erst richtig bewusst, wenn man ihnen die Röntgenaufnahmen zeigte – und spazierten nach der Entfernung aus dem Krankenhaus, als sei nichts geschehen.

Trotzdem mussten die Schmerzen kaum auszuhalten sein, und dass Lenz bei all dem auch noch versuchte, sie zu beruhigen, riss ihr förmlich das Herz entzwei.

»Lenz«, sagte sie noch einmal schwach. Doch da setzte Lolek bereits die zweite Schraube an.

Als auch diese saß, ließ der andere Lenz kurz los; er schien selbst kurz verschnaufen zu müssen. Lenz nutzte ebenfalls den Moment, um mehrmals tief durchzuatmen. Trotz der mehrere Zentimeter langen Gewinde, die in seinem Kopf steckten, schien er weiterhin bei klarem Bewusstsein zu sein. Nur ein, zwei Mal kniff er die Augen zusammen und spannte die Schultern an, um sich wieder in den Griff zu bekommen. Dann jedoch blickte er mit demselben gleichmütigen Blick geradeaus, mit der er seine Marter über sich hatte ergehen lassen. Er wollte seinen brutalen Folterern wohl nicht das geringste Maß an Genugtuung gönnen.

Mit seinem kantigem Gesicht, dem Dreitagebart, der Augenklappe, den strähnigen langen Haaren und den spitzen goldfarbenen Schrauben, die ihm aus der Stirn ragten, ähnelte er jetzt schon einem der Krampusse, die in Berchtesgaden zur Adventszeit durch die Gassen zogen, um die Menschen mit ihren teufelsartigen Fratzen zu erschrecken. Dianes stumm ihre Befehle ausführenden Helfer schienen es allerdings darauf angelegt zu haben, den Look komplett zu machen.

Wieder fixierte der etwas kräftigere Lenz' Kopf, während der andere mit den gleichen systematischen Handgriffen wie zuvor begann, die vor Lenz' Füßen liegenden Steinbockhörner auf die Schrauben zu drehen.

Das erlegte Männchen war relativ jung gewesen, und die gebogenen, in wulstige Jahresringe unterteilten und spitz zulaufenden Aufsätze hatten kaum die Länge eines Unterarms. Auch waren die Hörner innen hohl und bestanden nur am Ansatz aus einem einigermaßen massiven Knochenstück, das die Schraube aufnehmen konnte. Dennoch musste die Prozedur für Lenz erneut mit unsäglichen Qualen verbunden sein, zumal Lolek die Hörner am Ende jedesmal so weit eindrehte, bis sie sauber nach vorne ragten. Selbst Lenz konnte nicht vollkommen verhindern, dass sich dabei sein Gesicht vor Schmerz verzerrte.

Am Ende, als die beiden ihr »Werk« vollendet hatten und Lenz schweißgebadet und schwer atmend auf seinem Stuhl saß, wurde Mene auch klar, dass es natürlich kein Krampus war, zu dem er ausstaffiert werden sollte. Sie erinnerte sich an das teufelsartige Ungetüm mit Ziegenkopf, Fledermausflügeln und Pentagramm auf der Stirn, das sie auf einer von Lenz' Zeichnungen gesehen hatte, und bekam endgültig das Gefühl, in den Händen perverser Irrer gelandet zu sein.

»Dir wird die Tradition des gehörnten Gottes nichts sagen«, sagte Diane leise, als könne sie ihre Gedanken lesen. »Aber dein lieber Brenner kennt sich inzwischen ganz gut damit aus. Er hat Sorge, dabei könnte es sich um seinen großen Freund aus dem Wald handeln. Deshalb brennt er darauf, mit mir herauszufinden, ob es ihn wirklich gibt.«

Aus dem Augenwinkel sah Mene, wie Lenz sein gesundes Auge verdrehte – und ja, so wie er sie danach ansah, war er nicht dabei, das Bewusstsein zu verlieren, sondern machte sich über Dianes selbstgefälligen Vortrag lustig. Mene konnte kaum glauben, dass er in seinem Zustand noch dazu fähig war. Doch tatsächlich half ihr die Geste, nicht vollkommen den Mut zu verlieren, und als Zeichen, dass sie verstanden hatte, zwinkerte sie unauffällig zurück. Ein bisschen Aufmunterung konnten sie beide gut gebrauchen, denn was eben schon wie eine von Sadisten veranstaltete satanische Messe gewirkt hatte, ging jetzt in seine unheimliche Verlängerung.

Dianes Schergen löschten die LED-Laternen und knieten sich in hündisch devoter Pose, die perfekt zu ihren Masken passte, mit auf dem Boden ausgestreckten Armen und gesenktem Kopf vor das Pentagramm. Im flackernden Kerzenlicht streifte Diane wie bei ihrem Auftritt im Hotel die Stiefel ab, ließ es dabei aber nicht bewenden. Auch die Jacke und das dünne Hemd glitten zu Boden, selbst die Nadeln zog sie aus dem Haar, sodass es sich wie ein schwerer, kastanienbrauner Umhang über ihre Schultern legte. Nackt und schön wie eine junge Hexe hob sie den goldenen Kelch auf und reckte ihn samt Messer in die Höhe. Unter Aufsagen lateinischer Formeln, bei denen ihre Stimme genauso unnatürlich tief klang, wie das silberne Leuchten in ihren Augen seltsam hell gewirkt hatte, begann sie, mit gezielt zwischen die Linien gesetzten Schritten im Kreis um Lenz herumzugehen.

Mene hatte das Gefühl, dass mit jedem aufreizend wiegenden Schritt, den Diane machte, und mit jedem voll kehliger Inbrunst vorgetragenen Vers die Temperatur in dem unterirdischen Verlies um ein weiteres Grad sank. Auch die Kerzen flackerten immer stärker, obwohl hier unten doch eigentlich wirklich kein Luftzug gehen konnte. Als sie zu dem bronzenen Reichsadler an der Wand gegenüber sah, erschien auch dieser im unruhigen Licht so lebendig, als könnte er jeden Moment seine großen, mit einem Mal seltsam fledermausartig wirkenden Flügel ausbreiten.

Plötzlich hatte sie das Gefühl, jemand würde sie beobachten, und als sie den Blick senkte, knieten Lolek und Bolek zwar genauso da wie vorher, und auch Lenz starrte weiter geradeaus, als würde ihn der ganze Humbug nichts angehen. Dianes Hund jedoch hatte wieder seinen eigenartig starren Blick auf sie gerichtet, und als auch Lenz die Augen des Tieres auffielen, die im Schein der Kerzen rot glühten, als seien es tatsächlich die des Teufels, glaubte Mene das gleiche kalte Grauen auf seinem Gesicht zu erkennen, das sie selbst bei dem Anblick spürte.

Du gehörst mir, schien der Blick so klar und deutlich zu sagen, dass Mene fast meinte, die Worte aus Dianes lateinischem Gemurmel heraushören zu können. Obwohl sie die ganze Zeit stolz gewesen war, sich diese Blöße nicht gegeben zu haben, spürte sie jetzt, wie sich der Inhalt ihrer Blase entleerte und warm und feucht im Schritt ihrer Jeans ausbreitete.

Oh Gott, was geht hier nur vor?, dachte sie verzweifelt und beschämt, während das schwarze Ungeheuer zufrieden den Kopf abwendete, als hätte es genau dieses Ziel erreichen wollen. *Lieber Herr, lass mich endlich aufwachen!*

Doch sie wachte nicht auf, und im nächsten Augenblick war Diane mit ihrer Beschwörung fertig und rief ihre Gehilfen herbei. Sie lösten die Schlaufe um Lenz' rechte Hand und hielten gemeinsam seinen Arm fest, während Diane mit feierlicher Geste das antike Messer von dem Kelch nahm. Weiter ihre Formeln murmelnd, die sich in bestimmten Abständen zu wiederholen schienen, näherte sie die blitzende Klinge den Adern, die aus Lenz' Unterarm hervortraten, und versetzte der dicksten von ihnen einen routiniert wirkenden Schnitt. Sofort begann ein leuchtend rotes Rinnsal den Arm hinabzufließen und knapp über dem Handgelenk zu Boden zu tropfen, wo es Diane mit dem Kelch auffing.

Lenz schüttelte wieder auf seine unnachahmlich sarkastische Art den Kopf, was mit den großen Hörnern, die davon abstanden, noch lustiger wirkte. Trotzdem konnte Mene nicht anders, als von der archaisch aussehenden Szene, die genau so auch auf irgendeinem alten Gemälde hätte abgebildet sein können, beeindruckt zu sein. Die nackte, kniende Schönheit mit den wilden Haaren, Lenz' Teufelshörner, das Blut, der Kelch, das Messer und die wie zwei hundeartige Halbmenschen wirkenden Schergen. Mene hatte heute schon viele unheimliche Szenen gesehen, die dazu angetan waren, ihren Glauben an Vernunft und Ratio zu erschüttern. Doch ebenso wie der glühende Blick des Höllenhundes kurz zuvor würde sich diese sicherlich tief in ihr Inneres einbrennen.

Als der Kelch voll war, kehrte Diane damit zu der Stelle zurück, wo der Plastikbeutel lag, und begann den Knoten zu lösen, mit dem er verschlossen war. Gleichzeitig ging Lolek zu dem großen Haufen aus Taschen in der Ecke hinüber. Lenz wartete zwei Sekunden, riss seinen Arm aus Boleks Händen, schlug ihm rückwärts zwischen die Beine und versetzte dann seinem gesenkten Kopf einen so harten Hieb mit dem Ellbogen, dass er über Kreide und Kerzen hinweg zu Boden ging.

Sofort griff Lenz auf die andere Seite des Stuhls, um seine zweite Hand zu befreien. Mene sah, wie er fieberhaft an der Schlaufe zerrte. Doch so plötzlich und unerwartet Bolek zu Boden gegangen war, so schnell war er wieder auf den Füßen.

»Lenz!«, rief Mene noch als Warnung. Aber da versetzte ihm Dianes wütender Scherge schon einen harten Tritt in die ungeschützte Seite.

Jetzt klappte auch Lenz ein Stück zusammen, ließ sich dadurch aber nicht von seiner Aufgabe abhalten. Mene erwischte sich dabei, wie sie einen kleinen Hoffnungsschimmer in sich aufblitzen ließ. Da krachte von der anderen Seite Loleks Faust mit so viel Wucht gegen Lenz' Kinn, dass sein gehörnter Kopf wie der einer übergroßen Kasperlepuppe zur Seite geschleudert wurde.

Kaum hatte sich Lenz kurz geschüttelt, traf ihn auch von der anderen Seite ein Schlag, und wären sie nicht von ihrer Herrin mit einem knappen französischen Kommando zur Räson gerufen worden, hätten ihn die zwei Brüder wohl noch eine Weile als Punchingball benutzt. Diane hatte der Szene immer noch den Rücken zugewendet und kramte seelenruhig weiter in dem Beutel. Sie schien sich während des kurzen, heftigen Handgemenges nicht einmal umgeschaut zu haben.

Bolek drehte Lenz' freien Arm auf den Rücken, und Lolek öffnete den Verbandskasten, den er aus der Ecke geholt hatte. Während die beiden dem Gefangenen einen Pressverband anlegten und seine Hand wieder an das hintere Stuhlbein fesselten, kehrte auch Diane zu ihnen in den Zirkel aus Kreide und Kerzen zurück. In der Hand hatte sie den großen Bezoarstein aus dem männlichen Steinbock, den sie unter Aufsagen weiterer Formeln in den Kelch fallen ließ.

Mene wusste, dass es die Herrscher früherer Zeiten genauso mit ihrem Wein gemacht hatten, um sich vor Giftanschlägen zu schützen, und tatsächlich reckte Diane den Kelch nach einem Moment kurz Richtung Decke und setzte ihn an die Lippen. Sie trank zwei große Schlucke und reichte das gralsartige Gefäß an ihre Helfer weiter, die ihre Masken abzogen und es ihr gleichtaten.

Schließlich holte Diane auch die restlichen Beutestücke des illegalen Abschusses, der den heimlichen Auftakt zu diesem bizarren Feldzug gebildet haben musste, aus dem Plastikbeutel: die drei Herzkreuze der Steinböcke. Als könnten sie wirklich jene Unverwundbarkeit und übermenschlichen Kräfte verleihen, von denen Stoll bei der Pressekonferenz gesprochen hatte, schienen die drei Jäger die verknöcherten Sehnen, die bei Steinböcken, Hirschen und anderen Tieren an der Herzschlagader wuchsen, als Talisman verwenden zu wollen. Diane tauchte die Kreuze nacheinander in das Blut – das wohl das eines doppelten Judas und nach der Zeremonie nun jenes der ziegenköpfigen Teufelsgestalt sein sollte. Die zwei kleineren Kreuze überreichte Diane ihren Helfern, die sie sich an Lederbändern um den Hals hängten. Das größte, das aus dem Herz des Bocks stammen musste, verstaute sie in der linken Brusttasche ihrer am Boden liegenden Lederjacke.

Auch die Spitzen aller möglichen Pfeile – kurzer und langer, an deren Enden seltsame bunte Aufsätze steckten – tauchten die drei in das Blut. Danach steckten die Brüder die Geschosse zurück in die Bögen und Köcher, die das Trio auf seinem mysteriösen Jagdausflug benutzen wollte, und legten den Rest ihrer Ausrüstung an – die aus Messern, Nachtsichtgeräten und offenbar auch wieder den in ihre Westen gestopften Masken bestand.

Diane ging derweil noch einmal innerhalb der Kerzen um Lenz herum und schüttete das restliche Blut aus dem Kelch, sodass es einen roten Kreis um ihren gehörnten Gefangenen bildete. Die letzten Reste wischte sie mit der

Hand aus und verstrich sie mit zärtlich-lüsternen Gesten auf Lenz' Gesicht und Brust.

»Mein harter, sanfter Wilderer, mit deinen schönen Skulpturen und Kunstwerken«, flüsterte sie. »Du darfst noch ein bisschen leben, so wirkt der Zauber besser. Den Knebel behältst du aber im Mund. Nach dem, was dein Freund Brenner mir erzählt hat, gefällt dir das ja vielleicht sogar.«

Lenz ruckte in seinen Fesseln nach vorne, und sein einzelnes Auge leuchtete so wutentbrannt, dass Mene halb erwartete, gleich einen grünen Feuerstrahl daraus hervorschießen zu sehen, der seine Gegnerin augenblicklich in Staub verwandelte. Doch das war natürlich nur ihre überreizte Fantasie, wahrscheinlich auch ihre inzwischen selbst nach den kleinsten Halmen greifende Hoffnung, und mehr als eine mitleidiges Lächeln verlangte Lenz' Zorn der »göttlichen Diane« nicht ab.

Dianes zwei Gehilfen standen mittlerweile mit Nachtsichtgeräten auf der Stirn und über den Arm gelegten Armbrüsten an der Tür bereit. Auch seltsame Pistolen, auf denen Pfeile zu stecken schienen, baumelten an ihren Hüften. Der etwas Schmalere hielt außerdem Dianes großen silbernen Hightechbogen in der Hand.

Der andere reichte seiner Herrin ein feuchtes Handtuch, mit dem sie ihre Hände und den Rest ihres Körpers von Blutspuren reinigte. Dann kam sie zu Mene zurück, steckte in aller Ruhe ihre Haare wieder auf und zog ihre Sachen an.

Mene wusste, dass diese verrückte junge Frau, deren Körper zugleich strahlend schön und durchtrainiert wie der einer Leichtathletin war, gleich mit Brenner auf eine ihrer unheimlichen Jagdexpeditionen gehen würde, bei der es sehr gut sein konnte, dass auch er als »casualty« endete. Doch sie lag frierend, gefesselt, verängstigt und mit nasser Hose im Staub und hatte keine Ahnung, wie sie das verhindern sollte.

Tatsächlich schien es, als würde Diane sie noch nicht mal mehr wahrnehmen, jetzt da sie ihre Funktion als Publikum für ihre blutrünstige »Vorstellung« erfüllt hatte. Dann blieb sie auf dem Weg nach draußen jedoch vor ihrem Hund stehen, der immer noch auf halber Strecke zwischen Mene und Lenz auf dem Boden lag.

Während das riesige Tier mit gehorsamem Blick zu ihr aufsah und sie mit ihm redete, als handele es sich um einen weiteren ihrer menschlichen Handlanger, zeigte sie zuerst auf Lenz in seinem Pentagramm und dann zu Mene am Boden.

»Den da brauchen wir noch ein bisschen«, erklärte sie. »Töte ihn nur, wenn es unbedingt nötig ist. Die da drüben hat aber ihren Zweck erfüllt und muss sowieso irgendwie aus dem Weg geschafft werden. Wenn du also Hunger kriegst oder dich einfach nur ein bisschen amüsieren willst, tu dir keinen Zwang an.«

TEIL VIII: LUCHSFÄHRTE

1

Wie Diane angedeutet hatte, war Lenz durch seine heimliche Tätigkeit als Wilderer und Präparator mit der DD-Website in Kontakt gekommen. Er war über ein ebenfalls schon geschütztes Forum im »Clearnet« darauf gestoßen. Mit dem »Darknet« hatte er bereits Erfahrung gehabt, weil er manchmal Pilze, LSD, Speed, Koks und andere Drogen dort kaufte. Diese konnten sowohl einen Streifzug durch den Wald als auch eine arbeitsame Nacht in seiner Hütte wesentlich spannender und fruchtbarer gestalten.

Zunächst hatte er die Seite nur genutzt, um Trophäen, Präparate und Tierteile für irgendwelche asiatischen Wunderheiler zu verkaufen, die zum Teil erstaunlich hohe Preise zahlten. Auch seine ausgestopften Tiere kamen gut an, was ihn mit einem gewissen künstlerischen Stolz erfüllte. Ebenso stellte es sich als äußerst vorteilhaft heraus, dass alle auf der Seite genannten Dollarpreise zum aktuellen Kurs in Bitcoin, Monero und anderen Kryptowährungen gezahlt wurden. Diese waren zwar nicht gerade das verlässlichste und beständigste Geldmittel. Doch wenn man sie zum richtigen Zeitpunkt in echte Währungen eintauschte, ließen sich die erzielten Erlöse noch erheblich steigern. Wie bei Amazon behielt die der Seite vorstehende Amazone einen gewissen Teil als Gebühr ein. Aber dafür funktionierte das Ganze auch praktisch genauso einfach und reibungslos.

Was Lenz von der Geschichte mit den seltenen und geschützten Tieren halten sollte, wusste er zunächst nicht. Anfangs hielt er viele der Aufnahmen für Fälschungen oder wenigstens für so in Szene gesetzt, dass die Tiere unnatürlich groß wirkten, das sah man ja oft auch auf normalen Jagdfotos. Auch das Bohei, das um die »göttliche Diane« als Star und Schutzpatronin der Seite gemacht wurde, war ihm eigentlich zu viel – wer brauchte den ganzen Klimbim? Rein optisch war an der Kleinen natürlich nichts auszusetzen, besonders wenn sie ihre knappen Tarnshorts trug, und auch die trotzig bis verächtliche Haltung, die gegenüber Naturschützern und anderen Gutmenschen zum Ausdruck kam, gefiel ihm im Grunde. Dass bei der nächtlichen Jagd auf irgendwelche Ausnahmetiere tatsächlich regelmäßig Wildhüter und andere Beteiligte draufgingen, glaubte er allerdings keine Sekunde.

Dann stolperte er jedoch zufällig im Internet über einen Bericht, bei dem es um eines der auf der Seite angebotenen Exemplare ging. Wie ein bisschen Recherche ergab, handelte es sich auch bei manch anderem Fabeltier um keine Fantasterei, und selbst an den angedeuteten menschlichen Kollateralschäden konnte etwas dran sein.

Viele andere wären jetzt vielleicht vor weiteren Kontakten mit der Seite zurückgeschreckt, doch Lenz war im Gegenteil sogar ein bisschen beeindruckt. Das Gefühl, die normalen Regeln der Gesellschaft nicht einfach so akzeptieren zu wollen, kannte auch er, und zwar von klein auf, und die radikale Art, mit der hier das uralte Recht durchgesetzt wurde, die Gaben der Natur nach Gutdünken zu nutzen, imponierte ihm. Wie er selbst agierte Diane zwar im Verborgenen, betrieb ihre Seite im dunklen Teil des Internets und hüllte auf ihren Jagdfotos ihr Gesicht in künstliche Schatten. Doch sie setzte sich eindeutig mit noch mehr Selbstbewusstsein und Entschlossenheit über Verbote und Gesetze hinweg, als er selbst es wagte.

Zu jener Zeit hatte Lenz auch schon begonnen, regelmäßig die Hausmarke des Absinths zu bestellen, der auf der Seite angeboten wurde – und im Nachhinein betrachtet beeinflusste das vielleicht bereits seine Sicht der Dinge. Er hatte zunächst nur ein bisschen Ausrüstung bei DD bestellt, Auswahl und Preise waren tadellos, sich dann aber auch in der Lebensmittelabteilung umgetan, wo das Destillat als bewusstseinserweiternder Wundertrank angepriesen wurde, das eine klarere Sicht auf das wahre Wesen der Welt erlaube. Noch nie derartigen Substanzen abgeneigt und erfahren darin, die von ihnen eröffneten Dimensionen zu erforschen, hatte Lenz eine Flasche bestellt. Wie er bald zu seiner eigenen Überraschung merkte, waren auch in diesem Fall die von Diane aufgestellten Behauptungen keineswegs so unbegründet wie gedacht.

Wenn er an seinen Präparaten arbeitete, hatte er wirklich das Gefühl, der Seele seiner tierischen Subjekte noch tiefer auf den Grund sehen zu können als mit anderen

»Hilfsmitteln«, und auch mit seinen Schnitzereien fing er in dieser Zeit an. Zuerst arbeitete er mit Hölzern und Hörnern aus der Region, aber bald fand er erneut auf der Website eine bessere Alternative: die Königin der zum Schnitzen verwendbaren Werkstoffe – das strahlend weiße Elfenbein.

Ebenfalls in jene Zeit fiel eine andere Entdeckung, die von all den einzelnen Puzzleteilen, die sich letztendlich zur jetzigen Situation zusammengefügt hatten, möglicherweise nicht das unwichtigste war. Durch seinen neuen Schaffens- und Tatendrang beflügelt, hatte Lenz seine Streifzüge nicht nur wie gewohnt in die von seiner Hütte leicht zugänglichen Jagdgründe in Österreich, sondern bis über das Steinerne Meer hinweg unternommen, wo das von den täglichen Touristenströmen und auch vom Nationalpark selbst wenig beachtete Hirschbachtal lag. Und dort war er, der kurz zuvor noch die auf der Website angebotenen Wundertiere mit so viel Skepsis betrachtet hatte, selbst auf eines gestoßen.

Zur ersten Begegnung kam es, als er gerade am steilen Nordhang des Tals auf eine Gämse anlegte. Zum Präparieren oder Verkaufen war das nichts, doch Lenz hatte am Geschmack der Tiere Gefallen gefunden, das erst bei älteren Exemplaren eine übermäßige Strenge annahm. Das Tal war so abgelegen und wenig besucht, dass sich ohne Weiteres ein Schuss am helllichten Tag riskieren ließ, und das dortige Gamswild offensichtlich so wenig an Nachstellungen gewöhnt, dass ihn das abseits der Herde grasende Jungtier auf unter 70 Meter heranließ.

Lenz hatte schon das Schulterblatt der Gams im Visier, doch etwas brachte ihn dazu, noch einmal aufzublicken. Vielleicht 20 Meter über dem Stück, und von diesem offenbar unbemerkt, stand ein großer Hirsch auf einem Fels, der aus der Alpenmatte ragte.

Der Hirsch war so groß, dass Lenz bereits bei dieser ersten Begegnung zunächst glaubte, er müsse ihn sich einbilden. Noch unwirklicher wirkte das Geweih, bei dem man im ersten Moment meinte, das Tier trage auf seinen Stangen eine halbe Baumkrone durch die Gegend.

Lenz schwenkte sofort den Lauf. So wenig die Gams sich ausgezahlt hätte, so viel würde ihm dieser fast urzeitlich wirkende Gigant auf der DD-Seite einbringen. Doch kaum schaute er durch die Optik, war der kapitale Bursche verschwunden. Und als Lenz erneut aufblickte, war auch die Gams wie vom Erdboden verschluckt.

So ging es von da an jedesmal, wenn Lenz ins Hirschbachtal zurückkehrte. Kaum legte er auf ein Stück an, erschien der Riesenhirsch, um ihn abzulenken, und sobald Lenz ihn anvisieren wollte, war er nicht mehr da. Auch wenn er sich mit gesenkter Waffe annähern wollte, verschwand das riesenhafte Tier mit ein, zwei ruhigen Schritten zwischen Felsen oder Bäumen. Selbst als Lenz mit der Erscheinung zu sprechen versuchte wie mit einem Menschen, blieb sie nicht stehen.

In jenen Tagen, die sich knapp ein Jahr vor den Ereignissen abspielten, die jetzt ihn und – was viel schlimmer war – vielleicht seine große Liebe das Leben kosten würden, trank er schon mehr als zwei Flaschen von Dianes Spezialmischung am Tag. So tat er die Erscheinung schließlich als Trugbild ab, und tatsächlich begann der Hirsch da auch schon in seinen Träumen aufzutauchen, ebenso wie alle möglichen anderen Gestalten und Wesen, die Lenz am nächsten Morgen stets skizzierte und wie im Rausch aus Elfenbein erschuf. Trotzdem ließ ihn das

Rätsel des großen Hirschen nicht los – und als er eines Morgens wieder das Steinerne Meer durchquerte, in dessen schroffem Gestein er ebenfalls immer öfter irgendwelche Figuren und Gestalten erkannte, sah er Brenner wie einen Schmuggler aus alten Zeiten über die Felsen eilen.

Durchs Fernglas erkannte Lenz den Rucksack, den der Parkranger auf dem Rücken hatte, sowie den backenbärtigen Kopf des kleinen Raubtiers, das oben herausschaute – im ersten Moment hielt Lenz es für einen jungen Löwen. Er versuchte seinem alten Bekannten, dessen Lebensweg er auch sonst aus der Ferne verfolgte, auf den Fersen zu bleiben. Doch dieser schien es mächtig eilig zu haben, und kurz vor dem Hirschbachtal verlor Lenz die Fährte des seltsamen Gespanns.

Dann hatte ihm Mene, mit der er sich seit ihrer Rückkehr manchmal traf, von Brenners Luchs und dessen Krankheit erzählt, und als der Zögling im Folgenden erst auf wunderbare Weise genas und dann immer größer und kräftiger wurde, fiel Lenz wieder ein, was man über Brenner und seine nicht weniger wundersame »Auferstehung« nach der Sache mit den Adlern damals erzählte, die sich ebenfalls im Hirschbachtal zugetragen hatte. Etwas sagte ihm, dass beides mit der eigenartigen Erscheinung zu tun hatte, auf die er dort immer wieder stieß, und als ihm der Hirsch anschließend einmal im Traum mit blühendem Geweih erschien, war er sicher, dass es so war.

Sein großer Fehler war dann gewesen, Diane nicht nur von Brenners Luchs, sondern auch von dem anderen »Wundertier« zu berichten, das sich möglicherweise in den Berchtesgadener Wäldern herumtrieb; für treue Kunden und Händler gab es auf der DD-Seite einen Bereich, wo man solche »Vorschläge« einreichen konnte. Was ihn dazu bewog, wusste Lenz heute nicht mehr genau. Vielleicht die Stelle beim Nationalpark, die Brenner ihm damals weggeschnappt hatte, und das Gefühl, dass er ihm jetzt auch seine große Liebe endgültig streitig machen würde. Schon vor Jahren hatte er da einen Verdacht.

Zu dem Rückzieher, der ihn in den Augen der wütenden Göttin zu einem »doppelten Verräter« machte, hatte ihn dann ein schrecklicher Traum bewegt, den er in dem edlen Hotel auf dem Obersalzberg hatte – nachdem er in der Nacht vor Dianes Auftritt eine ähnlich sinnestrunkene und absinthgeschwängerte Nacht verlebte wie Brenner offenbar jetzt.

Das Schlimme war, dass wie in einer griechischen Tragödie genau diese späte Umkehr nun dazu führen würde, dass jener Traum wahr wurde. Und Lenz trotz der überlegenen Stärke, Disziplin und Willenskraft, mit der er sich im Leben stets gegen alle Widrigkeiten behauptet hatte, kaum noch eine Möglichkeit sah, diese Katastrophe aufzuhalten.

2

Als Diane mit ihren Helfern aus dem Verlies im Obersalzberg verschwand, blieb ihr Hund zunächst auf dem Boden liegen.

Er gähnte, zog dabei die Lefzen zurück und entblößte seine riesigen Zähne, und legte dann seinen massiven Schädel auf die ausgestreckten Läufe, als wolle er sich ausruhen. Er schaute weder zu Mene noch zu Lenz hinüber, sondern schien mit seinen dunkelroten, sanft flackernden Augen direkt in die Flamme der Kerze vor sich zu blicken. Doch Lenz wusste, dass das teuflische Monstrum nur mit ihnen spielte. Genau wie seine Herrin machte es sich einen Spaß daraus, ihre Anspannung und Verzweiflung auf den Höhepunkt zu treiben.

Lenz sah zu Mene und erkannte daran, dass sie den Blick keine Sekunde von dem schwarzen Ungeheuer abwendete, wie viel Angst ihr Dianes Abschiedsworte gemacht hatten. Einmal mehr verfluchte er sich dafür, diesen ganzen Wahnsinn ins Rollen gebracht zu haben. Am liebsten hätte er erneut versucht, die Lederriemen in seinem Mund durchzubeißen – damit er sich wenigstens für alles entschuldigen konnte.

Doch noch wichtiger war es zu versuchen, sich aus dem Achterknoten aus seinem rechten Handgelenk zu befreien. Die zwei perversen Folterknechte waren aufmerksam genug gewesen, um nach seinem Ausbruchsversuch die Schlingen auf beiden Seiten wieder sorgfältig festzuziehen. Auf der rechten Seite hatten sie jedoch ein winziges bisschen mehr Spiel gelassen als vorher. Die Schwierigkeit war, den Knoten durch beständiges Rütteln zu lockern, ohne die Aufmerksamkeit des Monsterhundes auf sich zu ziehen. Dieser würde ihm zur Strafe mit Sicherheit mit allergrößtem Vergnügen den Arm abreißen, ob Lenz nun für den satanischen Schwachsinn seiner Herrin wichtig war oder nicht. Und dann wäre der letzte Hoffnungsschimmer verloren.

Bitte lieber Gott, betete Lenz lautlos mit seinem roten Bondageball im Mund und den gebogenen Teufelshörnern auf dem Kopf. *Ich weiß, ich hab diesmal richtigen Scheiß gebaut. Aber wenn du mir jetzt hilfst, dann wird ab sofort alles anders.*

Als Lenz damals anfing, seine vom Absinth heraufbeschworenen nächtlichen Visionen zu haben, die er am nächsten Tag stets in Figuren aus Elfenbein umsetzte, hatte er alles über die Jagdgöttin Diana, als göttliche Wesen verehrte Hirsche und sonstige mystische Vorstellungen im Internet gelesen, was sich finden ließ. Normalerweise konnte er mit so trockenem Kram nicht viel anfangen, er bewegte sich ja selbst jeden Tag in der göttlichen Natur. Eine Geschichte, die über den jähzornigen und männerfeindlichen Charakter der antiken Göttin wohl ziemlich viel aussagen sollte, war ihm aber im Gedächtnis geblieben.

Diese Geschichte war auch in dem schrecklichen Albtraum aufgetaucht, den er hatte, als er vor vier Tagen nach einem durchvögelten Nachmittag, in dem Diane gar nicht so männerfeindlich gewirkt hatte, schließlich in ihrem großen Hotelbett eingeschlafen war. Leider hatte er da ihr und ihren Helfern den Weg in diese verlassenen Kammern, die er als Jugendlicher entdeckt hatte, schon gezeigt. Sodass das listige Trio ihn nach seiner Meinungsänderung überrumpeln und selbst dorthin verfrachten konnte, bevor es zu seiner ersten nächtlichen Jagd aufbrach, von der es die jetzt auf seinen Kopf geschraubten Steinbockhörner mitgebracht hatte.

In dem Traum hatte Lenz zugesehen, wie große schwarze Hunde den geheimnisvollen Hirsch aus dem Hirschbachtal zerreißen. Wie in der Sage, in der Diana einen Jäger, der sie beim Baden überrascht, in einen Hirsch verwandelt und von seinen eigenen Hunden töten lässt, handelte es sich bei dem Tier eigentlich um Brenner. Lenz tat es einerseits leid, dass der brave Bursche, der ihm damals in seiner schlimmsten Stunde geholfen hatte, auf diese Weise sein Ende finden musste. Andererseits hatte er es genau so gewollt; und wäre sein alter Bekannter erst mal aus dem Weg geräumt, könnte er endlich wieder freier atmen.

Dann war jedoch der größte der Hunde, bei dem es sich unverkennbar um Dianes Riesenzüchtung handelte, mit Kopf und Geweih davongelaufen, wohl um sich in Ruhe darüber herzumachen. Lenz eilte ihm hinterher und versuchte, ihm die wertvolle Trophäe zu entreißen. Als er es schließlich schaffte, hielt er jedoch nicht den Kopf von dem Hirschen oder Brenner in den Händen. Sondern Menes, die ihn mit toten, in bodenlosem Schrecken erstarrten Augen anblickte …

Nein, lieber Herr! Lass ihn noch etwas liegen bleiben. Mach, dass er noch eine Weile wie ein braver Haushund in die Kerze schaut und ich ein bisschen mehr Zeit habe! Dann kann ich's unter Umständen schaffen …

Vielleicht hatte das Monstrum seine heimlichen Bemühungen bemerkt. Vielleicht konnte es auch das blanke

Entsetzen riechen, das die Erinnerung an jenes nächtliche Gesicht, das sich nun zu bewahrheiten schien, in ihm auslöste. Jedenfalls erhob sich das schwarze Ungetüm, das Lenz' Erinnerung nach ebenfalls irgendeinen albernen antiken Namen trug, von seinem Platz und kam gemächlich auf ihn zuspaziert.

Ja, komm zu mir, dachte Lenz. Er starrte mit seinem einzelnen Auge in die flackernden roten, die sich fast auf gleicher Höhe befanden, und versuchte, dem verdammten Monsterköter seine Gedanken wie mit einem Laserstrahl ins Hirn zu brennen. *Komm zu mir und bleib bei mir, am besten die ganze Nacht. Schau hier, sind meine Fesseln nicht etwas locker, solltest du nicht lieber ganz genau auf mich aufpassen? Vielleicht kann dann Mene versuchen, sich aus ihren zu befreien, sobald sie sich ein bisschen gefasst hat. Jedenfalls ist sie so lange sicher …*

Doch Mene war nicht sicher. Auch jetzt trieb das gemeine Höllenvieh nur wieder seinen Mutwillen mit ihnen.

Es baute sich vor Lenz auf, ließ seine lange Zunge heraushängen, erlaubte ihm, seine riesigen Zähne zu begutachten, und hüllte ihn in seinen fauligen Atem.

Kleiner Narr, sagte sein Blick, der so alt und mitleidlos wirkte, als handele es sich auch bei ihm um ein der Unterwelt entstiegenes Sagenwesen. *Kleiner Menschennarr mit deinen kleinen Wünschen, Hoffnungen und Ängsten. Es gibt nur eine Wahrheit auf dieser Welt. Und die werde ich dir jetzt zeigen.*

Bleib hier, flehte Lenz mit seinem bruderlosen grünen Auge. *Bleib bei mir und töte mich. Zerreiß mich wie den Jäger in der alten Geschichte und mach es so langsam, dass ich erst ganz am Ende nichts mehr spüren kann. Reiß mir jeden Fetzen einzeln von den Knochen und verschling ihn vor meinen Augen. Aber bitte verlass mich nicht …*

Lenz wusste von den zwei Jagdhunden, die er selbst in seinem Leben besessen hatte, dass Hunde lächeln konnten. Doch ein so boshaftes, abgrundtief böses Grinsen wie bei diesem Exemplar hatte er noch nie gesehen.

Dann wendete sich das Tier ab und trottete zu Mene hinüber.

3

»M-m-m-m«, hörte Mene Lenz machen. »M-m-m-m«, machte er und gab auch andere gurgelnde Laute von sich, die wohl die Aufmerksamkeit des Hundes auf sich ziehen sollten. Gleichzeitig riss und zerrte er mit so viel Gewalt an seinen Fesseln, dass die Wunde an seinem Arm sich wieder öffnete und der Verband sich rot färbte.

Seit Diane das Verlies verlassen hatte, war Mene starr vor Schreck gewesen. Wieder und wieder hatte sie ihren Traum durchlebt, in dem sie bei lebendigem Leib von einem riesigen Luchs zerrissen worden war, bei dem es sich wahrscheinlich sogar um Luchs selbst gehandelt hatte. Immer mit der Aussicht vor Augen, dass ihr dasselbe Schicksal gleich durch die großen Reißzähne und scharfen Klauen eines ebenso märchenhaft gewaltigen Wolfshunds widerfahren würde.

Das Ungeheuer, hatte sie in einer von maßlosem Grauen erfüllten Endlosschleife gedacht. *Das Ungeheuer wird mich holen.*

Jetzt, wo es tatsächlich so weit war, fand sie jedoch seltsamerweise ihre Fassung wieder. Alles schien plötzlich wie in Zeitlupe oder wie unter Wasser stattzufinden. Nur dass sie in diesem totenstillen Medium, das aller Zeit und allen üblichen Erfahrungen auf so grausame Weise enthoben schien, plötzlich auch ihre Sprache wiederfand.

Letzte Worte, schoss es ihr durch den Kopf. *Die wollen raus. Egal, wie's danach weitergeht.*

»Ach Lenz, es tut mir so leid«, hörte sie sich sagen. »Wir waren so glücklich miteinander, und als ich's plötzlich nicht mehr zu 100 Prozent war, bin ich einfach gegangen. Irgendwie habe ich das Gefühl, dass das alles mit dem hier zu tun hat. Und wenn ich eins eben gemerkt habe, dann, wie sehr ich dich immer noch liebe.«

Der Hund oder der Wolf oder worum auch immer es sich bei dem rotäugigen Riesenbaby handeln mochte, stand jetzt vor ihr und versuchte wieder, sie mit seinen glühenden roten Augen zu hypnotisieren. Er wollte ihr Angst machen, das wusste sie plötzlich, weil ihm dann ihr Fleisch besser schmecken würde. Doch das bisschen Autorität hatte sie sich bewahrt, sie hatte schließlich ständig mit Kunden zu tun, die sich und ihr Anliegen für das Wichtigste in der Welt hielten. Nur echte Notfälle wurden vorgezogen. Die anderen mussten warten.

»Ich war in deiner Wohnung und hab das alte Foto und die kleine Kritzelei wieder gesehen, mit der ich mich für all deine wunderschönen Geschenke bedanken wollte«, stieß sie schnell hervor. »Ich habe gedacht, ich bin in Brenner verliebt, die letzten zehn Jahre hab ich's gedacht, aber jetzt bin ich mir nicht mehr sicher. Ich glaube fast, er ist auch mehr so was wie ein Geist, wie all diese merkwürdigen Gestalten hier, und wir beide, wir waren lebendig. Schade, dass es mir erst jetzt einfällt. Aber ich wollt's dir unbedingt noch sagen.«

Der Wolfshund schien sich tatsächlich davon beeindrucken zu lassen, dass sie sich so unbeeindruckt gab, und so hatte sie noch Zeit, einen letzten Blick auf Lenz schönes grünes Auge zu werfen, aus dem genauso die Tränen in Strömen herabliefen wie aus ihren eigenen.

»Wie du mir vorhin zugezwinkert hast, war ganz großes Kino«, sagte sie. »Ich liebe dich, alter Pirat, und ich hoffe, dass wir uns in einem anderen Leben wiedersehen.«

Dann trat der Hund einen Schritt näher, verdeckte ihre Sicht und begann mit seiner Routine. Als hätten sie alle in der gleichen Schurkenschule gelernt, fing er an, ihre Brüste abzuschlecken, und zwar auf eine so widerlich lüsterne Art, dass Mene ehrliche Zweifel kamen, ob sie es wirklich nur mit einem Tier zu tun hatte. Trotzdem hielt sie das Eiserne und Starke, das sie in ihrem Innern gefunden hatte, mit aller Kraft fest und sah ihm ruhig in seine forschenden roten Augen.

Wenn du glaubst, du kannst mir Angst machen, dann hast du dich geirrt, ließ sie ihn stumm wissen. *Da gehört schon mehr dazu. Ich bin auf dem Land aufgewachsen – mit drei Brüdern.*

Das Funkeln in den roten Augen verriet ihr allerdings, dass auch ihr Widersacher kein Anfänger war. Und als er eine ihrer Brüste in sein großes Maul nahm und langsam seine spitzen Zähne in die empfindliche Haut zu bohren begann, entsprach das so sehr den Abscheulichkeiten, die sie in ihrem Traum hatte durchmachen müssen, dass sie schließlich doch zu wanken begann.

Plötzlich schien wieder ihr ganzes Wesen von der Angst und dem Grauen erfüllt, das sie dort in der nassen Grube erlebt hatte.

So sehr, dass sie das laute, zornige Fauchen, das plötzlich den Raum erfüllte, zuerst für reine Einbildung hielt.

4

Luchs hatte seine Geschwister nicht getötet. Im Gegenteil: Er hatte sie gegen einen Marder und später sogar gegen einen Dachs verteidigt, die in die Grube zum Fressen kamen, und erst aufgegeben, als er selbst halbtot in der Ecke lag. Wenn die findigen Räuber, die die Natur gerne in solche Gruben schickte, nicht auch über ihn hergefallen waren, dann nur, weil sie fürchteten, noch mehr der tapferen kleinen Tatzenhiebe zu kassieren, mit denen er sie traktiert hatte.

Jetzt war er bereit, mit derselben Entschlossenheit auch seine neue Familie zu verteidigen. Mene gehörte auf jeden Fall dazu, deshalb hatte er sich an ihren Wagen geheftet, als sie heute Nachmittag von Brenners

Wohnung weggefahren war. Luchs hatte in der Nähe auf einem Baum geschlafen und eigentlich auf seinen Gefährten gewartet, den er nach den seltsamen Szenen oben im Gebirge gerne wiedersehen wollte. Vom startenden Motor des vertrauten Kombis war er aufgewacht. So hatte er kurz entschlossen die Verfolgung aufgenommen.

Diese hatte zum Glück über einsame Wiesen geführt, auf denen das Gras schon hoch genug stand, um einigermaßen Schutz zu bieten, und auch im Tal hatte er den seichten Fluss und den bewohnten Streifen dahinter so schnell und geschickt hinter sich bringen können, dass er von menschlichen Beobachtern unbemerkt blieb. Durch die hastigen Sprünge und Umwege, zu denen er gezwungen war, hatte er den Wagen jedoch verloren, und erst nach langen, behutsamen Streifzügen über die spärlich besiedelten Hänge konnte er ihn in dem darüber liegenden Waldstück wieder aufspüren.

Das Auto stand vor einem kleinen Häuschen an einer ansonsten unbewohnten Schotterbiegung. Luchs war noch ein ganzes Stück entfernt, als plötzlich die zwei Gestalten mit den Hundeköpfen auftauchten, die oben in den Bergen Jagd auf ihn gemacht hatten. Sie trugen Mene, die zu schlafen schien, in ihr großes schwarzes Auto.

Luchs zögerte einen Augenblick zu lang. Brenner schien ihm ja zu verstehen gegeben zu haben, er solle sich von den unheimlichen Menschen mit Tierköpfen, die auch keinen guten Geruch absonderten, fernhalten. Als er endlich lossprintete, fuhr der Wagen schon mit seiner schlafenden Fracht davon.

Genau einen Augenblick zu spät gekommen, hatte Luchs erneut die Verfolgung aufgenommen. Doch das

Auto fuhr noch schneller als das andere, und auf halbem Weg den Berg hinauf verlor er abermals die Spur.

Diesmal dauerte die Suche noch länger, und der volle Mond war schon weit über den Himmel gewandert, als Luchs den Wagen endlich an einem einsamen Waldweg wiederfand. Er folgte dem fast verflogenen Geruch der zwei Männer sowie der unnatürlich süßen Note, die sich in Menes Duft mischte, bis zu einer von dichtem Gestrüpp verborgenen Betonpforte. Das verrostete Gitter stand offen, doch aus den dunklen Tiefen, die sich dahinter verbargen, spürte Luchs so ungute Schwingungen aufsteigen, dass er abermals zögerte. Schließlich siegte jedoch das Gefühl, das ihn schon die ganze Zeit dazu gebracht hatte, seine Suche nicht aufzugeben.

Das gleiche Gefühl hielt ihn auch davon ab, sich auf die bewaffneten Männer zu stürzen, als diese ihm, von einem hellen Lichtschein angekündigt, in den dunklen Gängen entgegenkamen. Sie wurden von der Frau begleitet, der Luchs mit Brenner oben an dem See begegnet war und die aus allen Poren nach dem Gift roch, das er seinem »Herrn« dort aus der Hand geschlagen hatte.

Doch selbst der Widerwille, den dieses Wesen in Luchs auslöste, reizte ihn nicht zum Angriff. Besser wäre es, das spürte er aus irgendeinem Grund, sich in einer Nische zu verstecken und dann die Fährte der drei bis in die untersten Nischen des unheimlichen Labyrinths, aus dem sie gekommen waren, zurückzuverfolgen.

Als er schließlich an seinem Ziel ankam, hatte er am Blick des schwarzen Ungetüms, mit dem er schon einmal aneinandergeraten war, sofort erkannt, dass er keinen Moment zu früh auftauchte.

Sein wütend knurrender Gegner sah so groß und

gefährlich aus wie bisher kein Tier, dem er in den Berchtesgadener Wäldern begegnet war. Dennoch stürzte er sich mit der gleichen wilden Entschlossenheit auf ihn wie damals auf die Räuber in der Grube.

5

Luchs schoss mit solcher Wucht in den Hund hinein und mit ihm gegen die Wand, dass ein großes Stück Putz auf Mene hinabrieselte. Sofort wechselte der Wirbelsturm aus Pranken, Zähnen, Knurren und Fauchen die Richtung und krachte so heftig in Lenz' Stuhl, dass das Holz splitterte.

Wütend wälzten sich die Tiere in Blut und Kreide, stießen die Kerzen um und schleuderten Hörner und Bezoarsteine beiseite. Dann gingen sie auseinander und taxierten sich wie Boxer, denen das Pentagramm als unheilvoller Ring für ihren Kampf auf Leben und Tod diente.

Mene war noch vollkommen perplex, dem grausigen Schicksal, das sie schon am Leib hatte spüren können, in letzter Sekunde entronnen zu sein. Sie hatte keine Ahnung, wie Luchs es geschafft hatte, hierher zu finden. Einen Moment hatte sie die wilde Hoffnung, dass auch Brenner gleich durch die Tür stürzen würde – und auf dem Weg hinab vielleicht sogar schon die sadistischen Verbrecher unschädlich gemacht hätte, in deren Gewalt sie sich befanden.

Doch Brenner tauchte nicht auf. Und als Mene die zwei Gegner im Licht der verbliebenen Kerzen betrachtete, zweifelte sie, ob ihr vielleicht doch nicht nur ein kleiner Aufschub gewährt worden war.

Luchs war ein Riesentier, keine Frage. (Dianes Andeutungen zufolge ja sogar aufgrund irgendwelcher übernatürlicher Kräfte – auch wenn ein großer Teil von Mene sich weiterhin gegen solche Erklärungen wehrte.) Er hatte einen Kopf wie ein Löwe, Pranken wie ein Tiger und Schultern wie ein Gorilla. Wenn er fauchte, blitzten so große Reißzähne in seinem Gebiss auf, dass man sich kaum einen Gegner vorstellen konnte, der es mit ihm aufnehmen könnte.

Nur war der verdammte Höllenhund, der ihm gegenüberstand, eben kein normaler Gegner. Von findigen Züchtern auf die Größe eines Ponys hochgemendelt (und wahrscheinlich ebenfalls mit irgendwelchen ominösen Mächten im Bund), war sein Kopf noch gewaltiger, sein Gebiss noch größer und sein Brustkorb noch mächtiger als der seines katzenartigen Kontrahenten.

Vor allem aber war das mit Sicherheit nicht seine erste Auseinandersetzung dieser Art. Während ihr lieber Luchs vor nicht langer Zeit noch vergeblich Hasen hinterhergehetzt und davonflatternden Birkhühnern nachgesprungen war. Niedlich, aber nicht gerade die harte Schule.

Schon schnellte der schwarze Wolfskopf so plötzlich hervor, dass Luchs sich nur knapp mit einem hohen Sprung in Sicherheit bringen konnte. Schallend schlugen die scharfen Zähne zusammen wie ein Bäreneisen.

Luchs ging sofort wieder zum Gegenangriff über und ließ eine seiner großen Tatzen durch die Luft sausen. Doch auch Dianes Hund wich geschickt aus – und bekam beim nächsten Ausfall seinen Gegner unter der Achsel zu packen.

Erneut kugelten die beiden über den Boden, und Mene glaubte zu erkennen, dass es dem schwarzen Ungetüm gelang, Luchs mehrere Bisse in den Bauch zu versetzen. Unwillkürlich zuckte sie zusammen, als seien es jene, die eben noch für sie bestimmt waren. Auch Luchs' Tatzen fanden endlich ihr Ziel – und einen Moment schien es, als könnte er die Oberhand gewinnen. Doch dann bekam ihn das schwarze Monster an der Kehle zu packen.

»Luchs, pass auf!«, rief Mene, doch ihr Retter wirkte geschwächt und ließ sich ohne viel Widerstand nach hinten schieben. Geschickt wie ein menschlicher Kämpfer, der seinen Gegner in die Ecke drängen wollte, bugsierte ihn der Hund rücklings gegen den hohen Stapel aus Taschen.

»Luchs, nein!«

Aber die Sache schien schon vorüber zu sein. Aufrecht, als könne er wirklich auf zwei Beinen gehen, stand der Höllenhund über Brenners Gefährten und musste ihm nur noch die Kehle abdrücken. Selbst der Reichsadler über den beiden schien so zufrieden auf die Szene niederzublicken, als sei der Sieg der perfekt abgerichteten Züchtung, die bestimmt auch der Stolz der hiesigen SS-Kompanie gewesen wäre, nur eine Frage der Zeit gewesen.

Auf wen Mene während des Kampfes allerdings überhaupt nicht mehr geachtet hatte, war Lenz. Hinten war eins der Beine seines Stuhls eingeknickt, wohl als die zwei tierischen Schwergewichte dagegengeprallt waren.

Es schien genau an der richtigen Stelle entzweigegangen zu sein, um Lenz' Fessel mehr Spiel zu lassen – und dadurch konnte er erst eine Hand und dann den Rest seiner Glieder befreien.

Schon warf er den letzten Beinstrick beiseite und eilte zu ihr. Doch Mene schüttelte den Kopf und wies damit in die andere Richtung.

»Nein, Lenz«, rief sie. »Luchs!«

Lenz drehte sich um und schien sich verzweifelt nach einer Waffe umzusehen.

Der Stuhl? Nein, er war ja immer noch angeschraubt. Das Messer von vorhin? Verdammt, hatten die Schurken wieder eingepackt. Die kleinen Hörner der Weibchen, die auf dem Boden verteilt waren …

Der Höllenhund vollendete in aller Ruhe sein Werk. Er hielt Luchs wohl für den gefährlicheren Gegner, den es zuerst unschädlich zu machen galt.

Lenz zögerte noch den Bruchteil einer Sekunde und beugte sich dann nach vorne.

Die Hörner gesenkt wie ein Stier, rannte er auf die schwarze Gestalt zu, die sich unter dem rötlich schimmernden Reichsadler über ihr Opfer beugte.

6

Noch ein Anblick, den Mene nie vergessen würde: Lenz, der wie ein wütender Minotaurus die Hörner von tief unten in den Bauch des großen Hundes bohrte, ihn wie ein Gewichtheber in die Höhe wuchtete – und dann mit ihm nach hinten fiel.

Es tat einen solchen Schlag, dass Mene im ersten Augenblick dachte, beide müssten tot sein. Dann legte sich der Staub, die Kerzen beruhigten sich, und Lenz stemmte sich schwerfällig vom Boden hoch.

Nur die goldenen Schrauben standen noch aus seiner Stirn, als sei er auf einen geringeren Teufelsrang degradiert worden. Die großen Hörner, deren relativ poröser Knochenansatz bei dem Sturz offensichtlich von den Schrauben gebrochen war, ragten aus dem Leib des schwarzen Riesenhunds. Der ausgestreckte Körper lag so still, als sei sämtliches Leben von einer Sekunde zur anderen daraus entwichen. Selbst die roten Augen wirkten bereits grau und erloschen.

Lenz rappelte sich auf, kam wankend zu Mene herüber und löste ihre Fesseln, noch bevor er versuchte, sich selbst von seinem Knebel zu befreien. Sie schnallte ihm den Knebel ab, schlang die Arme um ihn und hielt ihn einen Moment schluchzend fest, als wollte sie ihn nie wieder loslassen.

Anschließend wollte sie sich seine Stirn und die Wunde an seinem Arm näher ansehen. Doch er zog sie zur anderen Seite des Raums, hob auf dem Weg den Verbandskasten auf und schob sie zu Luchs, der zusammengekrümmt und flach atmend am Fuß des großen Bergs aus Taschen lag. Auch der Reichsadler wirkte wie erloschen und hing wieder an der Wand wie ein nutzloses Stück alter Nazidekoration; überhaupt erschien die Atmosphäre im Raum wie gereinigt und von allen bösen Kräften, die hier eben noch walteten, geläutert.

Allerdings hatte Luchs, der so unerwartet in die schwarze Messe geplatzt war und ihrer beider Leben gerettet hatte, dabei so schwere Verletzungen abgekriegt, dass Mene sich in der Tat sofort darum kümmern musste.

Während sie hastig den Inhalt der Verbandsbox vor sich ausbreitete, sah sie im Augenwinkel, wie Lenz etwas aus der Hosentasche kramte. Es war ein kleines Beutelchen mit weißem Pulver, das er auf die dicke Beule streute, die zwischen Daumen und Zeigefinger seiner großen Männerfaust herausstand. Dann sog er die aufgestreute Prise durch die Nase.

»Was … was machst du da?«, fragte sie verwirrt.

»Ich mach mich wieder fit«, antwortete er ruhig.

»Fit? Wofür?«, fragte Mene, während Lenz auch den Rest des Beutels auf seiner Hand ausbreitete und wie eine Prise Schnupftabak einsog.

»Ich hab Brenner damals gesagt, ich bring ihn um, wenn er jemals ausplaudert, was wir zusammen erlebt haben«, sagte er. »Aber jetzt werde ich versuchen, genau das Gegenteil zu tun.«

»Was ist das alles für ein Irrsinn?«

»Das weiß ich auch nicht genau. Ich weiß nur, dass ich ihn uns eingebrockt habe. Und jetzt werde ich alles daransetzen, das wiedergutzumachen.«

»Wir müssen die Polizei rufen!«

»Die ruf ich, sobald ich aus dem Berg bin – und einen Krankenwagen. Aber bei der Sache da draußen im Wald bringt sie, glaube ich, nicht viel.«

»Aber du musst selbst dringend ins Krankenhaus. Ich meine, du hast …«

Mene wies auf die Schrauben, die aus seiner Stirn standen. Lenz betastete sie flüchtig, zuckte dann aber mit den Schultern.

»Ehrlich gesagt spür ich kaum was davon«, erklärte er lächelnd. »Schlimm wird's wahrscheinlich erst, wenn sie wieder rausgeholt werden.«

Sie sah in sein mitgenommenes Piratengesicht und dachte kurz, er sei inzwischen komplett durch den Wind – oder das Speed, Koks oder was immer er sich verabreicht hatte, tue schon seine Wirkung.

Doch nein, das Gegenteil war der Fall: Sein Blick wirkte so klar und seine Miene so gelöst, wie Mene es seit ihrer Rückkehr nicht gesehen hatte. Der selbstbewusste, gelassene Ausdruck in seinem Gesicht erinnerte sie an früher.

»Warum … warum hast du dich umentschieden?«, fragte sie ihn, ohne selbst genau zu wissen, warum.

»Weil ich einen schlimmen Traum hatte«, erwiderte er und sah sie dabei so glücklich und zugleich schuldbewusst an, dass Mene erneut heiße Tränen in die Augen traten.

Sie griff in die Hosentasche, holte den abgebrochenen Elfenbeinkopf mit ihrem Gesicht hervor und drückte ihn Lenz in die Hand.

»Pass gut auf dich auf«, sagte sie. »Und wenn es irgendwie möglich ist, dann bring auch Brenner wieder heil mit zurück.«

TEIL IX: TOD AM STEINERNEN MEER

1

Ein Teil von Brenner wusste, dass er sich in einem merkwürdigen Zustand befand. Er fühlte sich ein bisschen wie damals kurz vor den blutigen Ereignissen auf der anderen Seite des Untersbergs, als er sich gefragt hatte, ob er selbst nicht das Ungeheuer sein könnte, hinter dem alle her waren. Auch an den Zustand danach erinnerte ihn seine Verfassung. Schließlich hatte er am Ende jener langen, düsteren Suche zwei Menschen getötet, und auch wenn es ihm um die beiden nicht wirklich leid tat, war das etwas, womit er erst mal klarkommen musste. Fast wäre auch ein junger Bursche draufgegangen, an dessen Tod er bestimmt ausgiebiger zu knabbern gehabt hätte. Aber da war ihm ja zum Glück die Freundin des Opfers, dessen Identität er unbedingt lüften wollte, dazwischengekommen.

Nicht dass er glaubte, jetzt einen ähnlich schweren Eingriff ins moralische Gewebe der Welt vorgenommen zu haben. Natürlich, er hatte Mene betrogen, und daran, wie er vermied, seine Nachrichten zu lesen, merkte er, dass ihm das keineswegs gleichgültig war. Aber konnte man überhaupt jemanden betrügen, mit dem man eigentlich gar nicht zusammen war und mit dem man aus einer seltsamen Verpflichtung heraus auch gar nicht wirklich zusammenkommen wollte? (Was man dann so gedankt bekam, dass mit Schrot und Pfeilen auf einen geschossen wurde!) Und hatte Mene ihn nicht ebenfalls betrogen, indem sie ihm nicht gesagt hatte, wie Luchs damals gefunden worden war?

Natürlich hatte Stoll recht, wenn sie ihm erklärte, so sei die Natur nun mal. Auch das wusste der klügere und vernünftigere Teil von Brenner. Er hatte ja selbst oft genug auf Jungtiere angelegt, um die Abschussquoten des Parks zu erfüllen oder seine Adler zu füttern. Aber das eigene Fleisch und Blut? Schon bei den Adlern hatte ihn das seinerzeit gestört. Und die vielen Touristen dafür verantwortlich machen zu können, die die Beute der Tiere verscheuchten, war ihm vielleicht ganz gelegen gekommen.

Neigte er tatsächlich dazu, Tiere für die besseren Menschen zu halten? Oder hielt er sich am Ende selbst für eins? Wieder erinnerte er sich, wie glücklich und frei er sich fühlte, wenn er in stiller Eintracht mit Luchs durch die Wälder stapfte und sich allein durch die Gegenwart seines stummen Gefährten dem uralten Geheimnis, das er dort draußen spürte, noch näher empfand.

Der Hirsch war das Geheimnis – eine ewige Frage, die mit all den Göttern und Götzen, von denen Diane Brenner berichtet hatte, eigentlich nur auf jeweils etwas andere Art gestellt wurde. Derjenige, der das ganze letzte Jahr ohne einen schweren Gedanken im Kopf mit seinem neuen Gefährten durch die Natur spaziert war, hätte gewusst, wie sinnlos es war, sich allzu sehr mit dieser Frage zu beschäftigen. Auch derjenige, der in Mene etwas entdeckt hatte, was ihm kaum weniger klar und natürlich vorkam, hätte darüber gelacht.

Nur fühlte Brenner sich jetzt genauso wenig in der Lage, diese einfachen, klaren Empfindungen erneut in sich wachzurufen wie damals nach seiner »Auferstehung«. Wie in jenem verhangenen Herbst, der schließlich darauf gefolgt war, schien alles in seinem Innern von dichtem Nebel verhüllt.

Auch ob die schöne Fremde, die neben ihm am Steuer des großen Miet-SUV saß, ihm helfen konnte, all dem endgültig auf den Grund zu gehen, wusste er nicht. Doch wie schon bei ihrem Ausflug hatte er das eigenartige Gefühl, bei ihr mit den Fragen, die ihn so stark beschäftigten, genau an der richtigen Adresse zu sein – und nicht nur, weil sie so viel über alles wusste. Sie hatte gesagt, sie sollten diesen zweiten Ausflug bei Nacht unternehmen, weil im Licht des Vollmonds alles Geisterhafte und Geheimnisvolle am ehesten sein wahres Gesicht zeige, und so merkwürdig das eigentlich klang, es hatte sofort Sinn für ihn gemacht. Aus seinem berauschten Schlaf geweckt hatte sie ihn allerdings so spät, dass der helle Himmelskörper seinen Zenit längst überschritten hatte und sich – dick und fett, wie er dann wirkte – bereits wieder dem durch die Berge erhöhten Horizont anzunähern begann.

»Na, Herr Wildhüter«, sagte sie, als sie die Schranke am Klausbachtal erreichten, an der er auch damals mit Anna auf dem Weg zu Gruhns Hütte im Hirschbachtal gehalten hatte. »Sie sind noch ein bisschen wortkarg, scheint nicht Ihre Uhrzeit zu sein. Hier musst du aber wohl aktiv werden. Sonst kommen wir nicht durch.«

»Gib mir erst noch einen Schluck aus deinem Flachmann«, antwortete Brenner seiner Begleiterin, die lange Funktionskleidung und eine Lederjacke trug, aber wieder ihren großen Wildlederbeutel dabei hatte. »Ich glaub, ich brauch noch ein bisschen was, um wieder richtig wach zu werden.«

»Hier, aber übertreib es nicht. Sonst hast du am Ende eine solche Fahne, dass du unseren Geist vertreibst.«

Nachdem Brenner trotzdem mehrere große Schlucke seine Kehle herablaufen ließ und den Code in die elektronische Schranke eingab, fuhren sie die für normalen Verkehr gesperrte Hirschbichlstraße entlang, die am Boden des Klausbachtals an mondbeschienenen Weiden, Almen und Felswänden vorbeiführte. Als die Straße am Ende des Tals wieder anstieg, glaubte Brenner kurz, im Rückspiegel weitere Scheinwerfer zwischen den lichten Bäumen am Talboden zu erkennen. Doch dann kam schon die nächste Biegung, und er war überzeugt, sich die Lichter nur eingebildet zu haben.

Schließlich passierten sie die Bindalm und den Hirschbichlpass. Statt danach wie die vom Nationalpark organisierten »Almerlebnisbusse« weiter nach Weißbach zu fahren, das bereits auf österreichischer Seite lag, bogen sie links ab.

Das Hirschbachtal war so wenig erschlossen, dass die Straße sich bald in einen geschotterten Wirtschaftsweg verwandelte, der ebenso bald einem noch seltener befahrenen Waldweg wich. Schließlich wurde auch dieser immer schmaler und endete an einem felsigen Grat. Brenner erklärte Diane, dass sie von hier aus zu Fuß weiter mussten, und entschied sich ein letztes Mal dagegen, auf sein Handy zu sehen. Seine Begleiterin hingegen stellte irgendwas an ihrem ein, bevor sie ausstieg – vielleicht die Lautlosfunktion, damit sie es später nicht vergaß.

»Wie weit ist es noch von hier?«, fragte sie.

»Nur etwa zehn Minuten«, antwortete Brenner. »Die Lichtung liegt ziemlich genau in der Mitte des Tals.«

2

Der Hirsch hatte den Abend und den größten Teil der Nacht damit verbracht, durch sein kleines Reich zu wandern.

Das Mondlicht schimmerte blau auf Wiesen und Zweigen und brachte den Tau zum Glitzern. Kühl benetzte er Fesseln und Fell des großen Tiers, ein angenehmes Gefühl, an dem es sich auf ähnliche Weise erfreute wie am Flüstern des kleinen Bachs.

Auch dichte Dunstschwaden stiegen nach und nach aus der Erde auf, weiß und wabernd wie Gespenster. Mal sammelten sie sich um den Herrn des Waldes, als wollten sie ihn vor fremden Blicken verbergen. Mal wichen sie vor ihm zurück.

Groß war es nicht gerade, das Gebiet, das ihm geblieben war – aber wie das gewaltige Geschöpf selbst am besten wusste: Auf Größe kam es nicht immer an. Ordnung, Harmonie, ein stiller Klang, den es weiter durch die Zeiten zu tragen galt und dessen Quelle hier an dem großen Meer aus Stein, das einst ein echtes Meer gewesen war, ganz in der Nähe lag.

Als der Hirsch nach seinen langen, müßiggängerischen Runden schließlich zu der Lichtung zurückkehrte, war das Spiel bereits eröffnet. Er wusste, dass er erwartet wurde, verharrte jedoch im Schatten der Bäume.

Zweimal hatte er eingegriffen, um dieses Tal und damit auch die Quelle, deren stummer Ton nun leicht anzuschwellen begann, so rein und lauter zu halten, wie es der Ordnung der Dinge zu entsprechen schien.

Wie sich jetzt herausstellte, war das jedoch ein Fehler gewesen. Und er war fest entschlossen, sich kein drittes Mal zu einer solchen Unvorsichtigkeit hinreißen zu lassen.

3

»Es lässt aber ganz schön auf sich warten, dein Wundertier. Und du bist sicher, dass das die richtige Stelle ist?«

»Ja, hier ist er eigentlich immer aufgetaucht, wenn ich in dem Tal war. Manchmal stand er sogar schon da, sobald ich kam.«

Brenner blickte auf der großen Lichtung umher, die so hell vom Mond erleuchtet wurde, dass man fast meinen konnte, es sei Tag. Nur von der Senke mit dem kleinen Bach, die am Rand verlief, stieg feuchter Dunst auf und erschwerte hier und da die Sicht.

Schon zweimal hatte Brenner größere Schwaden, die über die Wiese zogen, mit der »Attraktion« verwechselt, die er Diane versprochen hatte – aber zum Glück nichts gesagt. Trotz ihrer Vorhaltungen hatte er den Flachmann bei sich behalten und sich auf dem Weg zu ihrem Rendezvous kräftig daraus bedient. Inzwischen hatte er schon wieder so viel von dem mit jeder Flasche köstlicher werdenden Zeug intus, dass er sogar Schwierigkeiten hatte, seine Begleiterin einwandfrei vor dem dunklen Waldrand auszumachen, der etwa 20 Meter hinter ihr lag.

»Vielleicht hätten wir doch lieber tagsüber kommen sollen«, sagte Brenner. »Oder er lässt sich doch nur blicken, wenn ich alleine bin.«

Er hatte sich schon extra ein Stück in Richtung Mitte der Lichtung abgesetzt, aber das brachte anscheinend auch nichts. Aus irgendeinem Grund war er sicher gewesen, dass sie den Hirsch hier antreffen würden, und eigentlich hatte er das Gefühl, er sei ganz nah. Allerdings waberten in seinem Innern die Empfindungen auf ähnlich unübersichtliche Weise umher wie die Nebelschwaden übers Gras. Noch einmal ließ er den Blick ringsum über den Waldrand schweifen und meinte kurz, hinter Diane etwas zu erkennen. Doch nein, war wohl wieder nur eine Täuschung.

Nicht zum ersten Mal bemerkte Brenner, wie Diane auf ihre Uhr und dann hinauf zum Mond schaute. Dieser tauchte die Lichtung zwar noch in helles Licht, warf aber schon lange Schatten und stand nah über dem buckligen Berggrat, der das Tal im Südwesten begrenzte. Dafür dass sie die ganze Zeit seine verrückte Geschichte zwar durchaus ernst genommen hatte, aber mit der ihr eigenen Ironie und Leichtigkeit behandelte, wirkte sie erstaunlich angespannt. Auch ihre Stimme hatte während der halben Stunde, die sie ungefähr auf der Lichtung warteten, einen zunehmend strengeren Ton angenommen.

»Wir müssen einfach noch ein bisschen Geduld haben«, sagte Brenner in einem eigenartig unterwürfigen Ton, der genauso wenig in Einklang mit seinem normalen Selbst zu stehen schien wie seine restliche Verfassung. »Er kommt bestimmt.«

»Nein, mit meiner Geduld ist es nun am Ende«, erwiderte Diane, ihre Stimme plötzlich noch strenger und fremder als zuvor. »Es hat alles länger gedauert als geplant, sonst könnten wir noch ein bisschen rumstehen. Aber so wird's Zeit für Plan B.«

»Plan B? Wovon redest du?«

Verwirrt sah Brenner seine Begleiterin über die Wiese hinweg an. Vielleicht lag es am kühlen blauen Licht, aber ihre Züge wirkten mit einem Mal ganz anders – kalt und unnachsichtig, wie die einer Fremden. In ihren Augen blitzte das silberne Funkeln auf, das Brenner schon so oft aufgefallen war. Doch auch dieses machte nun einen ganz anderen Eindruck als bei ihrem ersten Ausflug im Sonnenschein.

»Im Warten war ich noch nie gut«, sagte sie. »Das reizt mein Temperament. Wahrscheinlich habe ich das von meinem Vater. Der hat auch immer Blitze auf die armen Sterblichen niederregnen lassen, wenn er ungeduldig mit ihnen wurde.«

»Dein Vater? Blitze?«, fragte Brenner, nun endgültig perplex. »Was soll das alles?«

Statt zu antworten, wendete Diane den Kopf zum Wald um und nickte kurz. Praktisch im selben Moment schoss von dort tatsächlich ein gelber Blitz hervor und sauste mit scharfem Zischen durch die Nacht.

Brenner spürte einen Schlag in der rechten Schulter und taumelte zurück. Aus der Stelle ragte ein Pfeil – vielleicht knapp einen halben Meter lang und am Ende mit einem leuchtenden gelben Aufsatz versehen. Das Ding hatte ihn komplett überrascht, auch seine »Zeitlupe« war nicht angesprungen. Vielleicht hätte er mit der kleinen silbernen Flasche, die jetzt neben seinem Fuß im Gras lag und ihren Inhalt über die blau schimmernde Erde ergoss, doch etwas vorsichtiger sein sollen.

Verblüfft sah er Diane an, die seinen Blick mit höhnischem Grinsen erwiderte. Dann zu der dunklen Figur, die sich am Waldrand aus den Schatten löste.

»Lenz«, murmelte er fassungslos, als er den schwarzen Hundekopf sah, den die Gestalt auf den Schultern trug. »Das kann doch nicht sein.«

In dem Moment zischte ein zweiter Blitz durch die Luft – rot diesmal und von der anderen Seite des hinter Diane gelegenen Waldes abgeschossen. Er durchbohrte Brenners linkes Bein knapp über dem Knie, sodass es wegsackte und er zu Boden ging. Auf ein Knie und eine Hand gestützt sah er, wie eine zweite hundsköpfige Gestalt auf die Lichtung trat.

Nanu, dachte er mit einem seltsam leichten Gefühl in der Brust. *Jetzt sehe ich wirklich doppelt.*

Die zwei Männer mit den Hundeköpfen schlossen zu Diane auf, und einer reichte ihr einen großen silbernen

Bogen. Die schwarzen Hightecharmbrüste, mit denen sie auf Brenner geschossen hatten, baumelten an einem Gurt von ihrer Brust. Stattdessen lösten sie jetzt die gleiche Art von Pfeilpistole von ihrer Hüfte, mit der Brenner schon oben am Grünsee Bekanntschaft gemacht hatte.

»Was geht hier vor, verdammt?«

Diane stand mit ihrem Bogen vor ihm und sah ihn an. Im hellen Schein des Mondes behielt ihr Gesicht denselben kalten Ausdruck, der eben so plötzlich darauf erschienen war. Doch vielleicht blitzte in ihren silbern leuchtenden Augen nun auch eine Spur Mitleid auf.

»Ich bin auf der Jagd, mein Liebster«, sagte sie sanft. »Ich hatte gehofft, dass es schneller für dich geht. Aber da sich dein mächtiger Freund partout nicht zeigen will und ich ihn nur erlegen kann, solange der Mond noch scheint, bist du jetzt leider unser Köder.«

Kaum hatte sie das gesagt, trat der rechte Mann vor und drückte ab. Das kurze Geschoss schlug in Brenners Bauch ein und er fiel nach hinten. Er erinnerte sich daran, wie er in seinem Traum mit Luchs kraftlos auf dem Rücken gelegen hatte, und an das gleiche Gefühl damals vor der »Rose«. Auch die ganz ähnliche Szene, die sich nicht weit von hier mit seinem eigenen Vater abgespielt hatte, fiel ihm wieder ein – und ein bisschen kam es ihm so vor, als finde sie nun ihr natürliches Ende.

Denn dass ihm auch diesmal wieder sein Geweih tragender Freund zu Hilfe kommen würde, hielt er für unwahrscheinlich. Er hatte nicht den blassesten Schimmer, was das alles sollte. Doch wenn auch die lähmende Schwere, mit dem der Absinth seine Glieder füllte, geblieben war, hatten die Pfeile wenigstens seinen Geist etwas nüchterner gemacht. So begriff er allmählich, dass er sich an der Nase hatte herumführen lassen wie ein Schuljunge. Wie ein auf beiden Augen blinder Narr hatte er sich in den letzten zwei Tagen verhalten – und es wäre wohl kaum gerecht, wenn er trotzdem wieder ungeschoren davonkäme.

Sie werden mich mit Pfeilen spicken wie den heiligen Sebastian, der drüben in Berchtesgaden neben dem Eingang zur Polizeiinspektion hinter Glas steht, dachte er mit der unsinnigen Albernheit, die in solchen Situationen immer über ihn kam. *Wie einen Igel werden sie mich spicken. Ich lieg ja auch schon wehrlos wie ein Igel auf dem Rücken …*

Schon trat auch der zweite Maskenträger vor. *Ja, ja, immer schön abwechselnd*, dachte Brenner im Rausch der zum Lachen kitzelnden Endorphine, mit denen sein verzeifeltes Hirn seinen Körper flutete.

Da hallte plötzlich ein Schuss durch die Nacht, und ein wild um sich ballender Mann kam mit lautem Kampfgebrüll über die Lichtung gerannt.

Er trug eine Augenklappe wie ein Pirat und hatte zwei kleine goldene Hörner auf der Stirn. Erst als er Brenner am Arm packte und die Überraschung der anderen nutzte, um ihn fortzuzerren, begriff Brenner, dass es sich um seinen alten Bekannten Lenz handelte.

4

»Mann, die haben dich ja schon ganz schön zugerichtet. Tut mir leid, aber früher hab ich's nicht geschafft.«

Lenz' alter Landrover hatte noch im Parkhaus des Hotels auf dem Obersalzberg gestanden. Dass er ins Hirschbachtal musste, wusste er von seinen eigenen Begegnungen mit dem geheimnisvollen Hirsch, und den Code für den Zugang zum Klausbachtal kannte er ebenfalls. Auch ein zweites Handy, mit dem er die Polizei und einen Krankenwagen für Mene rief, hatte er im Auto, ebenso wie seinen alten 98er-Repetierer im hinteren Fußraum. Viele befahrbare Wege gab's im Hirschbachtal nicht. Doch von den abgestellten Wagen aus den Spuren der anderen zu folgen, hatte sich trotz des hellen Mondlichts als schwierig erwiesen.

Erst eben hatte Lenz Stimmen gehört und dann weit hinten zwischen den Bäumen ein rotes Licht aufblitzen sehen. Leider war die Lage schon zu weit zugespitzt gewesen, um in Ruhe auf die drei anzulegen. Doch mit seinem Überraschungsangriff hatte er es wenigstens geschafft, das mörderische Trio zurück zwischen die Bäume zu treiben. Während er mit Brenner zu der Bachsenke hinübergestolpert war, die auf der großen Freifläche die einzige Deckung bot, waren ihnen noch ein paar bunte Blitze um die Ohren gesaust. Aber immerhin so weit hatten sie es schon mal geschafft.

»Was ist hier los?«, fragte ihn Brenner, der ziemlich mitgenommen wirkte und außerdem wie eine ganze

Schnapsfabrik roch. »Ich dachte die ganz Zeit, du rennst mit einer dieser depperten Masken rum. Aber so scheint's ja nicht zu sein.«

Automatisch ging sein Blick zu den Schrauben, die aus Lenz' Stirn ragten und sicher ebenfalls einen recht ungewöhnlichen Anblick boten. Lenz hielt ihm das Gewehr hin und sah ihm ernst ins Gesicht.

»Ich erklär's dir später, oder werd's wenigstens versuchen«, sagte er. »Jetzt muss alles schnell gehen, wenn wir noch eine Chance haben wollen. Glaubst du, dass du mit den Dingern da im Körper schießen kannst?«

Brenner war zumindest klar genug, um sofort zu begreifen, dass Lenz recht hatte. Er nahm das Gewehr und legte sich damit so auf die Böschung, dass er trotz der Pfeile zielen und abdrücken konnte – wie ein von Indianern durchlöcherter Westernsoldat.

»So müsst's gehen«, sagte er, ohne dabei groß die Miene zu verziehen. Ein Weichei war er offenbar bis heute nicht.

»Es ist leider höchstens noch ein Schuss drin«, sagte Lenz. »Aber wenn die wieder mutiger werden, kannst du sie wenigstens ein bisschen auf Abstand halten. Ich versuch's in der Zeit von der anderen Seite.«

5

Trotz der Decke und spärlichen Mahlzeiten, mit der Diane und ihr Schergen ihr »Opfertier« halbwegs bei Gesundheit gehalten hatten, hätte Lenz sich eigentlich in keinem viel besseren Zustand befinden dürfen als Brenner – besonders nach der Behandlung mit dem Akkuschrauber. Doch als er den in aufsteigenden Dunst gehüllten Bach entlangschlich, fühlte er sich erstaunlich gut. Nur Speed und Adrenalin, fragte er sich auf dem Weg zur nächsten Konfrontation mit ihren mächtigen Kontrahenten verwundert, oder waren hier tatsächlich noch andere Kräfte am Werk?

Trotz des vollen Laufs über unebenes Gelände und der nicht gerade geringen Distanz hatte er eben bei seiner ersten Attacke versucht, ein paar Treffer zu landen. Aber gelungen war es ihm seiner Einschätzung nach nicht. Das bedeutete, er hatte es mit drei vollwertigen Gegnern zu tun, von denen jeder auch noch sehr viel besser bewaffnet war als er selbst. Außer dem Repetierer hatte sich in seinem Auto leider nichts finden lassen. Selbst sein altes Taschenmesser lag nicht mehr im Handschuhfach.

Als er den Wald erreichte, eilte er so leise er konnte im Schutz der Bäume um die Lichtung herum. Er war sicher, dass das in solchen Konflikten geübte Dreigespann ausgeschwärmt war. Wie er eben zu Brenner gesagt hatte, war sein einziger Vorteil Schnelligkeit. Die anderen würden sicherlich nicht erwarten, dass sie so rasch wieder zum Angriff übergehen würden.

Auf seinem Weg durch die schattigen Stämme merkte Lenz, dass heller Bodennebel über die Erde kroch. Fast so schnell und zielstrebig wie Wasser strömte er auf die Lichtung, auf die jetzt auch vom Bach aus immer größere Schwaden quollen und in weißen Wirbeln und Schleiern übers Gras zogen. So ungewöhnlich war das Schauspiel, dass er einmal zu oft hinsah und so nicht den hundsköpfigen Schützen mit der Armbrust bemerkte, der halb hinter einem Baum hockend auf ihn wartete.

Erst im letzten Moment brachte ihn etwas (oder jemand?) dazu, wie von selbst stehen zu bleiben – sonst hätte er genauso einen Pfeil in den Bauch bekommen wie Brenner. So konnte er sich gerade noch zur Seite werfen, während das Geschoss hinter ihm in einen Stamm einschlug. Bevor sein Gegner einen weiteren Pfeil einspannen konnte, stürzte sich Lenz auf ihn und trat ihm die Armbrust aus der Hand.

Unglücklicherweise kassierte er dafür sofort einen satten Treffer aufs Kinn, der ihn hinaus auf die helle Lichtung taumeln ließ – genau dorthin, wo er eigentlich nicht hinwollte. Schon hatte der andere ein Messer in der Hand, dessen breite geschwungene Klinge munter im Mondlicht funkelte.

Zweimal durchschnitt die Klinge knapp vor Lenz' Brust die Luft. Dann bekam er die bewaffnete Hand zu packen und versetzte seinem Kontrahenten zwei so wuchtige Schläge in den Bauch, dass das Messer zu Boden fiel. Auch diesmal gab der Maskierte deshalb jedoch noch lange nicht auf, versetzte Lenz einen Kopfstoß genau unter die Stelle, wo die Schrauben saßen, und katapultierte ihn mit irgendeiner exotischen Rückwärtsrolle ins Gras.

Während Lenz Sternchen sah und das Gefühl hatte, sein Kopf würde explodieren, schnallte der andere in aller Ruhe die Pistole von seinem Gürtel.

Scheiße, dachte Lenz. *Partie schon verloren. Also doch noch was in den Bauch.*

Der Maskierte richtete gemächlich die Pfeilspitze auf ihn, hielt dann jedoch inne. Hinter ihm war ein großer Dunstschleier zerstoben, und plötzlich stand da ein Geschöpf, das Lenz noch nie so nah gesehen hatte. Das Erstaunen spiegelte sich wohl auf seinem Gesicht, und wie von selbst streckte er den Finger aus.

»Da, der Hirsch!«

Der andere nickte übertrieben, und Lenz konnte ihn unter seiner Maske förmlich grinsen sehen: *Ja, sicher, toller Trick!* Wieder legte der Hundsköpfige zum Schuss an. Doch obwohl Lenz schon zu spüren können glaubte, wie das spitze Geschoss sich in seine Gedärme bohrte, wurde auch diesmal nichts daraus.

Der Hirsch ließ ein mächtiges Schnauben ertönen, das so laut war, dass es über die ganze Lichtung hallte und Lenz' Gegner dazu brachte, sich doch noch umzudrehen. Im selben Moment machte das gewaltige Tier, das eben schon leicht in die Knie gegangen war, einen langen Satz zur Seite.

Als Lenz wieder zu seinem Gegner schaute, steckte ein Pfeil in dessen Brust, und er sank zuerst auf die Knie und dann leblos zusammen. Etwa 20 Meter weiter kam sein Ebenbild zum Vorschein, der zweite Mann mit der Hundemaske – wie Lenz' an der Silhouette zu erkennen glaubte, war es der etwas kräftigere der beiden. In den Händen hielt er die Armbrust, mit der er einen tödlichen Pfeil auf seinen eigenen Bruder abgeschossen hatte.

Wieder ertönte das mächtige Schnauben, und nahe der Mitte der Lichtung schien sich der Hirsch für seinen zweiten Streich bereit zu machen. Er senkte sein riesiges Geweih und scharrte mit den Vorderhufen, sodass unter ihm große Wolken des Dunstes aufwirbelten, der inzwischen das ganze Rund bedeckte wie eine hell leuchtende, hier und da zu buckligen Schwaden aufschwappende Lache. Der übrige Maskenmann war entweder genauso überwältigt von dem Anblick wie Lenz oder noch zu schockiert von dem, was er getan hatte, um sich zu bewegen. Jedenfalls machte er keine Anstalten, einen neuen Pfeil einzuspannen, und wollte sich anscheinend ohne Gegenwehr über den Haufen rennen lassen.

Ein letztes Mal bäumte sich das gewaltige Geschöpf hoch auf – wie in heiliger Wut darüber, in seinem Reich auf so dreiste Weise gestört zu werden. Da zischte plötzlich doch ein Pfeil durch die Luft, und ein grüner Blitz schlug in die Flanke des Hirschs ein und blieb dort stecken.

Es war Diane, die anscheinend nur auf diesen Moment gewartet hatte. Im schnellen, geschmeidigen Sprint kam sie über die Lichtung gerannt und zog dabei einen weiteren Pfeil aus der Halterung an ihrem Bogen.

Der Hirsch war nicht zu Boden gegangen, sprang aber für einen Moment in so hohen Sprüngen im Kreis, dass die Erde erzitterte, und schüttelte voll Unwillen Geweih und Mähne. Diane ging in die Hocke, um den Pfeil einzulegen – da traf den Hirschen schon das nächste Geschoss, diesmal wie ein roter Blitz in die Brust. Auf nachgebenden Beinen taumelte er zurück, und mit einem bodenlosen Gefühl der Verzweiflung dachte Lenz, er müsse jetzt doch noch fallen.

Auch der zweite Maskenmann, der wieder aus seiner Starre erwacht war und die gerade ausgelöste Armbrust vor der Brust hielt, hoffte wohl darauf. Doch noch bevor er sicher sein konnte, den Tod seines Bruders gerächt zu haben, ereilte dieser ihn selbst.

Statt eines weiteren Zischens erfüllte ein Knall die Luft, die Kugel klatschte in die schwarze Hundemaske, und auch Dianes zweiter Gehilfe fiel wie eine Marionette, der man die Fäden abgeschnitten hatte, ins Gras. Auf der Böschung des Bachs stand Brenner, der es irgendwie geschafft hatte, auf die Beine zu kommen, sich aber ebenfalls nicht lange über seinen Treffer freuen konnte. Er hatte noch nicht das Gewehr gesenkt, da traf auch ihn ein grüner Blitz – wieder in die Schulter oder diesmal vielleicht sogar in die Brust – und schleuderte ihn rückwärts in die Senke.

Okay, genug zugeschaut, Zeit, wieder selbst aktiv zu werden, dachte Lenz und stand auf, um sich eine der am Boden liegenden Waffen zu schnappen. Nach kaum drei Metern traf jedoch auch ihn ein Pfeil, durchbohrte seine Seite und warf ihn zurück auf die Erde. Wenn er jemals daran gezweifelt hatte, dass er es mit einer wahrlich göttlichen Schützin zu tun hatte, dann war das jetzt erledigt.

Blieb noch der Hirsch, der mächtige Herrscher des Waldes, der eben noch so klug, stark und überlegen gewirkt hatte. Zwar war er nicht zu Boden gegangen, doch ziemlich angeschlagen sah er schon aus. Auf wackligen Beinen schüttelte und wand er sich und schnaubte so heftig, dass sich sein Atem in großen Wolken mit dem Nebel mischte, der um ihn aufstieb. Als sei mit den Pfeilen, die ihm aus Brust und Flanke ragten, etwas in ihn eingedrungen, was er unbedingt wieder loswerden wollte.

Diane schritt derweil in aller Ruhe über die Lichtung. Ihr Gang war aufrecht, ihre Brust durchgedrückt, und während sie gemächlich einen weiteren Pfeil von ihrem Bogen löste, leuchteten ihre Augen so hell wie der Mond, der seinen nächtlichen Weg über die Berge nach wie vor nicht beendet hatte.

Mist, dachte Lenz, die Hände voll Schmerz auf seine Wunde gepresst.

Die Kleine ist uns haushoch überlegen.

6

Die Website, Lenz' nächtliche Visionen und Träume, sein plötzlicher Schaffensschub, die Nacht mit Diane, das grausame Ritual im Kerker, ihre unwahrscheinliche Rettung und dann die wilde Schlacht hier draußen auf der mondhellen Lichtung: All das war genug, um jeden bloßen Sterblichen mit fantastischer Leichtigkeit um den Verstand zu bringen. Doch was nun als Höhepunkt folgte, ließ jene surreale Folge aus unheimlichen Erlebnissen geradezu banal und alltäglich wirken.

Trotz der stark angeschlagenen Verfassung, in der sich Dianes Beute befand, hatte Lenz halb erwartet, sie würde sich zum Kampf stellen. Es handelte sich schließlich keineswegs nur um einen ungewöhnlich großen Hirsch, so viel war inzwischen wohl klar, und obwohl schwer getroffen, schien immer noch eine ganze Menge Leben in dem gewaltigen Geschöpf zu stecken.

Statt erneut sein riesiges Geweih zu senken, nahm der Hirsch jedoch Reißaus. Noch einmal schüttelte er sich, neigte zwar den Kopf kurz in Dianes Richtung, drückte sich dann aber mit seinen starken Beinen ab und galoppierte mit dröhnenden Hufen davon. Selbst die Göttin schien überrascht und ließ verwirrt den Bogen sinken.

Trotzdem verfolgte sie ihre Beute aufmerksam mit dem Blick und blieb in Stellung – und als der Hirsch schließlich fast schon den rettenden Wald erreicht hatte, erkannte Lenz auch, warum. Der Nebel wogte inzwischen wie eine in Unruhe geratende See über die Lichtung, überall türmten sich vielarmige Schleier und Schwaden auf, erleuchtet vom hellen Licht des Mondes, der zwar bereits den dunklen Berggrat berührte, aber noch nicht verschwunden war. Eben hatte Lenz den Eindruck gehabt, der Dunst lege sich auf seiner Flucht um den Hirsch wie ein Mantel, um ihn vor den Augen der kühnen Jägerin zu verbergen. Doch plötzlich schwappte er wie eine gewaltige weiße Woge bis über die Wipfel der dunklen Bäume hinauf – und nahm dabei eine Form an, die Lenz das Herz gefrieren ließ.

Es war Baphomet, der ziegenköpfige Teufel, den er in seinen Träumen gesehen, in Elfenbein gebannt und selber in Dianes grausamem Ritual verkörpert hatte. Die Hörner, die Schwingen, der lange Kopf – wie eine riesige Version des Monstrums, das er geschnitzt hatte, bäumte sich das unheimliche Nebelgebilde vor dem verletzten Hirsch auf und versperrte ihm den Weg. Für einen winzigen Moment, der hoffentlich nur auf seinen überreizten Zustand zurückzuführen war, glaubte Lenz sogar, zwei glühende rote Punkte oben in dem weißen Dunst zu erkennen.

Der Hirsch stemmte die Hufe ins Gras. Offenbar traute er sich tatsächlich nicht, die plötzlich vor ihm aufgestiegene Nebelwand zu durchbrechen. Lenz hörte ihn am anderen Ende der Lichtung schnauben und scharren. Doch schließlich warf er nur wieder einen kurzen Blick zurück zu Diane, die weiterhin mit halb gesenktem Bogen in der Mitte der Lichtung ausharrte, und versuchte sein Glück dann in einer anderen Richtung.

Diesmal führte die Flucht schräg über den Bach, den das hochbeinige Tier mit einem Satz, der trotz seiner Verletzungen noch ziemlich behände wirkte, überquerte, um auf der anderen Seite zum Waldrand zu gelangen. Mit stockendem Herzen sah Lenz, dass die unheimliche Gestalt aus Nebel ihm folgte. Wie ein geflügelter Walfisch tauchte sie in den weißen Dunst ab und glitt am dunklen Saum aus Bäumen entlang, wobei immer wieder die Hörner und der geflügelte Buckel auftauchten. Als der Hirsch am Wald ankam, war sein Widersacher längst da – also änderte er erneut die Richtung.

Jetzt ging es zurück zu dem Ende der Lichtung, an dem Lenz' das Trio vorhin überrascht hatte, und der Hirsch sprang ungefähr dort über den Bach, wo Brenner entweder tot oder ohnmächtig am Fuß der Böschung lag. Wieder folgte ihm der Nebel jedoch und versperrte den Weg. Das große Tier drehte sich um und wendete sich der geduldigen Jägerin zu, die mit der gesenkten Spitze ihres Pfeils seinem Weg gefolgt war wie der Zeiger einer Uhr.

Jetzt hatte sie den Mond im Rücken, von dem etwa noch die Hälfte zu sehen war. Der Hirsch schien kurz zu dem leuchtenden Halbrund aufzublicken, dann über den schon etwas weniger hellen Dunst, der die Lichtung bedeckte.

Schließlich entschied er sich doch noch, zum Angriff überzugehen.

7

Lenz merkte, dass er sich trotz des Pfeils, der aus seiner Seite ragte, im Gras aufgesetzt hatte. Auch den Kopf aus Elfenbein, den Mene ihm mitgegeben hatte, hatte er unbewusst aus der Tasche geholt, und hielt ihn fest in die Faust geschlossen wie einen Talisman vor der Brust. Während der Hirsch sein riesiges Geweih senkte, zweimal mit dem Vorderhuf scharrte und dann zum Galopp startete, sah Lenz zu seiner Überraschung, das auch Brenner sich wieder die Böschung hinaufgeschleppt hatte.

Aus seiner rechten Schulter ragten jetzt zwei Pfeile statt einem, und während er sich mit einer Hand auf die Böschung stützte, hielt er sich mit der anderen den Bauch. Doch der zähe Bursche war anscheinend bei Kräften genug, um dem Schlussakt der merkwürdigen Geschehnisse, die ihre Wege in den letzten Tagen wieder zusammengeführt hatten, ebenfalls beizuwohnen.

Obwohl er ihn eben dreimal nicht zu durchqueren gewagt hatte, war es nun so, als würde der Hirsch im Galopp eine Woge aus Nebel mit sich reißen, die mit jedem donnernden Huftritt weiter anwuchs. Wie eine Flutwelle raste sie auf die Mitte der Lichtung zu, gezogen und geführt von dem mächtigen Geweih, über dem sie sich immer weiter in die Höhe türmte.

Diane schien sich davon nicht beeindrucken zu lassen. Einen Pfeil nach dem anderen löste sie von ihrem Bogen und schoss ihn wie einen grünen Blitz durch die Nacht. Klatschend hörte man die Geschosse ihr Ziel finden. Doch das verlangsamte nicht den über die Erde bebenden Galopp.

Im letzten Moment, in dem Lenz sie sah, zog die schöne Jägerin mit ernstem Gesicht den Pfeil zurück, ganz konzentriert auf ihr Ziel und eins mit sich und ihrer Aufgabe – genau wie er sie im Traum gesehen und aus Elfenbein geschnitzt hatte.

Dann schlug die Woge mit lautem Krachen über ihr zusammen und der Nebel schoss so weit in den Himmel hinauf, dass die letzten Strahlen des Mondes ihn noch für einen kurzen Augenblick in gleißendes Licht tauchten.

Gleich darauf wurde es dunkel, der nächtliche Dunst verflüchtigte sich so schnell, wie er aufgezogen war, und alles war wieder ruhig.

DER WIND IN DEN WÄLDERN

Auf den schönen Frühling mit seinem warmen Wetter und dem wolkenlosen Himmel folgte ein verregneter Sommer, der den Touristen in Berchtesgaden manche Tour verdarb. Selten, dass mal bei einer Wanderung das Regenzeug im Rucksack bleiben konnte oder die ungemütliche Nässe nicht irgendwann auf die Stimmung schlug. Auch Wurzeln, Felsen und Steige waren oft so glitschig, dass sie die Ausflüge beschwerlicher machten, als es zu dieser Jahreszeit eigentlich zu erwarten war.

Ins Hirschbachtal verirrte sich unter diesen Bedingungen kaum jemand, schon gar nicht auf dem langen Weg übers Steinerne Meer, und im trüben Herbst war es nicht anders. Im Winter lag dort dann so hoch Schnee, dass nicht mal die Mitarbeiter des Nationalparks ihre üblichen Kontrollgänge unternahmen, und erst im nächsten Frühling folgten wieder längere schöne Abschnitte, die einen Besuch verlockend erscheinen ließen.

Brenner wählte eine Route, die am großen Hundstod vorbei von Osten in das Tal führte und auf der sich sein Weg tatsächlich mit einer kleinen Herde Steinböcke kreuzte. Als sie Luchs sichteten, verzogen sich die Tiere vorsichtshalber in etwas höhere Lagen, auch wenn der keineswegs den Eindruck machte, er könnte sich zu einem Jagdversuch hinreißen lassen. Von seinen Bisswunden hatte er sich wieder gut erholt, aber ein wenig ernsthafter und bedächtiger schien auch er durch die Geschichte geworden zu sein. Nicht mehr ganz der jugendliche

Springinsfeld wie vorher, aber deshalb nicht unbedingt ein weniger angenehmer Zeitgenosse.

Obwohl kaum weniger gründlich durchlöchert als ein Schweizer Käse, war auch Brenner wieder einigermaßen genesen, diesmal sogar ganz ohne Wunderheilung. Lenz, dem in der Neurologie vorsichtig seine »Teufelshörner« entfernt wurden, hatte den unvermeidlichen Spruch über das Unkraut gemacht, das nicht vergeht, und Mene hatte ihnen fast jeden Tag etwas zu essen oder eine andere kleine Aufmerksamkeit gebracht. Trotzdem war es irgendwann nach Brenners Zeit im Hospital klar geworden, dass sie und Lenz ihre alten Gefühle füreinander wiederentdeckt hatten – und wenn Brenner ehrlich sein sollte, war er darüber eigentlich sogar ganz glücklich.

Was passiert war, hatte natürlich weit größere Wellen geschlagen als die Sache mit dem illegalen Bordell damals, selbst die Geschichte mit den Adlern war schneller wieder in der Versenkung verschwunden. Eine bizarre Website im Darknet, eine schöne Jägerin, die zugleich ein internationaler Musikstar und der Albtraum jedes Naturschützers war, satanische Rituale, maskierte Helfer und ein Showdown dramatischer als in jedem Western – noch heute erschienen regelmäßig neue Pressestories, Enthüllungen und Hintergründe.

Über die wahren Hintergründe und das, was im Bauch des Obersalzbergs und in dem abgelegenen Tal, in das Brenner jetzt zum ersten Mal wieder hinabstieg, tatsächlich passiert war, hatten er, Mene und Lenz Stillschweigen bewahrt. So richtig wussten sie ja selbst nicht, was sich zugetragen hatte, und während Lenz und Brenner bei reichlich Bier in Lenz' wiederhergestellter Hütte ein langes Gespräch über alles geführt hatten, schien Mene hauptsächlich daran interessiert, ein normales Leben weiterzuführen. Nicht die dümmste Entscheidung, wie Brenner schon bei Anna gesehen hatte, und sicherlich gesünder, als irgendwelchen unergründlichen Mysterien auf die Schliche kommen zu wollen. Selbst die Polizei hatte sich irgendwann mit ihrer Version der Geschehnisse, bei der Lenz als so etwas wie sein Hilfssheriff auftrat und Mene für die nötige Glaubhaftigkeit sorgte, zufrieden gegeben.

Und das, obwohl die zentrale Gestalt und unzweifelhafte Hauptfigur der seltsamen Geschehnisse, die das kleine Berchtesgaden ein weiteres Mal heimgesucht hatten, bis heute verschwunden war.

Bald schon konnte Brenner auf seinem Weg durch den dichten Laub- und Tannenwald, der den Boden des Tals bedeckte, in der Ferne helles Licht zwischen den Stämmen erkennen und warf unwillkürlich einen Blick zu Luchs, obwohl er bei diesem Teil des Dramas gar nicht dabeigewesen war. Er selbst war schon ein bisschen angespannt, wie er merkte, und nicht nur, weil er besonders an Schulter und Bauch noch gut die Stellen spüren konnte, an denen er in jener Nacht mit Pfeilen traktiert worden war. Auch den Hirsch, dem er da so fragwürdigen Besuch mitgebracht hatte, hatte er seither nicht mehr gesehen.

Als er dann auf die große, in einem leicht lang gezogenen Rund verlaufende Lichtung hinaustrat, schien sie genau das zu sein und nicht mehr – eine ganz normale Lichtung. Obwohl die Temperaturen noch nicht so sommerlich waren wie im Jahr zuvor, schmückten auch hier schon bunte Frühlingsblumen das Gras, genau wie damals am Tag von Luchs' Auswilderung. Brenners Gefährte sah ihn fragend an, wahrscheinlich einfach, weil sie stehen geblieben waren – denn dass er sich an diesen Ort erinnerte, hielt Brenner trotz dem, was dem Tier selbst hier widerfahren war, für unwahrscheinlich. Brenner betrachtete einen Moment das backenbärtige Gesicht mit den freundlichen, bernsteinfarbenen Augen und ging weiter.

Er wusste nicht genau, was er erwartet hatte, doch als er es dann fand, ergab es sofort Sinn.

An der Stelle, wo er Diane das letzte Mal gesehen hatte – der Blick entschlossen, der Bogen im Anschlag – wuchs ein kleiner Strauch wilder Wermut. Brenner ging in die Hocke, zupfte eines der gefiederten Blätter ab und zerrieb es zwischen den Fingern.

Luchs hatte sich von irgendeinem Käfer oder anderem Insekt ablenken lassen, das bereits durchs junge Gras krabbelte. Doch als er Brenner den Duft des zerriebenen Blattes einsaugen sah, kam er neugierig herüber. Brenner befürchtete schon, es könnte wieder einen Tatzenhieb setzen. Aber Luchs schnaubte nur verächtlich, als Brenner ihm das Blatt unter die Nase hielt, um dann zu seinem eigenen Fund zurückzukehren.

Während Brenner ihm nachsah, glaubte er, zwischen den Bäumen am Rand der Lichtung etwas zu erkennen. Dann kam plötzlich ein Windstoß auf, fuhr rauschend durch die Blätter, als würde eine große Hand darüber streichen, und noch weiter oben schrie ein Adler am blauen Himmel.

Und als Brenner zurück zu der Stelle blickte, war das, was er dort gesehen zu haben glaubte, verschwunden.

ENDE

DANKSAGUNG

Den Anstoß zum dritten Brenner-Band haben meine lieben Kolleginnen Caro, Katja und Anke gegeben. Zumindest haben sie behauptet, ihnen hätten die anderen Bände so gut gefallen, dass sie gerne mehr lesen würden. War ehrlich gesagt ganz schön Arbeit neben der Arbeit – also bitte auch diesmal ausgiebig loben!

Claudia Senghaas, Programmleiterin bei Gmeiner, war sofort bereit, wieder mitzuspielen: Vielen Dank dafür und für das kluge und gründliche Lektorat. Ganz großen Dank auch wie immer an Toni Wegscheider, freiberuflicher Biologe, Berchtesgadener Lokalgewächs und unvergleichlicher Kenner der örtlichen Berg- und Lebenswelt. Nach fünf Jahren Pause stand er mir sofort wieder bei, obwohl er gerade weiß Gott genug andere schöne Dinge um die Ohren hat. Fehler und Freiheiten gehen wie immer auf mein Konto, auf Toni ist Verlass. Wer sich selbst davon überzeugen möchte: unbedingt unter www.wildtier-fuehrungen.de eine Tour mit ihm buchen; auch seine Facebook-Seite ist höchst lesenswert.

Schließlich danke ich noch dir, Annette, für alles im Generellen und deine schlauen Ratschläge zum Manuskript im Speziellen: Der Einstieg ist wirklich viel besser so, und auch das aufmerksame Lesen und Anfeuern hat (auch wenn ich's mir nicht immer hab anmerken lassen) sehr geholfen!

OUTTAKE

Die folgende Szene stand eine Zeit lang am Anfang des Buchs, wurde aber durch den jetzigen Einstieg ersetzt.

OAKWOOD RANCH, DEERSVILLE, TEXAS

Die weiße Büffelfrau kam in einer Zeit großen Hungers zu den Lakota.

Zwei Brüder stießen in einer Ebene der Black Hills auf sie, als sie nach Büffeln suchten. Sie trug ein strahlend weißes Hirschlederkleid, hatte Haare schwarz wie Ebenholz und war schön wie das Licht, das im Sommer auf den Wirbeln des Missouri spielte. Der ältere Bruder wollte sie zu seiner Frau machen. Doch als er sich ihr näherte, fuhr ein Blitz vom Himmel herab und erschlug ihn, bevor er sie auch nur einmal berühren konnte.

Der jüngere Bruder bekam Angst und wollte fliehen. Aber ihm gegenüber zeigte sich der schöne Geist friedlicher. Er begleitete den jungen Mann nach Hause und brachte seinem Stamm die sieben Riten und die heilige Pfeife, mit der die Lakota Verbindung zur Welt ihrer Ahnen und Wakan Tanka – dem großen Geheimnis – aufnehmen konnten.

Little White Cloud war der dritte Sohn der weißen Büffelfrau, einer von zehn Millionen und ein besonderes Zeichen des großen Geistes, das alle Tribal Nations wieder vereinen würde. Schon bei seiner Taufe vor einem

Jahr waren 2.000 Abgesandte sämtlicher Stämme auf Jim Strongfoots kleiner Ranch in Meadow County zusammengekommen. Jim erinnerte sich, wie stolz er gewesen war, als Häuptling Gray Hawk persönlich mit ihm auf der kleinen Bühne vor dem Gatter gestanden hatte, in das man die Herde für die Zeremonie gelockt hatte, und von der großen Ehre sprach, die Jim zuteil geworden war.

Womit er diese Ehre verdient hatte, wusste Jim bis heute nicht genau. Wenn er gefragt wurde, verwies er stets auf die tolle Arbeit, die seine Frau Kelly als Reittherapeutin mit all den armen Kindern auf der Ranch leistete, und kam erst dann auf seine eigenen Verdienste zu sprechen. Natürlich, er hatte 20 Jahre eine Indianerschule auf seinem ursprünglichen Stammesgebiet in North Dakota geleitet, bevor er hier runter in den Süden gezogen war, hatte beim Bureau of Indian Affairs in Washington durchgesetzt, dass mehr Geld in die Bildung seiner Stammesbrüder fließt, und für insgesamt drei Präsidenten die traditionellen Tänze seiner Leute aufgeführt. Ein lebensgroßes Porträt von ihm beim Grastanz hing im National Museum of the American Indian in der Hauptstadt und, ja, er war tatsächlich ein direkter Nachkomme des berühmten Häuptlings und Medizinmannes Sitting Bull. Aber trotzdem, eine solche Auszeichnung …

Jim erinnerte sich auch, wie Gray Hawk von der Verantwortung sprach, die ihm mit diesem Geschenk des großen Geistes auferlegt wurde. Und wie der Häuptling den mit den Farben ihrer Ahnen geschmückten Speer in die Erde gerammt hatte, bevor die Herde wieder freigelassen wurde, und so sämtliche tausend Hektar der Ranch zu geheiligtem Grund erklärte. Seltsamerweise hatte Jim die ganze Zeit das Gefühl gehabt, dass es Little White

Cloud war, der von nun an ihn und seine Lieben vor allem Unheil beschützen würde.

Jetzt stand Jim in der milden Aprildämmerung vor dem gehäuteten Kadaver des göttlichen Zeichens und versuchte, Herr über seine Gefühle zu werden. Wie jeden Tag war er vor dem Abendessen noch mal kurz in die südlichen Ausläufer des Grundstücks geritten, zu dem kleinen Weiher und den von alten Eichen und Mesquitebäumen umstandenen Lichtungen, auf denen sich Little White Cloud abends gerne mit seiner Mutter aufhielt. Auch von dieser war nirgends etwas zu sehen oder zu hören. Nur das laute Quaken der Ochsenfrösche, die ihre jährlichen Paarungsbemühungen wieder aufgenommen hatten, drang vom Weiher zu Jim herüber.

In einer Woche sollte das große Powwow zu Ehren von Little White Clouds erstem Geburtstag stattfinden. Noch mehr Gäste als vor einem Jahr hatten sich angekündigt, nicht nur Stammesdelegationen, sondern auch Bürgermeister, Gouverneure, Senatoren – und noch mehr Fernsehsender. Und ihnen allen würde Jim nun erklären müssen, dass er es nicht geschafft hatte, das Geschenk des großen Geistes auch nur ein Jahr lang so gut zu behüten, dass die einigende und reinigende Kraft, die es schon jetzt auf seine von so vielen Übeln geplagten Brüder ausübte, erhalten blieb.

Jim wollte sich gerade eine Taschenlampe holen, um den Kadaver in der dichter werdenden Dämmerung genauer untersuchen zu können, als er einen hellen Schatten durch die vom Weiher wegführenden Ulmen huschen sah. Sofort schlug sein Herz einen Takt schneller.

Der verstümmelte Leib vor ihm war blutig, aber nicht mehr so frisch, dass Jim die Täter noch in der Nähe vermutet hätte. Er ging zu seinem Pferd zurück, und statt der langen Stabtaschenlampe zog er die alte Winchester-Repetierflinte aus dem Halfter am Sattel.

Als Jim bei den Ulmen ankam, war auch hier nichts mehr zu sehen oder zu hören, nur ein leises Plätschern, das sich immer stärker gegen die Ochsenfrösche durchsetzte, je weiter er bachaufwärts schlich. Ihm war klar, dass es wesentlich klüger wäre, die Polizei zu rufen. Doch zum einen hatte er trotz seiner bald 60 Jahre keine Angst vor ernsten Auseinandersetzungen. Als junger Mann war er bei der Army gewesen, und dank seines zweiten Lebens als hart schuftender Rancher fühlte er sich heute praktisch wieder genauso fit und unbesiegbar wie damals. Außerdem hegte er trotz der guten Beziehungen zum örtlichen Sheriff, die er seit Little White Clouds Geburt pflegte, ein natürliches Misstrauen gegen die Polizei. Schließlich war sie es gewesen, die bei einer missglückten Festnahme seinen berühmten Ururgroßvater erschossen hatte.

Kaum kam Jim zu der Stelle, wo das Bächlein nur noch seicht über ein breites Kiesbett floss, flogen mit schlaftrunkenem Flattern die zwei Waldsänger auf, die hier jedes Jahr nisteten. Im nächsten Moment hörte sich Jim »Halt, wer da?« rufen, noch bevor er wirklich etwas gesehen hatte – und sah dann eine weiße Gestalt zwischen den Büschen auf der anderen Uferseite verschwinden.

Jim hatte die Waffe schon in Anschlag gebracht, drückte jedoch nicht ab. Etwas am Anblick der flüchtenden Figur jagte ihm einen kalten Schauer über den Rücken.

Ku-Klux-Klan, dachte er im ersten Moment – von den Burschen gab es hier unten schließlich immer noch genug, und so eine gegen die religiösen Gefühle der Ureinwohner gerichtete Schweinerei fiel genau in ihr Fachgebiet. Doch dann musste er unwillkürlich an das fransige Wildlederkleid denken, das die weiße Büffelfrau auf den meisten ernst zu nehmenden Darstellungen trug.

Ja, hatte das eben nicht genauso ausgesehen?

Mit wild pochendem Herzen und fest um den Repetierschaft der Winchester geschlossener Hand stolperte er durch das Bachbett.

Hinter den hohen Weidensträuchern, die das andere Ufer des Bachs säumten, lag die große runde Lichtung, auf der sich Little White Cloud immer besonders gerne aufgehalten hatte und auf der er den ganzen letzten Sommer herumgetollt und gespielt hatte wie ein ausgelassenes Kind. Jim hatte immer gedacht, dass die Lichtung das heilige Tier an eine Ebene in den Black Hills erinnerte, in ihrer fernen Heimat, besonders wenn sich wie jetzt die umstehenden Bäume hoch und schwarz gegen das letzte Licht des Tages absetzten. Mit zusammengekniffenen Augen ließ er den Blick über die bereits in diesige Dunkelheit gehüllte Fläche aus struppigem Hundszahngras schweifen, bewegte sich jedoch vorerst nicht aus der Deckung.

Das lag zum Teil sicher an der abergläubischen Angst, die ihn immer noch ein wenig plagte – dass die weiße Büffelfrau zurückgekehrt war, um ihm sein Geschenk wieder wegzunehmen, weil er sich seiner nicht würdig erwiesen hatte. Doch auch der Gedanke, dass es vielleicht ein kleiner Trupp Pawnee, Ojibwe oder Cheyenne sein könnte, der ihm aus Neid diesen bösen Streich spielte, war ihm inzwischen gekommen. Und sich mit auf Kriegsfuß befindlichen Rothäuten herumschlagen zu müssen, war etwas anderes, als ein paar flüchtenden Klansbrüdern eine Ladung Schrot auf die Kutte zu brennen.

Angestrengt blickte Jim in die Dunkelheit, doch die weiß gewandete Gestalt, die zwischen den Büschen verschwunden war, schien wie vom Erdboden verschluckt. Erst als sich seine vielleicht doch schon ein bisschen altersschwachen Augen vollkommen an das schlechte Licht gewöhnt hatten, erkannte er den hellen Fleck in der Mitte der Lichtung.

Hat sich der Idiot etwa da einfach flach ins Gras gelegt und glaubt, ich seh ihn nicht?, dachte Jim überrascht. *Am Ende doch eine dieser inzestgeschädigten Zipfelmützen …*

Bevor er sich wieder selbst ins Bockshorn jagen konnte, trat er beherzt aus dem Gestrüpp und ging mit angelegter Flinte geradewegs auf die Stelle zu.

»Hey du!«, rief er. »Hast du das heilige weiße Kalb getötet? Bleib schön liegen und rühr dich nicht! Sonst ist es deine letzte Büffeljagd gewesen!«

Jim war klar, dass er sich auf ein ziemlich gewagtes Manöver einließ, besonders wenn er es tatsächlich mit mehr als einem Gegner zu tun hatte, und mit jedem Schritt, den er sich weiter auf schutzlose Fläche hinausbewegte, fühlte er sich stärker exponiert und beobachtet. Doch gleichzeitig musste er an den verstümmelten blutigen Leib denken, der mit ein paar spärlichen weißen Fellresten an den Fesseln hinter ihm auf der anderen Lichtung lag, und wie ihm und Kelly immer das Herz aufgegangen war, als sie den kleinen Kerl den Sommer über hier jeden Abend beobachtet hatten.

»Was ist mit dir, großer weißer Jäger?«, rief er wütend.

»Hast du deine Stimme verloren? Sag lieber mal so was wie ›bitte nicht schießen‹! Sonst überleg ich's mir nämlich!«

Doch die mit ausgestreckten Vieren im Gras liegende Gestalt sagte nichts und rührte sich auch nicht. Und als Jim näher kam, erkannte er, dass es sich weder um einen Indianer noch um einen Klansbruder noch um die weiße Büffelfrau persönlich handelte.

Es war Little White Cloud – oder eher gesagt das, was drüben von ihm fehlte. Fein säuberlich samt Schädel und Hörnern vom Körper getrennt und ausgelegt, als sei's in Jims eigenem Kaminzimmer am anderen Ende des Ranchgeländes.

Jim blieb mit gesenkter Flinte vor dem weißen Büffelfell stehen. Einen Moment länger blickte er noch fassungslos darauf nieder. Dann schaute er mit vor Ekel und Empörung verzerrtem Gesicht zwischen den dunklen Bäumen umher.

»Was soll das?«, rief er außer sich vor Wut. »Hat euch kranken Fuckern jemand ins Hirn geschissen? Was ist das für ein abgefuckter Mist?«

Doch wieder verhallten seine Worte in der Dämmerung, ohne dass er eine Antwort bekam – oder auch nur das geringste Anzeichen dafür zu erkennen war, dass sich noch jemand außer ihm hier draußen aufhielt. Langsam drehte er sich mit erhobenem Lauf einmal um die eigene Achse. Dann schüttelte er den Kopf.

»Was soll das alles?«, murmelte er. »Was zum Teufel geht hier vor?«

Tatsächlich war er dem heiligen weißen Büffel jetzt näher als je zu Lebzeiten. Mutter und Herde hatten stets noch besser auf das ungewöhnlich gefärbte Kalb aufgepasst, als schon normalerweise der Fall war. Außerdem hatten ihn die Stammesältesten gewarnt, dass es bis zu seinem ersten Geburtstag auf keinen Fall von einem Menschen berührt werden durfte.

»Armer kleiner Bursche«, sagte Jim. »Dabei schien's dir so gut bei uns zu gefallen.«

Er ging in die Hocke und streckte die Hand nach Little White Cloud aus, um ihn wenigstens einmal zwischen den Hörnern zu streicheln. Da ertönte ein heller Schrei, der ihn sofort wieder in die Höhe schnellen ließ.

Ganz kurz hatte er das Geräusch für den abendlichen Ruf eines Vogels gehalten, so sehr hatte ihn die Nähe des weißen Büffelkalbs in den Bann gezogen. Doch dann hatten sich deutlich die Worte in seinem Kopf gebildet, aus denen der irgendwo am Ende der Lichtung ausgestoßene Laut bestand.

Hoka hey – los geht's, der alte Schlachtruf der Lakota.

Jim zielte auf die dunklen Umrisse der Bäume und legte den Finger auf den Abzug.

»Es ist mir ganz egal, was das hier für ein Scheißspiel ist!«, zischte er leise. »Jetzt ist Schluss damit!«

Er wollte wirklich Ernst machen, schließlich lag die frisch abgezogene Haut des indianischen Heilands vor ihm im Gras – und sie waren hier auf seinem, von der Castle-Doktrin geschützten Grundstück!

Doch bevor er abdrücken konnte, fuhr ein Blitz auf ihn herab und streckte ihn ebenso plötzlich nieder wie einst seinen respektlosen Stammesbruder in der alten indianischen Legende.

Weitere Titel finden Sie auf den folgenden Seiten und im Internet:

WWW.GMEINER-VERLAG.DE